SÍGUEME SIEMPRE

HELEN HARDT

SÍGUEME SIEMPRE

Argentina • Chile • Colombia • España
Estados Unidos • México • Perú • Uruguay

Título original: *Follow Me Always*
Editor original: Amara, an imprint of Entangled Publishing LLC.
Traducción: María Palma Carvajal e Inmaculada Rodríguez Lopera

1ª. edición Octubre 2023

Plaza de los Reyes Magos, 8, piso 1.º C y D – 28007 Madrid
www.titania.org
atencion@titania.org

ISBN: 978-84-19131-11-9
E-ISBN: 978-84-19497-53-6
Depósito legal: B-15.147-2023

Fotocomposición: Ediciones Urano, S.A.U.
Impreso por Romanyà Valls, S.A. – Verdaguer, 1 – 08786 Capellades (Barcelona)

Impreso en España – *Printed in Spain*

Para todos en este viaje llamado vida

SÍGUEME SIEMPRE es un romance supererótico que incluye un héroe dominante; conversaciones sobre infidelidades, violación, asfixia erótica y acoso; lesiones traumáticas; muerte de un progenitor; alcoholismo y abuso conyugal en las historias de los personajes. Esperamos que estos temas se hayan tratado con sensibilidad, pero para las personas que me lean y puedan ser sensibles a estos elementos, por favor, tenedlo en cuenta.

PRÓLOGO

—¡Oh! ¿Cuáles son tus límites absolutos?

—Solo tengo uno.

—¿Cuál es?

—No hablo de ello.

—¿No crees que debería saberlo? ¿Para no sacar el tema?

—Confía en mí, Skye. Nunca sacarás el tema.

Braden estaba equivocado. Lo he acabado mencionando. ¿Por qué pensó que no lo haría?

Por el control. Es la máxima pérdida de control, y asumió que nunca llegaría a ese punto.

—¿Entonces por qué? —pregunto—. ¿Por qué no lo haces?

—¿Que por qué? Puede que te diga el motivo... en cuanto tú me digas por qué sientes que lo necesitas.

—Yo... no lo sé.

Inhala. Exhala. Inhala de nuevo. ¿Está pensando en cómo responderme? ¿Está enfadado? ¿Triste? ¿Siente algo?

Porque no sabría decirlo.

—Por el amor de Dios, Braden —suelto al final—. ¿Puedes mostrarme que tienes sentimientos por una vez en tu vida?

Ladea la cabeza mientras sus fosas nasales se agitan.

—¿Crees que no te muestro mis sentimientos? —Se levanta—. ¿Cómo puedes decir eso? Te he mostrado más sentimientos de los que nunca le he mostrado a nadie. A nadie, Skye. Si no lo sabes, deberías saberlo.

Tiene razón. No estoy siendo justa. Me mostró muchísimos sentimientos anoche cuando se me quemó la cena y me derrumbé.

—Braden...

—No. Tú no hablas. No hasta que termine. Te he dicho quién era yo. Te he dicho que no estaba hecho para las relaciones. Pero he hecho una excepción por ti. He hecho esa excepción porque te quiero, Skye. No buscaba enamorarme. Sabía que eso haría mella en mi vida...

No puedo evitar responder. Estoy desgarrada por dentro y estoy enfadada.

—¿Una mella, Braden? ¿Soy una puñetera mella?

—¡Que te calles! Cierra la puta boca, Skye. Voy a darte mi opinión, y luego puedes darme la tuya. Si eres lo bastante valiente.

—¿Lo bastante valiente? ¿Qué se supone que significa eso?

—Sabes exactamente lo que significa, y si me vuelves a interrumpir, esta discusión habrá terminado.

Me tiemblan los labios mientras asiento con la cabeza.

Se aclara la garganta.

—He hecho una excepción contigo. He decidido tener una relación, o intentarlo, al menos, pero me temo que este pequeño experimento mío ha fracasado.

«¿Un pequeño experimento? ¿Soy un puto experimento?». Quiero gritar, chillar, arrancarle el pelo. Golpear su cara engreída hasta dejarla magullada y maltrecha.

Quiero llorar, sollozar en sus brazos y decirle que haré cualquier cosa para complacerlo.

Quiero rogarle que me lleve de nuevo hacia abajo, que me ate, que me asfixie.

Quiero desnudar mi alma, confesar mi amor, decirle que haré cualquier cosa... Cualquier cosa...

Pero me quedo sentada en silencio. Me quedo sentada en silencio porque tengo miedo. Tengo mucho miedo de a dónde nos lleva esto.

«Si eres lo bastante valiente...».

Ya he perdido mucho.

Y estoy a punto de perder al hombre al que amo.

1

Los segundos pasan como si fueran horas.

Tic.

Tac.

Tic.

Tac.

Espero.

Espero mientras me atraviesa la emoción en una masa de ira, tristeza y miedo.

Espero a que Braden continúe. A que diga lo que tiene que decir.

A que ponga fin a nuestra relación, una relación que tal vez nunca debería haber comenzado.

Ahora mismo podría ser feliz. ¿Quién necesita a Susanne Cosmetics? Podría seguir trabajando para Addison Ames. Me pagaba bastante bien, y sí, es una bruja narcisista, pero podía hacer contactos.

Y Tessa. Todavía tendría a Tessa. Mi mejor amiga para siempre, excepto que ese para siempre parece ser que tiene un final después de todo. Tal vez estaría saliendo con ese tal Peter. No es multimillonario, pero es arquitecto en una empresa importante. Le va bien. ¿Quién necesita un *jet* privado de todos modos?

¿O un chófer privado? Me conformaré con un tío que tenga un coche decente. ¿Quién necesita que la aten? ¿Que la azoten? ¿Que la asfixien?

Yo nunca lo he necesitado.

Antes era feliz.

Pero no lo era en realidad.

Nunca me habían desafiado.

¿Y Braden?

Él me desafía. Y no solo en el día a día, de las formas más comunes y corrientes. Desafía mi forma de pensar. Desafía el concepto que tengo de mí misma. Me desafía a probar cosas nuevas. Cosas que ni siquiera había conceptualizado antes.

Cosas que no sabía ni que existían.

Y no me refiero solo al *bondage*.

Estoy hablando de la vida misma. De mi fotografía. De ver un panorama más amplio. De convertirme en lo que quiero ser.

Braden ha hecho todo eso por mí.

Y ahora se lo va a llevar consigo.

—¿Y bien? —pregunta al final.

Levanto las cejas, temiendo que si hablo, se vaya mucho antes.

—Puedes hablar —dice.

Asiento con la cabeza.

—¿Y bien qué?

—Me cago en la leche, Skye. ¿No tienes nada que decir?

¿Qué? ¿Ha dicho algo después del comentario del experimento? Mierda. Puede que sí. Estaba ocupada regodeándome en mi propia miseria dentro de mi cabeza.

—Lo siento. Estoy un poco... distraída.

—¿Distraída? ¿En serio? ¿Entonces no te importa una mierda que estemos rompiendo?

Se me cae el alma a los pies. Sus palabras no son inesperadas. No. De hecho, ya las había predicho. Pero ¿escucharlas de verdad? ¿Con su propia voz?

Me golpean como si fuera un tornado, chocando contra mí y rompiendo cada ventana de cristal que hay dentro de mi alma.

Es una implosión de pensamiento y emoción. De realidad e identidad.

—Lo siento. —Me ahogo en un sollozo. Anoche hice el ridículo, llorando por mi cena arruinada. No lo volveré a hacer.

Ni por Braden.

Ni por nadie más.

—Ha sido un error —dice— y asumo toda la responsabilidad.

—Mi contrato... —Las palabras me salen sin pensar.

—Sí, he pensado en eso. Si Susanne cancela el contrato porque ya no eres mi novia, te daré una remuneración hasta que encuentres trabajo.

Inclino la cabeza, con el cuerpo entumecido.

—¿Me vas a dar una remuneración?

—Sí. Siento que es lo justo. Tu relación conmigo te costó el trabajo con Addie, y tu relación conmigo también te hizo empezar como *influencer*. Si ya no tenemos una relación...

—No. Que me des una remuneración quiere decir que me vas a pagar por los servicios prestados. ¿Por qué usas esa expresión? ¿Crees que te he estado ofreciendo un servicio, Braden? Que te estaba dejando...

—Por el amor de Dios. Por supuesto que no. Pero soy muy consciente de que las mujeres me dejan hacer lo que quiera a cambio del privilegio de estar conmigo.

Por más que tenga el corazón roto, no puedo dejar que se salga con la suya.

—¿Privilegio? ¿Me estás tomando el pelo? ¿De verdad crees que te dejo atarme solo para ser tu trofeo?

—No. He dicho que no. Pero ha ocurrido en el pasado.

—¿Con Addie?

—¡Por Dios! Esto es serio, Skye. Estamos teniendo una conversación importante, ¿y tú vuelves a sacar el tema de Addie y mío?

—Has sido tú el que lo ha sacado. Has dicho que había ocurrido en el pasado.

—No estaba hablando de Addie.

Claro. Por supuesto que no. Su... ¿Cómo era? Su... ¿lío? Da igual, fuera lo que fuera, su época con Addie tuvo lugar antes de convertirse en millonario. Mucho antes de que se convirtiera en multimillonario.

—Yo no soy como las demás —replico.

Mi corazón parece fragmentarse, explotando en pequeños pedazos dentro de mi cuerpo y luego hundiéndose a mis pies.

Tocar fondo.

Así es lo que se debe de sentir al tocar fondo.

¿Importa ya acaso? ¿Lo de Addie y Braden?

No. No si Braden y yo ya no estamos juntos.

—No me arrepiento de haber estado contigo —dice.

Suelto una ligera mofa.

—Genial. Yo tampoco me arrepiento de haber estado contigo.

—Me alegro.

Silencio durante unos instantes. Hasta que...

—Skye...

—¿Qué? —Mi tono es menos agradable de lo que esperaba.

—No quiero terminar las cosas. Por favor, compréndelo.

—Si no quieres terminar las cosas, pues no las termines —digo con firmeza.

—No es tan sencillo.

—Me parece que sí. Terminas las cosas o no las terminas. Es una elección simple, Braden, y tú eres el que tiene que hacerla.

—Hay cosas que no sabes. —Mantiene la barbilla en alto.

—¡Solo porque no me las cuentas! —La ira se dispara dentro de mí. Ya he tocado fondo, así que ¿qué coño? No puedo caer más bajo, por lo tanto, puedo dar mi opinión.

—Hay cosas de las que no hablo —dice—, con nadie.

—Entonces esta relación estaba condenada desde el principio, Braden. Nunca hemos tenido una oportunidad, ¿verdad?

Suspira y se frota las sienes.

—Tal vez no.

Entonces no puedo evitarlo. Dejo caer una lágrima. Una. Dos. Tres. Después varias más, hasta que los sollozos brotan de mi garganta y las lágrimas se convierten en borbotones.

—¡Te equivocas! Siempre hemos tenido una oportunidad. Sí, he cometido algunos errores, pero tú también. Deberías haber sido sincero conmigo. Sobre Addie. Sobre tu madre. ¡Sobre todo!

Su mandíbula se tensa. Casi puedo ver cómo le rechinan los dientes, como si su piel y sus músculos fueran translúcidos.

—Seré sincero contigo el día que tú seas sincera conmigo —replica.

—He sido sincera contigo desde el principio. Eso no es justo.

—Crees que has sido sincera conmigo, pero no lo has sido. Ni siquiera puedes decirme por qué querías que te asfixiara esta noche. A ti. A Skye Manning. A la reina del control. Querías que un hombre te pusiera la soga al cuello, que te impidiera respirar. ¿Tienes idea de lo que significa eso?

—Yo solo... —resoplo mientras otro sollozo me brota de la garganta—. Yo solo...

Braden aprieta la mandíbula.

—¡Dilo, Skye! ¡Dilo, joder!

Toda la emoción que tengo en el fondo del vientre se enrosca hacia fuera como una serpiente.

—¡Quería hundirme! ¡Hundirme en la nada! Darte el máximo control sobre mi vida, ¿de acuerdo? ¿Es eso lo que quieres oír? ¿Te hace sentir como un machote el hacerme admitir eso? ¿Lo hace?

—Es peligroso —dice con solemnidad—. Eres una mujer inteligente. No debería tener que decírtelo.

Vuelvo a sollozar.

—Confío en ti.

—Sé que lo haces. Pero esto ya no se trata de confianza, Skye.

—¿Entonces de qué se trata?

—¿Y si algo saliera mal? ¿Y si...?

—Ya te he dicho que confío en ti —digo, queriendo ganar control sobre mi cuerpo y mis emociones—, pero si es tan peligroso, ¿por qué dejas que otras personas de tu club lo hagan?

—¿Acaso tiene importancia?

—¡Claro que tiene importancia!

Se detiene un momento, frotándose la barbilla.

—Estoy asegurado. El club está asegurado. La gente va allí a vivir sus fantasías más profundas y yo les doy la libertad de hacerlo.

—¿Entonces? —Me encuentro con su mirada, sus ojos azules no son ardientes, pero siguen siendo inflexibles.

—Eso no significa que yo comparta todas sus fantasías. Y el control de la respiración de cualquier tipo es mi límite absoluto.

Me llevo las manos a las caderas.

—¿Aunque yo sí lo quiera?

—Sobre todo si tú lo quieres, Skye. No te voy a poner en peligro. ¿Y si tuvieras un fetiche de ser arrojada delante de un vehículo en movimiento? ¿Quieres que lo consienta?

Me resisto a poner los ojos en blanco. No va a salir bien.

—Es diferente, y lo sabes.

—¿Lo es?

—Por supuesto que sí. No quiero hacerme daño.

—¿Qué quieres, entonces?

—Quiero...

Me detengo bruscamente, con la boca abierta.

Dejo caer mi mirada hacia la cama de Braden y aliso una arruga en su edredón azul marino.

Va a presionarme. Va a insistir en que le responda. Y la verdad es que...

No conozco la respuesta.

Quiero decir, conozco la respuesta superficial, esa que es como la capa que recubre el pastel. Quiero perder el control. Quiero perderme a mí misma, en especial ahora que ya he perdido mucho de mi vida. Mi trabajo. A mi mejor amiga. El contrato con New England Adventures.

Y ahora... a Braden.

Pero esa es una respuesta superficial, y Braden lo sabe.

Quiere la verdadera respuesta. La respuesta profunda. No solo el pastel que está debajo del glaseado, sino también el relleno.

¿Y la verdad?

No estoy segura de estar preparada para afrontar la auténtica respuesta.

2

—Quiero… ¿encontrarme a mí misma?

Mierda. Ya me reprendo yo solita por añadirle un tono a mi respuesta. Va a saber que he contestado sin estar segura y me va a reñir.

—¿De verdad? —dice, con un tono de duda.

Respiro hondo, sacando todo el valor que puedo reunir, que no es mucho a estas alturas. ¿Ves? Cuando pierdes tanto, también pierdes el valor.

—Para desafiarme a mí misma —respondo, manteniendo el tono tan estable como puedo.

—¿Y crees que será un desafío si te ahogo?

Su tono no es burlón, pero sus palabras sí. Elijo tomarlo al pie de la letra. Y, si me lo tomo al pie de la letra, su pregunta es válida.

Se merece una respuesta, una respuesta sincera.

—¿La verdad? No lo sé. Lo único que sé es que lo he visto en la escena y lo he querido hacer.

—¿Y todavía quieres hacerlo ahora?

Podría mentirle. Decirle que lo he superado. Cualquier cosa para mantenerlo en mi vida. Pero lo quiero demasiado como para mentirle. Lo sabrá de todos modos.

—S-Sí. Todavía quiero hacerlo ahora.

—Ya veo.

Se levanta y camina por la alfombra turca de color rojo intenso. Se pasa los dedos por el pelo ya despeinado.

El miedo se desliza a través de mí. Ya sé que hemos terminado, pero mientras lo observo, lo miro, lo veo, me doy cuenta de lo bajo que he caído.

Es guapísimo, sí. Su culo apretado en esos pantalones negros, sus anchos y musculosos hombros marcados en su camisa negra abotonada. Una obra maestra.

Pero no me enamoré de su atractivo masculino.

Y es rico. Asquerosamente rico. He cenado en los mejores restaurantes, he probado los mejores vinos, hasta he volado en un *jet* privado, por el amor de Dios. Pero no me enamoré de su dinero ni de sus cosas.

Me enamoré del hombre que hace de voluntario en un banco de alimentos cuando podía arreglárselas emitiendo un cheque gigantesco.

Me enamoré del hombre que rescató dos perras, una de ellas para mí.

Me enamoré del hombre que acortó su viaje de negocios porque tenía muchas ganas de volver conmigo.

Me enamoré de Braden Black, el hombre, no de Braden Black, el icono.

Y tengo que decírselo.

—Te amo, Braden.

Se gira, con los ojos entrecerrados y un poco vidriosos.

—Yo también te amo. Ojalá no lo hiciese, pero lo hago.

Sus palabras me calientan y me parten en dos. Me ama. Pero desearía no hacerlo.

Me tiemblan los labios.

—¿Entonces no podemos solucionar esto?

Sacude la cabeza despacio.

—No. No cuando no puedes ser sincera conmigo.

—Pero yo...

—Skye, no lo eres. Y, lo que es más, sabes que no lo eres. Mira dentro de ti. Averígualo, porque hasta que no lo hagas, siempre anhelarás algo que no puedo darte. Y no me refiero solo a atarte el cuello.

Me dejó dormir en su habitación. No sé dónde durmió él. Después de ser un mar de lágrimas, quizás pude dormir un poco. A decir verdad, no lo sé.

Solo sé que me levanté por la mañana y acompañé a Braden en silencio al aeropuerto. Subimos al avión, también en silencio. Gracias a Dios era un vuelo corto. Christopher nos recibió y me dejó en mi casa. Braden, siempre tan caballero, me acompañó hasta la puerta.

Me tocó ligeramente la mejilla.

—Adiós, Skye.

Asentí. Ninguna palabra me atravesó el nudo de la garganta.

Todo esto ha sucedido hace apenas unas horas, y parece que ha pasado toda una vida.

Me tumbo en la cama, sin poder moverme.

Sin poder...

Me levanto de un salto. El contrato. ¡El puñetero contrato!

Todavía estoy bajo contrato para crear contenido para Susie Girl Cosmetics y mi última publicación fue una mierda como una catedral.

No hay más lágrimas. Ya he llorado todo lo que tenía que llorar. Corro al baño y...

Oh, Dios mío. Parezco una bruja. Una bruja con ojos rojos, con la cara hinchada y con mocos.

Y hoy tengo que hacer una publicación para Instagram.

Tres publicaciones a la semana según estipula mi contrato.

El contrato que tengo solo porque soy la novia de Braden.

De alguna manera, tengo que recomponerme. Tengo que hacer la publicación, y tiene que ser genial después del último desastre.

Ojalá tuviera a alguien con quien hablar.

Tessa podría ayudarme, pero no nos hablamos.

Penny se acurrucaría conmigo, me lamería la cara y me haría sentir lo bastante querida como para que mi creatividad fluyera. Pero todavía está en casa de Braden, y lo estará hasta que me mude a algún lugar en el que admitan perros.

¡Ya está! Iré a casa de Braden para ver a Penny. Después de todo, es mi perrita. Debería poder visitar a mi propia perrita.

Me muerdo el labio inferior.

Esa no es la respuesta, y lo sé. Aunque me muero de ganas de ver a mi cachorrita, en realidad espero ver a Braden. Espero que cambie de opinión cuando me vea, que recuerde lo mucho que me quiere.

Me acusará de manipularlo.

Y tendrá razón.

Iré a ver a Penny mañana entonces, cuando Braden esté en su oficina. Ya le ha dicho a Christopher, durante nuestro tenso viaje de vuelta a casa, que puedo ver a Penny todas las veces que quiera, siempre que él no se encuentre allí. Incluso tengo el número de Christopher para enviarle mensajes yo misma.

Mi teléfono es como una baliza intermitente en mi bolsillo.

Solo un mensaje... Quizás Braden no esté en casa. Quizás haya ido a su oficina. Quizás...

Pero no puedo.

Soy un desastre, y por mucho que quiera a mi cachorrita, no puedo ser esa clase de mujer.

Manipuladora. Dependiente y manipuladora.

Respiro hondo y miro con atención mi asqueroso reflejo. Lo primero es lo primero. Una ducha. Una fría para aliviar la hinchazón de mi cara. No será agradable, pero no quiero nada agradable en este momento. Quiero el chorro de agua fría cayéndome por el cuerpo. Tal vez avive la parte creativa de mi cerebro, porque, joder, hoy necesito una publicación para terminar todas las publicaciones.

Tengo que darle a Eugenie y al resto del equipo una razón para que sigan contando conmigo aunque ya no sea la pareja de Braden Black.

Les voy a demostrar que Skye Manning merece su confianza solo por ser Skye Manning.

Ahora... Ojalá pueda convencerme a mí misma.

3

La ducha fría ayuda un poco, pero todavía parece que he estado en el infierno y he vuelto. Saco de forma apresurada el contrato de mi maletín. ¿Cada publicación tiene que ser un selfi? Espero que no.

Leo las instrucciones de cada publicación y...

—¡Bingo! —grito. No dice nada explícito de que yo deba aparecer en cada publicación.

¿Qué puedo hacer entonces?

¿Qué puedo hacer con esta nueva pila de productos Susie si no los uso de verdad en mi cara? Los escudriño, mirando cada uno de ellos, esperando que alguno me diga algo. Por supuesto, eso significaría que estoy oyendo voces, lo que no sería muy bueno que digamos.

«Venga, Skye. Es hora de ser creativa. Piensa, cerebro. Piensa».

Y, cuando por fin me llega, se me estremece el corazón.

El brillo de labios con efecto voluminizador que cambia de tono según cómo te sientes.

Cambia de color según el tono de la piel y el estado de ánimo, o eso dice.

Vamos a probarlo entonces. Hoy voy a mostrarle al mundo cómo le queda a otra persona y mañana me lo pondré yo. ¿Pero a quién?

Esta es una nueva línea, y va de mujeres comunes y corrientes, ¿verdad? Así que ¿por qué no encontrar una mujer común y corriente para modelar uno de los tonos de labios? No tengo por qué ser yo, sobre todo si parezco un espanto.

Tessa, por supuesto, es mi primera opción, pero ahora mismo no es una opción. Es una lástima, porque su tono de piel más oscuro y su tono de labios serían el contraste perfecto con mi palidez.

Pues... Betsy.

Es perfecta. Es muy guapa, pero no glamurosa como Tessa. Su piel es bastante clara, pero no tan pálida como la mía, y sus labios son más bien de un tono anaranjado en comparación con mi rosa. Su pelo es ligeramente más oscuro también, y sus vestidos de estilo bohemio la hacen parecer un alma libre.

Pero, claro..., puede que me rechace por su relación con Addie. Addie todavía puede conseguirle muchos más negocios para su Bark Boutique que yo, sobre todo si ya no tengo a Braden como respaldo.

Mierda.

Puedo salir, encontrar a alguien en una tienda o cafetería local, presentarme y pedirle que me ayude.

Pero ahora parezco un alma del inframundo.

No tengo elección. Tiene que ser Betsy.

Marco su número.

—¿Dígame? —dice ella.

—Hola, Betsy. Soy Skye.

—Hola, Skye —responde con vacilación—. ¿Qué ocurre?

—¿Te gustaría protagonizar una de mis publicaciones de Instagram? —le pregunto, deseando que mi voz suene emocionada y no nasal por todo lo que he llorado antes.

—¿Quieres decir aquí en la tienda?

Mierda. Por supuesto que ha pensado que me refería a la tienda. Se cree que la estoy llamando para ayudarla. Es al revés, la estoy llamando para que me ayude ella a mí.

Hablando de egocentrismo.

—Olvídalo, Bets. Perdona que te moleste.

—¿Estás bien? —pregunta.

—Claro —miento—. ¿Y tú cómo estás?

—Bien. Es decir, sí. Bien.

—¿Estás segura? —le pregunto—. Suenas... apagada.

—No, estoy bien. Es un buen día en la tienda. Las cosas van bien con Peter. Ya sabes, todo bien.

¿Cuántas veces puede decir «bien» y seguir pensando que no me doy cuenta de que pasa algo?

—¿Qué tal está Tess? ¿Está bien? —Trago saliva.

Tarda en responder un minuto. Entonces, suelta:

—Está hecha polvo, Skye. Me mataría si supiera que te lo he contado, pero sigue hecha polvo.

—¿Por lo de Garrett?

—Por lo de Garrett, sí. Y por ti.

«Yo también estoy hecha polvo. No puedo hacer esto sin ella. No puedo hacer esto sin Braden. Sin Penny. Sin ti, Betsy. Sin todos vosotros. Soy una impostora de la cabeza a los pies. Ni siquiera conozco mi propia mente».

Esas palabras nunca salen de mis labios, por supuesto. Decirlas dolería demasiado.

—Lo siento. —Es todo lo que digo.

—Deberías llamarla.

—Yo... no puedo.

—¿Por qué no?

—Porque he tocado fondo, Betsy. Incluso lo que hay por debajo del fondo.

Otra pausa. Luego:

—Me acabas de decir que estabas bien.

—Era mentira. Era una puta mentira.

—Vaya. Lo siento mucho. ¿Qué ha pasado?

No puedo decirle que Braden me ha dejado. Si lo digo, se vuelve real.

Pero es que lo es, y no puedo esconderme de la realidad. Simplemente no puedo.

—Estoy hecha polvo. Estoy tan hecha polvo que apuesto a que Tessa se ve increíble a mi lado. —Resisto el impulso de romper a llorar de nuevo. A duras penas.

—Skye, tengo algunos clientes...

—Vale. Lo entiendo. Lo siento.

—Te volveré a llamar en cuanto pueda.

—De acuerdo. Gracias. Adiós, Betsy. —Cuelgo el teléfono y a los pocos segundos vuelve a sonar con un número que no reconozco—. ¿Sí? Soy Skye.

—Skye, hola. Soy Kathy Harmon.

Kathy Harmon. La novia de Bobby Black.

—Hola, Kathy.

—Me preguntaba si estarías libre para cenar esta noche.

¿Cenar? No mientras esté hundida en la miseria.

Por un momento considero pedirle que ocupe el lugar de Betsy en mi publicación, pero decido no hacerlo. Tengo que resolver esto por mí misma. Kathy me cae bien, pero no estoy en condiciones de juntarme con nadie en este momento.

—Esta noche no puedo, Kathy. Pero te llamaré pronto, ¿vale?

—Eso sería genial. Tengo muchas ganas de verte otra vez.

—Lo mismo digo. Hablamos pronto. —De nuevo, cuelgo el teléfono.

Lanzo un suspiro exasperado. ¿Y ahora qué? No tengo a Braden. No tengo a Tessa. No tengo a Penny. Y tampoco tengo a Betsy ni a Kathy, estoy por mi cuenta.

Tengo que pensar en una nueva idea para una publicación. Para hoy. Para el puñetero día de hoy.

Y no solo eso, también tengo que publicar otras cosas. Si voy a ser una *influencer,* mis publicaciones no pueden ser solo promociones. Tienen que ser sobre la vida. Sobre mi vida.

¿A alguien le importará mi vida si no tiene nada que ver con Braden?

«Tienes que hacer que les importe».

Las palabras aterrizan en mi mente de una forma tan rápida que no soy consciente de dónde han salido.

Tengo que hacer que les importe. Exacto.

Y les importará si tienen relación conmigo.

Hoy estoy triste. Estoy muy muy triste. He perdido todo lo que importa, pero todavía tengo este contrato. Y eso aún importa.

Aún importo.

Aunque no ponga cara de felicidad.

¿Qué hay de malo en publicar que tengo un mal día? ¿Quién no va a sentirse identificado con eso? No es que se haga mucho, claro. La mayoría de los perfiles están constantemente pregonando lo bien que les va todo. Eso está muy bien, pero ¿qué inspira?

Por supuesto, algunas personas se sentirán bien al saber que una *influencer* se siente bien, al saber que una *influencer* está en la cima del mundo, al saber que una *influencer* como Addie nació montada en el dólar.

¿Pero otras? Para otras personas, mensajes de este tipo solo inspiran envidia.

No quiero inspirar envidia. En realidad, no hay nada que envidiar de mí, en especial ahora que Braden se ha ido.

Solo soy una mujer normal.

Y aún importo, coño. Aunque no lo sienta así en este momento. Mis sentimientos no son importantes ahora mismo. Los sentimientos que evoco en mi público sí lo son.

Vuelvo a entrar en el baño y miro mi reflejo. Curiosamente, me veo un poco mejor. Todavía tengo los ojos un poco inyectados en sangre e hinchados, y la nariz también está roja en los bordes. Ya no moqueo, y las lágrimas se han secado.

Me cepillo el pelo y me lo dejo caer sobre los hombros. El color es castaño básico, no tiene mucho brillo, pero es de un color bonito y uniforme y es grueso. Mis ojos también son marrones, nada especial. ¿Pero sabes qué? Siguen siendo mis ojos, y están mucho menos rojos que hace una hora.

Me lavo la cara enseguida con agua fría, eliminando los últimos restos de máscara de pestañas de la noche anterior.

Y eso hace muchísimo.

Después vuelvo a revolver entre el montón de cosméticos de Susie, buscando algo que me llame la atención.

¿El brillo de labios con efecto voluminizador que cambia de tono según cómo te sientes? Tal vez. Si es que muestra el estado de ánimo de verdad, pero ahora mismo mis labios no necesitan ningún efecto voluminizador extra. Todavía están hinchados por mi ataque de llanto.

¿Colorete? Ni de coña. Ya estoy más roja de lo que quiero.

¿Máscara de pestañas? ¿Y llamar la atención sobre mis ojos hinchados? Mejor no.

¿Sombra de ojos? A eso sí que me niego.

Esmalte de uñas.

¡Bingo!

¿Por qué no se me ha ocurrido antes? Nadie tiene que verme la cara si me pinto las uñas. Eugenie me ha enviado dos colores: Make Things Happen, un llamativo rosa neón, y Night on the Town, un negro rojizo.

El rosa. Puedo darle un buen uso a esto. Me haré un selfi y diré que no he tenido el mejor día y que no pasa nada por no tener un buen día de vez en cuando.

Luego subiré la publicación de Susie: una foto de mi mano con el esmalte rosa. El rosa hace que todo el mundo se sienta mejor, ¿verdad? Ahora a pensar en lo que voy a escribir.

Reflexiono sobre qué decir mientras me pinto las uñas. Tengo que admitir que el esmalte está bastante bien. No es demasiado espeso y se seca enseguida. No me han enviado base y *top coat*, así que uso lo que tengo a mano. De todos modos, no importa. Lo único que verán los seguidores es el rosa.

Miro mis uñas terminadas y sonrío.

Es verdad que me siento mejor.

El poder del rosa...
Y entonces me río a carcajadas.
¡Eso es lo que voy a escribir! ¡El poder del rosa!
Alcanzo el teléfono.

4

Subo las publicaciones y me tumbo en la cama. A echarme una siesta, excepto que, cuando me despierto, el sol está saliendo.

¿He dormido más de doce horas?

Mierda. ¡Las publicaciones!

Agarro el teléfono y... está sin batería, por supuesto. Lo conecto corriendo al cargador y compruebo las dos publicaciones de ayer.

Y me quedo con la boca abierta.

Hay más me gusta de lo normal en ambas y veo más comentarios que nunca.

Todos tenemos días malos. ¡Te envío abrazos!

Tranquila. ¡Tú puedes!

¡Ese rosa es fabuloso!

¡El poder del rosa!

¡Mujeres al poder!

¡No dejes que la vida te hunda!

¡Eres la mejor, Skye!

¡Un color maravilloso!

¡Sigues siendo preciosa!

¿Qué ha pasado? Te mando mucho amor.

Ese color te sienta de maravilla.

Deberías hacerte modelo de manos.

¡No dejes que los idiotas te depriman!

Les echo un vistazo a todos —me lleva un rato— y se me llenan los ojos de lágrimas. Estas personas se preocupan. Tal vez no se preocupen tanto por mí como por la idea que tienen de mí, pero les importa que haya tenido un mal día, y eso es algo increíble.

No necesitan que sea el trofeo de Braden para identificarse conmigo. Solo necesitan que sea humana.

Necesitan identificarse conmigo.

Me río en voz baja. Addie tiene cientos de miles de seguidores más que yo, y apenas se identifican con ella.

Pero da la impresión de que sí. Esa es la clave.

Voy a hacer que se identifiquen conmigo sin engañarlos, sin utilizar ningún truco.

Se identificarán conmigo por lo que soy.

Soy una mujer que acaba de perder al hombre al que quiere.

¿Me estoy dando por vencida con Braden? Por supuesto que no. Pero todo el mundo puede identificarse con la pérdida de un amor. No voy a publicar sobre ello, por supuesto, pero la noticia saldrá en algún momento y tendré que abordarla.

¿Y mientras tanto?

Tal vez tenga que conocerme un poco mejor, no solo por Braden, sino por mí. Si no he podido darle más que una respuesta superficial a su pregunta, tal vez sea el momento de mirarme en el espejo. Poner a Skye bajo la lupa.

Pero ¿por dónde empezar?

¿Terapia?

No es mala idea, lo investigaré. Tengo el seguro de cuando trabajaba para Addison y puedo hacer un buen uso de él. Buscaré un terapeuta.

Pero primero...

Tengo que volver al punto de partida.

A Kansas.

Tengo que ir a casa.

Pero antes de hacer más planes... ¿qué tal un selfi en la cama? Solo una publicación personal para mostrar a los seguidores mi verdadero yo, porque ese es mi nuevo enfoque. La verdadera Skye. No la novia de Braden Black. Simplemente Skye.

¡Y otro bingo! Acabo de crear un nuevo *hashtag*: #simplementes-kye

Me levanto y me dirijo a la ventana, dejando que el sol me ilumine. Sujeto el teléfono y me enfoco la cámara hacia la cara, moviéndome hasta que los rayos me dan justo en el punto exacto, haciendo que me brille la piel. Los párpados y los labios han vuelto a su tamaño normal, y a la luz del sol me veo... bien. No estoy preciosa ni nada por el estilo, pero sí bien, como si el amanecer de un nuevo día me hubiera curado.

¿Estoy curada?

No.

Pero me siento mejor. La mañana tiene ese efecto en mí.

Me hago un selfi, lo edito un poco y lo publico.

¡Pelos de recién levantada! Nada mejor que el amanecer de un nuevo día. #mesientomejor #abrazaelnuevodía #simplementeskye

Es la hora del café. Me dirijo a la cocina, preparo una cafetera y luego enciendo el portátil en la mesa para revisar el correo electrónico.

Se me encoge el estómago.

Un mensaje de Eugenie aparece en negrita en medio de la pantalla. Parece palpitar, lo que hace que destaque entre todos los demás mensajes nuevos.

Hago acopio de valor y hago clic en él.

Buenos días, Skye:

¡Enhorabuena! Tu publicación mostrando nuestro esmalte de uñas de ayer nos hizo alcanzar un número récord de comentarios en la cuenta de Instagram de Susanne Corporate. Qué buena idea utilizarlo como una forma de sentirse mejor cuando se tiene un día malo. Nos han inundado con peticiones para cambiar el nombre del color a «The Power of Pink» debido a lo que escribiste. Aunque eso no es factible, dado que ya hemos fabricado una gran cantidad del tono con el envase original, nos gustaría que volvieras a Nueva York para hablar sobre la creación de un nuevo tono. Tu formación en arte y fotografía te convierte en una experta del color y nos encantaría saber tu opinión.

Por favor, dime cuándo estarías libre. Cuanto antes, mejor.

Con cariño,
Eugenie

Me quedo con la boca abierta.

¿Nada sobre la mierda de publicación que hice hace dos días? ¿Y ya, en dieciséis horas, la gente está clamando por un cambio de nombre del esmalte de uñas?

¿Y todo esto ha pasado desde que Braden ha roto conmigo?

Por supuesto, eso aún no es de dominio público.

Tal vez...

Tal vez... no importe.

Necesito centrarme. Me dispongo a responderle a Eugenie de inmediato, pero me detengo. El café está hecho y tengo que pensar en cómo enfocar esto. Mi primer instinto es contestarle y decirle lo emocionada que estoy, lo cual es cierto. Pero tengo que pensarlo bien.

Suspiro.

Debería contarle lo de Braden y yo.

Es un riesgo, sí.

Pero ella necesita saberlo.

Tengo un contrato, y me van a pagar durante cuatro meses de todas formas. Puedo encontrar otro trabajo en ese tiempo si deciden prescindir de mí.

Debo ser sincera y directa, y no debería hacerlo a través de un correo electrónico.

Tengo que llamar a Eugenie.

Tomo un sorbo de café y miro fijamente la pantalla del portátil. Ojeo el resto de mis correos electrónicos, esperando encontrar uno de Braden.

Pero no lo encuentro.

Se ha acabado de verdad.

Detengo las lágrimas que amenazan con brotar de mis ojos. No puedo volver a convertirme en un alma en pena. Hoy no. No cuando estoy intentando demostrar que no necesito a Braden para hacer mi trabajo.

Me levanto y me dirijo al baño, donde abro la ducha. Entro y, mientras el agua caliente me cubre el cuerpo, cierro los ojos e inhalo el fragante vapor. Todavía estoy un poco congestionada por todo lo que lloré ayer, y la terapia de vapor me ayuda.

Después de la ducha, me seco y me pongo una bata.

Luego, vuelvo al correo electrónico.

Todavía no hay rastro de Braden.

No es que estuviera aguardando algo. Solo tenía esperanza.

La esperanza es algo bueno, ¿no?

Así que... dos cosas requieren mi atención. Primero, Eugenie. Este es mi medio de vida, y tengo que centrarme.

Segundo... yo. Debo hacerme yo misma la pregunta que me hizo Braden, lo que significa comenzar con un viaje a casa.

Paso a mi teléfono.

¡Ya está subiendo como la espuma mi publicación sobre mis pelos de recién levantada!

La publicación que no tiene nada que ver con Susanne Cosmetics y Eugenie.

Lo que hace que me dé cuenta de dónde debo poner el foco.

No puedo dar lo mejor de mí en el trabajo si me siento mal, y ahora mismo estoy perdida. Desde luego, soy lo bastante creativa como para haber encontrado una manera de evitar los ojos y los labios hinchados que tenía ayer, pero nada de eso me ha ayudado a llegar a donde necesito estar.

Abro la aplicación de viajes y reservo un vuelo a Kansas que sale dentro de dos días.

Este viaje lo voy a empezar en casa.

5

Y ahora… Eugenie.

Respiro hondo. Tengo que decirle que mis circunstancias han cambiado. Es lo justo. Me apresuro a marcar su número.

—Susanne Corporate —responde una mujer.

—Con Eugenie Blake, por favor. De parte de Skye Manning.

—Un momento, señorita Manning. Voy a ver si se encuentra en su oficina.

Más segundos que parecen horas. El tiempo parado parece haberse convertido en parte de mi vida ahora, y es una grandísima mierda.

—¡Buenos días, Skye!

Reúno el poco valor que puedo encontrar.

—Hola, Eugenie.

—Supongo que has recibido mi correo electrónico.

—Pues sí. Me alegro mucho de que la publicación esté yendo bien.

—Mucho mejor de lo que esperábamos, teniendo en cuenta que es solo tu segunda publicación.

«La primera fue cutrísima».

No lo dice, pero lo oigo en su tono. ¿Debería mencionárselo?

«No, por supuesto que no».

Las palabras suenan con la voz de Braden, y tiene razón. ¿Por qué debería sacar algo negativo si ella no lo va a hacer? Eso sería ridículo.

—Gracias —me limito a decir.

—¿Cuál es tu horario? ¿Puedes volver a volar a Nueva York la semana que viene?

—Acabo de reservar un viaje a casa, a Kansas, para el domingo —contesto—. Supongo que podría volar a Nueva York esta noche y reunirme contigo mañana. Pero mañana es sábado.

—No hay problema —responde—. Aquí trabajamos las veinticuatro horas del día. No he trabajado menos de sesenta horas semanales en años.

Me aclaro la garganta.

—Está bien. Puedo cambiar mi vuelo a casa y volar de Nueva York a Wichita el domingo.

—Estaré encantada de que mi asistenta haga los arreglos por ti —dice—. Sobre todo porque ha sido cosa de última hora.

—Es muy amable por tu parte —replico—, pero hay algo más que debemos hablar primero.

—¿De qué se trata?

—Es... Bueno, mis circunstancias han cambiado.

—¿A qué te refieres?

—Ya no estoy... —Suspiro. «Dios, Skye, escúpelo ya de una vez»—. Ya no estoy saliendo con Braden Black.

Silencio.

Otra vez esos segundos que pasan como horas. ¿Entro en una especie de túnel del tiempo cuando espero malas noticias?

Al final, Eugenie dice:

—Tendré que consultarlo con la vicepresidenta de *marketing,* pero no creo que cambie nada.

—¿Cómo no va a ser así?

—Tus seguidores han crecido exponencialmente desde que empezaste a ser *influencer*. Sí, ha sido necesario que Braden te pusiera en marcha, pero tienes un enorme potencial para crecer por tu cuenta.

—¿En serio?

—En serio. ¿Sabes qué? No voy a molestar a Elaine con esto. Ella es la vicepresidenta de *marketing*. La empresa está bajo contrato contigo durante los primeros cuatro meses, así que vamos a probar. Si tu crecimiento se estanca y no generamos ventas, no ejerceremos nuestra cláusula del contrato. Es así de fácil.

Hay que reconocer que parece bastante sencillo. Cuatro mil dólares a la semana son cuatro duros para una empresa como Susanne. Si Braden estuviera aquí, me diría que me subiera a ese carro y no mirara atrás.

Pero Braden no está aquí.

Eugenie me está dando una oportunidad, una oportunidad que debería agradecer. Puede que fracase, pero eso no es algo seguro. Solo es un hecho si no lo intento.

—¿Skye? ¿Sigues ahí?

—Sí, sigo aquí.

—Tienes que saber que tuvimos esto en cuenta antes de ofrecerte el trato. Braden Black nunca ha tenido una relación seria que se sepa, así que por supuesto vuestra ruptura era una posibilidad que consideramos.

—¿Y aun así elegisteis trabajar conmigo? —Mierda. Esa inflexión de nuevo.

—Así es. Eres la cara ideal para esta nueva línea. Eres guapa, pero también eres accesible. Eres la perfecta chica Susie Girl. Además, tus fotos son maravillosas. Tienes mucho talento, Skye.

Siento una calidez por todas partes. ¡Ja! ¿Quién necesita a Braden Black?

Me burlo en silencio. Yo sí. Yo lo necesito. Necesito a mi cachorrita. Necesito...

Otra burla silenciosa. Menuda autoindulgencia. Él se ha marchado, pero todavía tengo un contrato. Eugenie me está dando una oportunidad, y tengo que tomarla y aprovecharla.

—¿Todavía quieres que vaya a Nueva York entonces? —«¡Joder! ¡Para ya con la puñetera inflexión!».

—Claro que sí. Shaylie ya está preparando una presentación, y nuestro equipo de diseño está desarrollando el color. Te voy a reservar un vuelo para esta noche. ¿Te parece bien?

—Sí, me parece genial. Gracias, Eugenie.

—No hay de qué. Me encargaré de tus vuelos y te enviaré por correo electrónico los detalles en cuanto tengamos todo programado.

—Estupendo. Gracias.

Después de colgar el teléfono, me dirijo al baño y miro mi reflejo. Menudas greñas. Menudas greñas tengo. Y aun así, Susanne me quiere. ¿Será porque el contrato les obliga a tenerme durante cuatro meses? ¿O es porque me quieren de verdad?

Entonces se me enciende una bombilla.

Porque no importa. La respuesta a esa pregunta en realidad no importa, porque el resultado es el mismo.

Tengo cuatro meses para demostrar mi valía. Cuatro meses para convertirme en la mejor *influencer*. Para hacer fotografías. Para mostrarle al mundo mi arte. Para mostrarle al mundo quién soy.

Y eso es lo que voy a hacer, joder.

Y mientras lo hago, tal vez me lo muestre a mí misma.

Esta vez no hay *jet* privado, pero Eugenie me ha reservado un billete en primera clase. Los asientos más grandes son agradables, y los asistentes de vuelo son serviciales. De hecho, me ofrecen una bebida incluso antes de despegar. Parece una tontería, ya que solo tendré diez minutos para bebérmela antes de tener que devolverla, así que la rechazo.

Tras el corto vuelo, tomo mi maleta de la cinta de recogida de equipajes y veo a un chófer vestido de negro, con un cartel que dice «Manning».

Me acerco a él.

—Soy Skye Manning.

—Buenas noches, señorita Manning. La llevaré a su hotel.

Mi hotel. El Marriott Marquis en Times Square. Es curioso. He estado en Nueva York dos veces y no he hecho ninguna de las cosas turísticas. No he ido al Empire State Building. Ni a la Zona Cero. Ni a la Estatua de la Libertad. Ni al Met. Y tampoco le he comprado un perrito caliente a un vendedor ambulante.

Esta vez tampoco tendré tiempo para nada de eso, ya que me reuniré con Eugenie mañana y luego volaré a Kansas al día siguiente, que es domingo.

Oh, genial.

Mi chófer me deja y me entrega el equipaje. ¿Le doy propina? No tengo ni idea. De todos modos, no llevo dinero en efectivo, así que es una tontería preguntármelo. Simplemente le doy las gracias, espero que la asistenta de Eugenie le haya dado una generosa propina y tomo nota mentalmente de que nunca volveré a viajar sin pasar por el cajero automático antes.

Ya ha oscurecido y estoy cansada. Una cosa buena de este viaje espontáneo a Nueva York es que no he tenido mucho tiempo para pensar en Braden y en cómo las cosas salieron tan mal.

Sin embargo, una vez que estoy en mi habitación, los pensamientos llegan como un maremoto. Me invade y sé que nunca me libraré de él.

¿Por qué?

Pues porque no quiero librarme de él.

Lo amo.

¿Y lo que es más? Él también me ama. Lo ha admitido. ¿Cómo dejas a alguien a quien quieres y que te quiere?

Está claro que para él es más fácil que para mí.

¿O no?

Suspiro.

No lo sé. Oculta muchas de sus emociones. La verdad es que no sé cómo se siente a raíz de nuestra ruptura.

Lo que sí sé es que Braden es una persona de acción. Traduce los pensamientos en acciones, así que tal vez eso es lo que yo necesito hacer también.

Mañana voy a dejar asombrados a Eugenie y a su equipo, para que se den cuenta de que han hecho bien en darme una oportunidad.

Después, el domingo, volveré a casa. De vuelta a donde todo comenzó para mí.

Y, de alguna manera, encontraré la respuesta a la pregunta de Braden.

6

El mismo chófer que me recogió en el aeropuerto me lleva a Susanne Corporate. Voy vestida de punta en blanco, esta vez con ropa que he comprado yo misma. Mientras hacía la maleta ayer, anhelaba tener la opinión de Tessa. No podía ponerme lo mismo que llevé en la última reunión con Eugenie y su personal, así que tuve que conformarme. Al final me decidí por unos pantalones negros sencillos y unos zapatos de tacón con un top de seda burdeos que deja entrever un poco de escote. Todo mi maquillaje es de Susie Girl, por supuesto, incluyendo el brillo de labios con efecto voluminizador que cambia de tono según cómo te sientes que pensé en utilizar para una publicación anterior.

Resulta que es un simple rosa empolvado oscuro, que quedaría bien en casi cualquier tez. Bien hecho, Susanne.

—Gracias —le digo al conductor cuando me deja en el edificio de Manhattan. «Mierda», añado para mis adentros. Me he olvidado de ir al cajero automático a sacar el dinero de las propinas.

Estoy nerviosa cuando entro en el edificio.

Addison está aquí. Puedo sentirla. Va a estar en la oficina, como siempre. Y me hará algún comentario sarcástico sobre pinzas para los pezones o dilatadores anales.

¡Ja! Si la que da pena es ella.

Braden y yo hemos terminado, y no hay nada nuevo con lo que pueda burlarse de mí.

Excepto con la ruptura en sí, claro.

Respiro hondo. Exhalo. «A por ello, Skye. Eugenie cree en ti. Ahora necesitas creer en ti misma».

Me registro en seguridad, me dirijo a los ascensores y pulso el botón para subir. Me paso las manos por los brazos, intentando aliviar los escalofríos que brotan por mi piel.

Me la voy a encontrar de cara cuando se abra el ascensor.

El timbre suena y las puertas se abren, y sé que ella estará allí. Solo sé que...

El interior del ascensor está vacío cuando entro, y exhalo poco a poco en señal de alivio.

Los escalofríos me vuelven a surgir mientras asciendo.

Las puertas se abren...

Y Addie no está.

Bien. Dos menos. Me apuesto cien dólares a que está hablando con Lisa en la recepción de nuevo.

Pero cuando miro a través de las puertas de cristal transparente, no hay ni rastro de ella.

Todavía siento escalofríos. Puede que esté en la parte de atrás con Eugenie.

Me acerco a la recepción.

—Hola, Lisa.

Los ojos de Lisa brillan al reconocerme.

—Señorita Manning, me alegro de verla de nuevo.

—Por favor, llámame Skye.

—Por supuesto. ¿Tienes una cita con Eugenie hoy?

—Sí. —Miro el reloj sobre el escritorio de Lisa—. En cinco minutos.

—Genial. Le haré saber que estás aquí. ¿Puedo ofrecerte algo? ¿Un café?

«Dios, no, podría vomitar».

—Estoy bien. Gracias. —Tomo asiento en una de las sillas de la recepción y dirijo mi mirada hacia todos los rincones, esperando a que Addie haga acto de presencia.

En su lugar, aparece Eugenie, con un aspecto elegante y profesional, como siempre, con un traje verde claro y su cabello corto y gris peinado a la perfección. Me levanto.

—¡Skye! —Me toma la mano y me da un apretón firme—. ¡Me alegro de verte! Acompáñame.

Me lleva a la misma sala de conferencias donde esperan Shaylie, Brian y Louisa. Todos sonríen cuando entro.

—Hola —los saludo, intentando no parecer nerviosa.

—Esto no llevará mucho tiempo —dice Eugenie—. Shaylie ha elaborado un PowerPoint sobre nuestro plan de *marketing* en redes sociales para el nuevo esmalte de uñas The Power of Pink de Susie Girl. Brian te contará la parte de contabilidad. Pero para lo que en realidad estamos aquí es para decidir el color en sí.

Sonrío.

—Te agradezco que me permitas opinar sobre el tono.

—Faltaría más. Es a ti a la que se te ha ocurrido el nombre y tienes un gran conocimiento del color. Definitivamente queremos tu opinión.

Shaylie y Brian hacen sus presentaciones y, como ha prometido Eugenie, son rápidas y entretenidas.

Louisa, la becaria, habla, con voz dominante pero un poco vacilante:

—He reunido algunas muestras de colores diferentes a los que Susie Girl ofrece en la actualidad. Espero que te gusten.

—Estoy segura de que todos son geniales —respondo.

Louisa distribuye las muestras de color entre todos nosotros.

—He pensado en ponerlas en un PowerPoint, pero así no se distingue la intensidad de los colores.

—Estoy totalmente de acuerdo. —Le echo un vistazo a las diez muestras—. Todos los tonos son bonitos.

—Estoy de acuerdo —dice Eugenie—. Skye, ¿cuál te gusta más?

—Es difícil decirlo sin ver cómo quedará el esmalte en una uña real. Puede que cambie un poco. El color puede quedar raro.

Shaylie asiente.

—Tienes mucha razón. He comprado colores de uñas y de labios que parecían increíbles en el envase, pero cuando llegaba a casa me quedaban fatal.

Asiento con la cabeza.

—Pero hay ciertos tonos que favorecen a casi todo el mundo.

—Desde luego —dice Eugenie. Revuelve las muestras y tira tres en el centro de la mesa—. Para mí, son estos tres.

Sus elecciones son acertadas.

—Tienes un ojo excelente para el color.

Sonríe.

—Viniendo de ti, eso es un cumplido. Gracias.

Arrojo uno más a la pila.

—Yo añadiría este. Es un poco más neutro, pero sigue siendo bastante intenso.

—¿Shaylie? —pregunta Eugenie.

—Yo añadiría este. —Lanza un rosa neón a la pila.

Es un color precioso, pero no funciona en todos los tonos de piel. Sin embargo, no digo nada. No me corresponde.

—¿Brian? —pregunta Eugenie.

A Brian se le sonrojan las mejillas.

—Solo soy el chico de los números.

Todas nos reímos.

—Louisa —dice Eugenie—, tú los has recopilado, pero ¿tienes algún favorito que no hayamos puesto en la pila?

Louisa elige uno más, un rosa suave y pálido.

—Este es más claro que los otros, pero es un tono muy bonito.

Asiento. Es bonito, aunque es demasiado claro para llamarlo The Power of Pink. Pero, de nuevo, no creo que me corresponda decir eso.

—Muy bien. Buen trabajo a todos —continúa Eugenie—. Le daré estos seis al Departamento de Arte y ellos harán algunas muestras para nosotros. Skye, me pondré en contacto contigo cuando estén listas. Te queremos aquí cuando elijamos el color final.

—Me siento honrada —respondo, poniéndome colorada—. Gracias.

Un sentimiento triunfal se apodera de mí. Lo he conseguido. Y lo he conseguido sin ser la novia de Braden Black.

Eugenie me acompaña a la salida y nos despedimos con rapidez. Todavía espero que Addie salga de la nada, pero hasta ahora todo va bien.

Subo al ascensor, desciendo, salgo y me dirijo a las puertas giratorias donde me espera mi chófer.

Addie sigue sin aparecer.

Sonrío, sintiendo la sensación triunfal una vez más.

Para una mujer que se las ha arreglado para perder al amor de su vida, siento que acabo de ganar una batalla.

No es una guerra, sino una batalla.

Addison no está aquí en Susanne hoy, pero no se ha esfumado.

Está al acecho en alguna esquina.

Puedo sentirlo.

7

Voy a volar en clase turista, por supuesto.

Se acabaron los *jets* privados para mí, ¿y sabes qué? Se siente bastante bien. Tan bien que me hago un selfi en el avión desde mi asiento de la ventana. No menciono el avión, pero sí que me dirijo a mi pueblo natal. #simplementeskye

Y sí, sé que Braden lo verá, pero eso no importa. Si tiene interés, tiene los recursos para encontrarme dondequiera que esté.

Además, no tiene interés.

Pero lo echo de menos. Lo quiero de verdad, y sé que él también me quiere. De alguna manera, resolveremos esto. Pero antes de eso, tengo que resolver lo que ocurre conmigo.

Me esperan tres horas de viaje en avión, así que en cuanto los asistentes de vuelo anuncian que podemos usar nuestros aparatos grandes, saco el portátil para escribir a Eugenie.

Querida Eugenie:

Gracias otra vez por la hospitalidad de ayer. Me ha encantado trabajar con tu equipo de nuevo, y el *marketing* que habéis ideado para The Power of Pink me parece lo más. ¡No os voy a defraudar!

Estaré en Liberty, Kansas, con mi familia durante la próxima semana, como ya sabes, pero me llevo el ordenador y el teléfono y haré todas mis publicaciones según está previsto.
¡Que tengas un buen día!
Skye

Le doy a enviar con más fuerza de la que pretendía.

He sido sincera con Eugenie y ha valido la pena. He hecho lo correcto. Ser *influencer* nunca ha sido el trabajo de mis sueños, pero he llegado a él por casualidad y me está pagando las facturas.

Y, joder, qué bien se siente ser sincera.

Pero el juego de ser *influencer* está lleno de deshonestidad. Mira a Addie, por ejemplo. Odia el café, pero Bean There Done That le paga una fortuna por promocionar sus bebidas.

Me dirijo a casa para ser sincera conmigo misma, así que ¿por qué no empezar ahora?

Ser *influencer* puede ser lucrativo y me da la oportunidad de hacer fotografías. Sin embargo, hasta ahora no es que haya sacado a relucir mis músculos fotográficos creativos.

Mañana empezaré a ser más creativa. Lo fui hace tres días con el esmalte de uñas y el texto que escribí. Fue un buen punto de partida, pero soy fotógrafa, no escritora. Ahí es donde puedo brillar.

Le echo un vistazo a la pantalla del ordenador.

Los asistentes de vuelo se acercan con bebidas y galletas saladas. Me quedo con una botella de agua, pero renuncio a los carbohidratos. Ya me voy a hartar de carbohidratos en casa. Mi madre es una repostera galardonada. Sus tartas son legendarias en la feria del condado todos los años.

Guardo el portátil y reviso mis publicaciones de Instagram de los últimos días.

¡Anda! Tengo un mensaje privado de @realaddisonames.

Se me revuelven las tripas. Sabía que estaba al acecho en alguna parte.

Puedo borrarlo sin mirarlo. Es probable que sea lo mejor. ¿Quién necesita su negatividad?

Pero parece que me va la marcha, así que hago clic para abrir el mensaje.

Siento tu mal día, pero he intentado avisarte.

Eso es todo.

Addie lo sabe.

Sabe que Braden y yo hemos terminado.

Mi único consuelo es que el mensaje ha llegado tres días después de la publicación en cuestión, lo que significa que no está revisando mi *feed* a diario. ¿Es eso bueno? No tiene por qué. A sus ojos, significa que no me considera una gran amenaza para su audiencia.

Y, en realidad, no lo soy. Al menos no todavía.

Suspiro. ¿Hará pública mi ruptura con Braden? Es probable que no. En primer lugar, no tiene ninguna prueba concreta. En segundo lugar, no quedaría bien ante sus seguidores que estuviera cotilleando sobre otra *influencer*. Además, su relación —a falta de una palabra mejor— con Braden nunca ha sido pública. Por lo que ella sabe, él podría habérmelo contado todo. Lo que me lleva a la tercera razón por la que no compartiría nuestra ruptura. Si lo hiciera, pondría en evidencia su pasado con Braden, algo de lo que ninguno de los dos ha querido hablar nunca.

En realidad, Braden no me ha dicho nada.

Todo lo que sé lo he descubierto por Betsy.

Pero Betsy me dijo que rompió con Addie cuando ella no quiso ir más allá con él.

Parece que rompió conmigo por la razón contraria.

—¡Oh! ¿Cuáles son tus límites absolutos?

—Solo tengo uno.

—¿Cuál es?

—No hablo de ello.

—¿No crees que debería saberlo? ¿Para no sacar el tema?

—Confía en mí, Skye. Nunca sacarás el tema.

Pero sí que lo he hecho.

¿Por qué es su límite absoluto?

A menos que...

Controlar la respiración. Atar el cuello. Debe de tener algo que ver con Braden y Addison.

Mis dedos se posan sobre el teclado para responder al mensaje de Addie. Algo así como: «Déjame, que me asfixias». Seguro que se da cuenta del doble sentido.

Pero me detengo.

No soy Addison. No hago daño a la gente solo por el hecho de sentirme mejor.

Hago una captura de pantalla del mensaje y luego lo borro. Nunca está de más guardar un registro.

Mi avión aterriza y tomo un taxi para volver a casa. No les he dicho a mis padres que iba a venir. Siempre me piden que los visite, así que pensé que por qué no sorprenderlos.

Durante el trayecto de sesenta minutos en taxi, me suena el teléfono. Es un número de Boston que no reconozco. Podría ser un nuevo trabajo, así que contesto.

—Soy Skye.

—Hola, Skye. Soy Ben Black.

Se me cae la mandíbula al suelo.

—¿El hermano de Braden?

—El mismo que viste y calza.

¿Por qué me estará llamando Ben? No ha pasado ni una semana desde que Braden ha roto conmigo. Tal vez no lo sepa.

—Vale. Hola.

—Supongo que te preguntarás por qué te estoy llamando.

—Sí, se me ha pasado por la cabeza.

—Tienes que hacerle un favor a mi hermano.

Mi corazón late con fuerza.

—¿Que tengo que hacer qué?

—Está destrozado. ¿Qué demonios ha pasado?

¿Está destrozado? Una amplia sonrisa se me dibuja en la cara. No debería alegrarme de que Braden lo esté pasando mal, pero eso significa que está destrozado sin mí. Así que sí, estoy un poco entusiasmada.

Bueno, puede que más bien esté muy entusiasmada.

—Yo... creo que eso es entre él y yo —digo.

—Dios, suenas igual que él. Está en modo gilipollas, Skye. Está descontrolado.

Descontrolado.

Eso no es típico de Braden.

—¿Y eso es algo fuera de lo normal en él? —no puedo evitar preguntar.

Ben se ríe.

—Venga, los dos estáis hechos el uno para el otro. Digamos que está siendo más desagradable que de costumbre. Cuando le pregunté por ti, todo lo que obtuve fue un gruñido.

—¿Un gruñido?

—Sí. Y no te estoy exagerando. Te lo digo en serio. Gruñó como un lobo, y luego me contó que habíais terminado.

—Entonces sabes tanto como yo —respondo.

—No te ofendas, Skye, pero no me trago esa mierda, y lo sabes.

No puedo reprocharle su observación, pero de ninguna manera voy a decirle a Ben que su hermano me ha dejado porque quería que me atara una cuerda al cuello. Eso es demasiado personal.

En realidad, todo esto es demasiado personal.

Pero... me quedan cuarenta y cinco minutos hasta llegar a mi casa en el campo. Tal vez pueda enterarme de algo.

—Ben, ¿qué pasó entre Braden y Addison Ames?

Se detiene un momento. ¿Se ha cortado la llamada?

Por fin, dice:

—¿Addie? Eso es agua pasada.

—No es tan pasada.

—No puedo decirte nada que Braden no te haya dicho ya.

—Es que no me ha dicho nada.

—¿Nada de nada? —Su inflexión le hace parecer genuinamente sorprendido.

—Solo que ambos eran jóvenes y que no sabían en qué se estaban metiendo.

—Pues ya es una parte importante.

—Pero he oído otras cosas...

—¿De quién?

Trago saliva. No voy a traicionar la confianza de Betsy.

—No puedo decírtelo.

—Me parece justo, pero si no conozco la fuente, no podré decirte si es cierto o inventado. Así que tienes que decírmelo.

—No tengo que hacer nada. No te lo voy a decir.

—Entonces, ¿por qué sacas el tema?

Me ha pillado. Me detengo durante varios segundos.

—¿Sigues ahí? —pregunta Ben.

—Sí.

—La conexión parece extraña. ¿Dónde estás?

—En un taxi.

—Ah.

—En dirección a la rural Kansas.

—¿Qué?

—Voy de camino a visitar a mis padres.

—¿Cuándo vas a volver?

—Mi billete de vuelta es para el sábado. Estaré aquí una semana.

—Mmm. De acuerdo. Pero otra semana más con el imbécil de Braden va a acabar con todos nosotros.

—No puedo ayudarte, ¿vale? Braden es el que ha terminado la relación. No yo.

Le toca guardar silencio. Entonces:

—¿De verdad?

Evito que se me caiga la mandíbula de nuevo.

—Sí, de verdad. ¿Crees que iba a mentirte sobre eso? ¿No te ha contado lo mismo?

—Solo me ha contado que habíais terminado, así que he asumido...

—¿Has asumido que había sido yo la que había cortado? —Sacudo la cabeza hacia el teléfono—. No me lo puedo creer.

—Ha roto contigo de verdad. —Sus palabras no son una pregunta. Son más bien una declaración de asombro.

—Sí. Ha roto conmigo de verdad. ¿Por qué has asumido que había sido al revés?

—Por la forma en la que está actuando. Está destrozado, y alguien que se siente de esa forma no habría sido el causante.

—Pues parece ser que sí.

—Pero Braden no...

¿No qué? ¿No se haría daño a sí mismo? No, claro que no. No puedo evitar reírme para mis adentros. Aquella vez que volvió de Nueva York antes de tiempo porque quería verme y yo le confesé que había robado el correo de su casa, dejó clara su postura.

Podría terminar contigo, pero no he volado doscientos kilómetros para castigarme.

No, Braden no se haría daño a sí mismo.

—¿Braden no qué? —le pregunto.

De nuevo, más silencio durante unos segundos. Después:

—Se ha ido esta mañana temprano.

—¿Qué? ¿Por qué? —le pregunto.

—Dijo que iba a volver a Nueva York por un largo período de tiempo. Es posible que de forma indefinida.

A Nueva York. Al Black Rose Underground. ¿Sabrá Ben lo del club de Braden?

Boston es el hogar de Braden. Lo ha dejado claro muchas veces. Tan claro, que mantiene parte de sí mismo solo en Nueva York.

Y ahora está pensando en irse allí de forma indefinida.

Lo que me lleva al club.

Lo que me lleva a las escenas.

Y si no estoy allí para hacer escenas con él, alguien más lo hará. Las mujeres harán cola para hacer realidad los fetiches de Braden Black.

Mujeres que no le pedirán que haga algo impensable para él.

Mujeres que...

Mujeres que no son yo.

8

—¿Sigues ahí, Skye? —me pregunta Ben.

Me trago el vómito que amenaza con salirme del estómago.

—Sí. Estoy aquí.

—Tienes que hablar con él.

Me aclaro la garganta.

—¿Por qué? Si se ha ido a Nueva York, no tendrás que aguantar que se comporte como un gilipollas.

—¡Ja! Por supuesto que tendré que aguantarlo, y también todos los demás. Un gilipollas a distancia sigue siendo un gilipollas.

Ahí me ha pillado.

—Me gustaría poder ayudarte, pero...

—Entonces llámalo. Dile que lo sientes.

—No lo siento, Ben. No fui yo quien terminó la relación.

—Así que estaríais juntos si él no lo hubiera hecho, ¿verdad?

—Bueno..., sí.

—Pues díselo.

Sacudo la cabeza, muy consciente de que solo el taxista puede verme desde su espejo retrovisor, si es que está mirando.

—De ninguna manera. Todavía tengo autoestima. No voy a volver arrastrándome a un tío que me ha dejado.

—Esto no tiene nada que ver con la autoestima, Skye. Está hecho polvo.

—Entonces la culpa es suya, ¿no crees?

—Sí. Por supuesto que sí. Pero Braden no está acostumbrado a que las cosas no salgan como él quiere. Él encuentra soluciones, y lo que sea que haya pasado entre vosotros dos lo tiene confundido.

Dejo escapar un resoplido exasperado.

—¿Confundido? Sabe exactamente por qué ha cortado conmigo.

—No me refiero a eso.

—Ah, ¿no? ¿Entonces a qué te refieres?

—Braden encuentra soluciones. Así es como se hizo tan importante. Su idea original era una solución a un problema en la construcción. Y cada éxito que ha tenido desde entonces, desde innovaciones hasta inversiones, ha sido el resultado de encontrar una solución. Esto lo tiene desconcertado, Skye.

—¿Y?

—¿Cómo que «y»?

—Lo siento, Ben, pero no te sigo. Las relaciones no son problemas que resolver. Son relaciones.

—No es así como lo ve Braden.

—No puedo evitarlo. Eso es lo que hay.

—Tal vez —dice.

—Tú lo más seguro es que seas como él, ¿no? Tampoco quieres una relación.

—¿Qué? ¿De dónde ha salido eso?

—Es solo una corazonada.

Suspira.

—No estoy buscando nada, es cierto. Pero no soy reacio a tener una relación si encuentro a la persona adecuada.

—Al principio Braden me dijo que él y yo no podíamos tener una relación. Al parecer tenía razón.

—No me sorprende. Ninguno de los dos está preparado para el amor a largo plazo.

—¿Por qué dices eso?

Silencio.

En serio, un silencio tan fuerte en una línea de teléfono móvil que juro que puedo oír su densidad.

—¿Sigues ahí? —pregunto.

—Sí.

—¿Vas a responder a la pregunta que sabes que voy a hacerte?

Más silencio. Luego:

—No puedo.

—¿Por qué no? —pregunto.

—Hay cosas de las que Braden y yo no hablamos. Con nadie.

Se me corta la respiración.

—¿Y una de esas cosas es por qué no estáis hechos para tener relaciones?

No hay respuesta.

—Tomaré tu silencio como una respuesta afirmativa —digo.

—No es lo que piensas —responde.

—No estoy pensando en nada.

—Seguro que sí. Estás pensando que tiene algo que ver con Braden y Addison.

—¿Por qué iba a pensar eso? ¿Es una de las razones por las que no estáis preparados para tener relaciones?

Más silencio.

—Esto se está volviendo tedioso, Ben —comento al fin.

—No puedo hablar por Braden —replica—, pero sin duda Addie no ha tenido nada que ver con mi situación.

—Ya veo.

Todavía más silencio. Entonces:

—Creo que puedes hacer feliz a Braden, Skye.

A pesar de todo, me da un pequeño vuelco el corazón.

—Es obvio que no.

—Puedes hacerlo. Él era diferente contigo. Diferente que con cualquier otra mujer que haya traído a casa.

—¿Y si es él el que no puede hacerme feliz a mí?

—Yo solo...

—Has supuesto que cualquiera estaría encantada de estar con tu hermano. O contigo. Lo entiendo.

—No, no es eso lo que quería decir. —Su tono es enfadado y decidido.

—Eso es exactamente lo que querías decir. Lo que pasa es que mi felicidad también es importante.

—Nunca he dicho que no lo fuera. Pero, Skye, acabas de decirme que si no hubierais roto...

—Déjate de eufemismos, Ben. Me ha dejado él. Llama a las cosas por su nombre.

—Bien. Si Braden no te hubiera dejado, todavía estarías con él. Así que está claro que te hacía feliz.

Ben no se equivoca. Braden me dejó extasiada. Me mostró un mundo que no sabía que existía, un mundo de placer y amor y pérdida de control. Un mundo al que solo podía enfrentarme en la oscuridad.

Tal vez lo llevé demasiado lejos. Tal vez todo esto es por mi culpa. Tal vez necesito enfrentarlo todo a la luz del día para entenderlo.

¿Pero cómo puedo ser culpable solo por pedir lo que deseo?

—¿Qué quieres que haga? —le pregunto al final.

—Ponte en contacto con él.

—¿Y qué te hace pensar que él va a hablar conmigo?

—No sé si lo hará. —Suspira—. Pero está sufriendo, y tú eres la única que puede ayudarlo.

—Está bien. —Accedo al fin—. Le... enviaré un correo electrónico. O le enviaré un mensaje de texto. No pienso llamarlo.

—Por algo se empieza. Gracias, Skye.

—Si esto acaba en algo peor, que sepas que voy a ir a por ti —le digo.

—Lo entiendo. Puedes golpearme en la nariz o algo así.

No puedo evitar soltar una breve carcajada. ¿Qué coño puedo hacerle a Ben Black? Nada de nada.

—No creas que no lo haría.

—Creo sin duda que lo harías. Supe desde la primera vez que nos vimos que Braden había encontrado a su media naranja. Creo que eso podría ser parte del problema.

—¿Qué problema?

—Que sois demasiado parecidos. Eso es lo que le atrajo de ti en primer lugar.

De nuevo, no se equivoca. Braden ha admitido que se había sentido atraído por mi necesidad de control. Casi como si quisiera romperme. Y yo se lo permití. Le di mi control, lo que me llevó a las cosas más increíbles que jamás había experimentado.

Pero tal vez...

Tal vez él no quiere en realidad todo el control sobre mí.

Tal vez esa parte de él es una ilusión.

Y tal vez lo está descubriendo por sí mismo ahora. Tal vez eso es lo que lo tiene confundido.

Estoy cerca de casa. Incluso mientras el taxista conduce, me siento en el borde de mi asiento cuando mi casa aparece a la vista. Verde. Kansas es muy verde en comparación con Boston. Los campos de maíz se alinean a cada lado de la carretera del condado.

—Esto ha sido interesante, Ben —le comento—, pero tengo que irme. Ya casi estoy en casa.

—Está bien. Solo piensa en lo que he dicho, ¿vale?

—Claro. Te he dicho que le mandaría un mensaje de texto. —Pero no le he dicho cuándo, por supuesto.

Voy a pensar en ello. ¿Podría hacer algo al respecto? La verdad es que no. No voy a ir a rogarle a Braden para que vuelva conmigo. Por mucho que quiera estar con él, por mucho que lo quiera, nunca rogaré por nada.

—Estupendo. Que lo pases bien en casa, Skye.

—Lo haré. Y... ¿Ben?

—¿Sí?

—Si tienes la oportunidad, dile a Braden...

—¿Sí? ¿Que le diga qué?

—Solo dile que le mando saludos.

—De acuerdo. Lo haré. Adiós.

Vuelvo a meter el teléfono en el bolso mientras el taxi aparca. ¿Le dirá Ben a Braden que le mando saludos? Si lo hace, también tendrá que decirle que me ha llamado, lo que puede no ir bien.

—Muchas gracias. —Le pago al taxista y agarro el equipaje que ha sacado del maletero para mí.

Entonces respiro hondo.

Estoy en casa. En el lugar en el que nací.

Es hora de descubrir quién soy de verdad.

Es hora de averiguar por qué que me aten el cuello es tan importante para mí.

Sonrío y giro el pomo de la puerta principal. Sé que está abierta, ya que nunca cerramos las puertas. Vivimos en el lugar más seguro del planeta.

Entro.

Y me quedo con la boca abierta.

9

Mi madre está sentada en el sofá azul de nuestro pequeño salón. Mi padre está sentado en su viejo sillón de cuero.

Tienen una visita.

En el sillón de brocado descolorido está sentado Braden Black.

Me quedo congelada, y la maleta se me escapa de entre los dedos. Cae al suelo con un fuerte golpe y se desploma a un lado.

—¡Cariño! —Mi madre se levanta y me abraza—. ¿Qué estás haciendo aquí?

Pasan unos segundos antes de que me salga la voz.

—Vivo aquí. Al menos, solía hacerlo. ¿Cuál es su excusa?

—El señor Black... , eh..., Braden ha llamado hoy temprano y ha preguntado si podía venir.

—¿Por qué no nos dijiste que tenías una relación, Skye? —pregunta mi padre.

—Porque no la tengo —respondo.

Braden se aclara la garganta entonces, se levanta y camina hacia mí.

—Sé lo que puede parecer.

¿Qué es lo que puede parecer esto? Mis sentimientos son un torbellino dentro de mí. ¿Estoy feliz de verlo? ¿Enfadada por su presuntuosidad? Un poco de ambas cosas. Sobre todo estoy perpleja. Esa palabra que tanto le gusta.

No hay muchas cosas que me dejen perplejo, Skye.

—Parece que me estás espiando —contesto.

—¿Por qué iba a espiarte tu novio? —pregunta mi madre.

—No es mi novio —digo con rotundidad—. Es un hombre de treinta y cinco años, y no tengo ni idea de lo que está haciendo aquí.

—Ha venido a conocernos —responde mi padre.

—Sin molestarse en decírmelo —replico.

—Pasaba por aquí —explica Braden—, así que, naturalmente, se me ocurrió venir a saludar a tus padres.

—Braden, pero ¿qué...?

—Acompáñame. —Me hace salir por la puerta principal. Entonces—: ¿Y qué estás haciendo tú aquí?

—Eh... Creo que ya lo he dejado claro. Vivo aquí.

—No. Tu casa está en Boston.

—La casa de mis padres es mi casa. Eso es lo que siempre me han dicho. Estoy segura de que tengo mucho más derecho a estar aquí que tú. ¿Qué coño estás haciendo, Braden?

—No era mi intención que te enteraras. ¿Por qué estás aquí?

Me llevo las manos a las caderas.

—Yo no tengo que explicarte eso, pero tú sí tienes que explicármelo a mí. ¿Qué estás haciendo en la casa de mis padres?

Me clava esa mirada azul zafiro. Esa mirada que dice: «No me pongas a prueba, Skye». Bueno, demasiado tarde para todo eso. Ya no puede castigarme.

—Estoy esperando...

—Pasaba por aquí.

—Mentira. ¿Qué clase de negocios puedes tener tú en Liberty, Kansas?

—De todo tipo. Mi empresa fabrica productos utilizados en la construcción, ¿o se te ha olvidado?

—Sí, y estoy segura de que tienes mucho que hacer en una metrópolis tan próspera. Aquí no tenemos precisamente rascacielos. Además, Ben me ha dicho que estabas en Nueva York.

Mierda. He cometido un error garrafal. Ahora sabe que he hablado con Ben.

Curiosamente, no me insiste en ello. En cambio, suelta:

—Tengo una reunión en Kansas City mañana, así que he volado antes, he llamado a tus padres y me han invitado a venir.

—Por supuesto que sí. Mis padres son gente muy hospitalaria. ¿Pero por qué? No estamos juntos.

—Porque quería... —Se pasa los dedos por el pelo oscuro—. Quería conocerlos. Supongo que yo...

—¿Qué, Braden? Por el amor de Dios, ¿tú qué?

—Quería conocerlos porque son parte de ti.

—¿Por qué?

—Porque... Madre mía, Skye, ya sabes por qué.

—Me temo que no.

—Porque te quiero, ¿vale? Te quiero, joder, y quiero averiguar qué pasa contigo. Por eso. ¿Satisfecha?

Alzo las cejas. ¿Lo creo? Si lo hago, tengo que aceptar que ambos hemos venido aquí por la misma razón.

He venido a encontrarme a mí misma. A descubrir por qué el control —y, más recientemente, la pérdida de control— es una parte tan importante de mi vida.

¿Está aquí para ayudarme?

—No me vengas con historias.

—Piensa lo que quieras —dice—. No tengo por qué darte explicaciones.

—Oh, por supuesto que tienes que hacerlo cuando te presentas sin avisar en casa de mis padres.

—No ha sido sin avisar. Los he llamado primero.

—Pero no me has avisado a mí.

—No tenía ni idea de que vendrías hoy.

—Ah, ¿no? Te vuelvo a decir que no me vengas con historias.

—¿Crees que te estoy vigilando? —Se acerca a mí, con esa mirada que conozco tan bien.

¿He ido demasiado lejos?

Sus ojos están en llamas, su mandíbula, tensa. He visto esta mirada antes. Está enfadado. Enfadado y lleno de lujuria.

Quiere agarrarme. Besarme. Atarme y follarme, como hizo aquel día en su despacho cuando entré corriendo, lanzándole acusaciones.

—S-Sí. —Me tiemblan los labios—. No me extrañaría que lo hicieras.

—¿Por qué iba a vigilarte si no estamos juntos?

—¿Por qué ibas a presentarte en casa de mis padres si no estamos juntos?

—¡A la mierda, Skye! —Me agarra del hombro. Con fuerza—. ¡A la mierda todo! —Sus labios descienden sobre los míos.

Mis padres todavía están dentro de la casa, a solo unos metros de distancia. Es muy posible que estén mirando.

No me importa.

Me resulta imposible resistirme a Braden. Cuando su lengua exige la entrada, separo los labios y le permito el paso. Nos besamos con furia durante un minuto, hasta que él rompe el beso de forma abrupta.

—¡A la mierda! —exclama de nuevo.

—No tienes ningún negocio aquí, ¿verdad? —le pregunto.

No responde.

Dios, Ben y él están cortados por el mismo patrón. Si no les gusta la pregunta, simplemente no contestan.

—Entonces, ¿por qué has venido? —pregunto.

—Estoy preocupado por ti —contesta.

—Soy una mujer adulta.

—Ya lo sé.

—¿Por qué preocuparte entonces?

—Que no pueda estar contigo no significa que ya no te quiera. — Me acaricia la mejilla con un dedo.

Siento un cosquilleo en todo el cuerpo.

—Yo también te quiero. ¿Por qué no podemos hacer que esto funcione?

—Ya sabes por qué.

—¿Por qué crees que he venido aquí? —le pregunto—. He venido aquí para empezar por el principio. Para descubrirme a mí misma.

Asiente con la cabeza, aunque no estoy segura de a qué está asintiendo.

—Así que ¿por qué has venido tú aquí? —vuelvo a preguntar—. Y no me digas que porque estás preocupado por mí. Sabes que puedo cuidar de mí misma. Dime por qué, Braden.

—Tal vez he venido aquí para tratar de entenderte también.

—¿Es a mí a quien quieres entender, Braden? —Respiro hondo, reuniendo valor para lo que voy a decir—. ¿O es a ti mismo?

10

De nuevo, no responde.

Me estoy hartando de este juego de silencio al que tanto les gusta jugar a él y a su hermano. No es nada nuevo.

—Creo que tengo mi respuesta —afirmo.

Aun así, no dice nada.

—Te has mirado en el espejo, ¿verdad? —continúo—. Igual que yo. Y no estás muy seguro de lo que ves.

—Al contrario, Skye, sé exactamente lo que veo.

—¿Lo sabes? ¿O solo crees que lo sabes? ¿Qué escondes, Braden?

Se mete las manos en los bolsillos del pantalón.

—Podría preguntarte lo mismo.

—Podrías, pero no tengo respuesta. He venido a buscar una.

—¿Y no puedes creer que quizás yo haya venido aquí por la misma razón?

—No tienes ninguna historia aquí. Esto me pertenece a mí. ¿Quieres encontrarte a ti mismo? Empieza en South Boston. —Hago acopio de más valor—. Empieza con Addie.

—Joder, Skye...

—Tacha eso. Addie llegó mucho más tarde. Comienza con tu padre, Braden. Comienza con tu madre.

Se le tensa la mandíbula de nuevo y se le encienden los ojos con un fuego salvaje.

—Que te jodan —dice entre dientes apretados.

—Que te jodan a ti también —contesto—. Que te jodan, coño.

Entonces sus labios vuelven a estar sobre los míos, sin ni siquiera un atisbo de delicadeza. Es duro. Es doloroso, incluso.

Y es magnífico.

Estamos de pie en el patio delantero de mis padres, con nuestras bocas fusionadas, y estoy preparada. Muy preparada. Lista para desnudarme para él y hacer el amor aquí mismo, delante de la casa donde crecí. Donde jugué con juguetes. Donde me perdí en el campo de maíz.

Rompo el beso y lo alejo.

—Para.

—No.

—Sí, hazlo. ¿Has olvidado que mis padres están dentro? ¿Que pueden observarnos a través de la ventana? Puede que mi padre esté cargando su escopeta en este momento.

Toma aire.

—Esto ha sido un error.

—Puedes apostar que sí. Te has pasado de la raya, Braden.

Se burla.

—¿Que me he pasado de la raya? ¿Te has olvidado de cuántas rayas te has pasado tú? ¿Robar una carta de mi casa? ¿Irrumpir en mi oficina y exigir información?

Sí, ninguno de esos fueron mis mejores momentos, pero:

—No estamos hablando de mí. Estamos hablando de ti. Pero ya que has sacado el tema, la última vez que lo comprobé, nunca me presenté en casa de tu padre sin avisar. Esa raya es importante.

No responde. No me sorprende. No puede debatirme mi punto de vista, y lo sabe.

—¿Qué haces aquí en realidad? —pregunto por enésima vez. Estoy decidida a obtener una respuesta antes de que se vaya.

Sacude la cabeza.

—La verdad es que no lo sé, Skye. Lo único que sé es que estaba en el avión, listo para ir a Nueva York, y le dije al piloto que cambiara el plan de vuelo.

—¿No sabías que yo iba a venir aquí?

—No. Te juro que no.

—Entonces, ¿por qué? En serio. Y no me digas que estabas preocupado por mí o que intentabas entenderme.

—Es que esa es la verdad.

—No, esa es la verdad que te has dicho a ti mismo para poder seguir con tu vida por haber tomado esta decisión. Quiero la auténtica verdad.

—Te estoy diciendo la verdad. O, al menos, una parte de ella.

—¿Cuál es el resto, entonces?

—No lo sé. Solo sé… —Se pasa los dedos por el pelo una vez más—. Nunca me había sentido así. Es… desconcertante.

—¿Sentirte cómo? —Contengo la respiración.

Las emociones se reflejan en su rostro mientras arruga la frente, frunce los labios. Está enfadado, arrepentido, imponente. Tal vez incluso algo divertido.

Entonces mira hacia otro lado.

—¿Cuándo has hablado con mi hermano?

—Interesante cambio de tema —contesto—. No tiene ni la más mínima relación con mi pregunta. Pero te seguiré el juego. Me llamó hace una hora, mientras estaba en el taxi viniendo hacia aquí.

—Ya veo.

—Dice que estabas destrozado sin mí.

—Es por este motivo por el que las relaciones no están hechas para mí. Tengo un problema con las desgracias de cualquier tipo.

No puedo evitar una carcajada.

—¿Crees que eso te hace único? A nadie le gusta estar destrozado.

—A mí me gusta menos que a la mayoría.

—Ah, ¿sí? ¿Porque tú, el gran Braden Black, sabes cómo afectan las desgracias a todos los demás seres del planeta?

—¡Me cago en todo! —Está tenso de nuevo, tan tenso que su cuerpo tiembla un poco por la rigidez.

—Esto no va a ir a ninguna parte —declaro—. Voy a volver a entrar.

Braden me ofrece una media sonrisa.

—Tu madre me ha invitado a quedarme a cenar.

Se encuentra con mi mirada. Es casi un fulgor. Me está desafiando... Me está desafiando a tomar la decisión por él. Quiere mi respuesta. Pero me niego a jugar.

—Este es un país libre. Quédate.

—¿Tú quieres que me quede?

Dejo escapar un resoplido y una risita.

—¿Desde cuándo te importa lo que yo quiera? Haz lo que te dé la gana. —Me dirijo hacia la puerta.

Aunque plantea una pregunta interesante. ¿Quiero que se quede? He conocido a su padre y a su hermano. Si aún estuviéramos juntos, tarde o temprano lo habría llevado a casa para que conociera a mis padres. Tal vez no tan pronto, pero habría sucedido.

Sonrío para mis adentros cuando sus pisadas me siguen. Abro la puerta mosquitera y luego la puerta principal. Mis padres ya no están en el pequeño salón. Encuentro a mi madre en la cocina. Mi padre debe de estar en el sótano delante de la televisión. Es su cueva.

—Hola, cariño. ¿Estás bien? —me pregunta mi madre.

—Sí, estoy bien.

—¿Tu amigo se va a quedar a cenar?

—¿Mi amigo? Mamá, no es un chico que he traído a casa del colegio. Es un multimillonario.

Sonríe.

—Ya lo sé, querida. Todo el mundo sabe quién es Braden Black. Lo que no sabíamos es que él y tú estabais...

—¿Juntos? No lo estamos.

—Pero lo habéis estado.

—Solo durante unas semanas.

Braden entra detrás de mí y se aclara la garganta.

—¿Sigue en pie la invitación a cenar, señora Manning?

—Por supuesto que sí. Y, por favor, llámame Maggie.

Asiente con la cabeza.

—¿Por qué no te vas al sótano con Steve? Estará encantado de servirte una copa.

—Me encantaría. ¿Tiene Wild Turkey?

Mi madre se ríe.

—Es su favorito.

Braden asiente y se dirige hacia las escaleras del sótano.

—¿Puedo traeros algo a alguna de las dos?

—Claro —contesto—. Yo también quiero un Wild Turkey. Tráele a mi madre un vodka con agua con gas.

Vuelve a asentir y baja las escaleras.

Mi madre se vuelve hacia mí.

—Veo que tenemos mucho de qué hablar.

11

Mi madre tiene razón. Quiero hablar con ella, pero no sobre Braden. He venido a casa por una razón: empezar por el principio y descubrirme a mí misma. No solo para poder responder a la pregunta de Braden sobre lo que quiero, sino también para conocerme mejor. Para entender por qué soy quien soy.

Tengo que empezar por el principio.

No estoy segura de poder hacer eso con Braden presente.

Pero aun así sigo queriendo que esté aquí. Quiero tanto que esté conmigo que puedo saborearlo, ese irresistible sabor a menta ahumada, canela y hombre.

Braden.

—¿En qué puedo ayudarte por aquí? —le pregunto a mi madre.

—Ya casi he terminado. —Sonríe—. Supongo que no estás preparada para hablar de ti y...

Inhalo y decido hacer como Braden e ignorar su pregunta.

—Estofado. Es casi como si supieras que vendría a casa.

—Tu padre y yo comemos estofado más o menos una vez a la semana, y siempre hago mucha cantidad para que pueda comerse un sándwich los días siguientes. Así que tenemos bastante para ti y tu invitado.

«No es mi invitado».

Quito la tapa de la olla que está en el fogón.

—¿Ensalada de judías y maíz?

—Sip.

Otra receta básica. Vivimos en una granja de maíz, después de todo. ¿Le gustará a Braden? Es tan... rural.

—Más zanahorias y patatas nuevas —continúa mi madre—, cocinadas con el estofado, por supuesto. —Saca del frigorífico una barra de pan de molde envuelta y coloca la mitad en un plato—. ¿Podrías hacerme el favor de llevar esto a la mesa, Skye?

—Claro. —Pan de molde del supermercado en la mesa. Otro alimento básico de mi infancia. Mi madre hornea, pero solo hace postres. No hace su propio pan.

Una oleada de vergüenza me recorre.

Pan de molde del supermercado en la mesa. ¿Qué pensará Braden?

Me viene una imagen a la cabeza.

Es Benji, el niño que entró en el banco de alimentos con su madre el día que Braden y yo fuimos como voluntarios allí. Mientras su madre lo arrastraba en su carrito rojo, sacó una barra de pan de molde de una de las bolsas y la estrujó.

Como yo he hecho tantas veces.

Miro el pan en el plato, los cuadrados casi perfectos de color blanco con corteza marrón claro. Cuando era pequeña, las rebanadas siempre estaban destrozadas por haber estrujado las bolsas de pan fresco del supermercado.

Sí, estoy en casa.

Con pan en la mesa y todo, estoy en casa.

Mi madre está echando las zanahorias y las patatas en un bol.

—¿Quieres sacar la ensalada *succotash*? —pregunta.

—Claro. —Busco un bol para servir y levanto la tapa de la olla. La suntuosidad del maíz mantecoso viene hacia mí. Otro maravilloso aroma a hogar. Vierto el maíz y las judías en el cuenco, añado una cuchara grande y lo pongo en la mesa de la cocina junto al pan.

Mi madre levanta la vista.

—Ay, perdona. Creía que, como tenemos un invitado y eso, comeríamos en el comedor bueno.

—Oh. De acuerdo. —Recojo el bol de *succotash* y el plato de pan y salgo de la cocina hacia el comedor formal.

No es nada formal. Cuando era pequeña, la máquina de coser de mi madre solía estar sobre la mesa de roble. ¿Y ahora? La mesa está puesta para cuatro personas con la vajilla buena de porcelana que mi madre heredó de su abuela cuando yo era pequeña.

El día que rompí uno de esos platos no fue un buen día para mí.

De hecho...

Más imágenes se precipitan en mi cabeza. Recuerdos.

Ese fue el día en el que me perdí en el maizal. ¿No es así? Estaba corriendo... Huyendo...

No hay tiempo para pensar en eso ahora. Coloco el pan y el *succotash* en la mesa y miro el papel pintado blanco y dorado. Ya está viejo y ligeramente amarillento por el paso del tiempo, pero sigue siendo elegante. Siempre me he preguntado por qué nunca utilizamos esta habitación. O la vajilla buena de porcelana.

—Es solo para los invitados —decía siempre mi madre.

Los únicos invitados que teníamos eran de la familia y no la valoraban. Comíamos en la cocina o nos servíamos nosotros mismos y comíamos fuera.

Braden Black, aparentemente, sí que la valora.

Vuelvo a entrar en la cocina.

—Ve a decirle a tu padre y a Braden que la cena está lista —me pide mi madre.

—Vale. —Me dirijo a la cueva de mi padre.

Para mi sorpresa, Braden se está riendo. Se está riendo con mi padre mientras ambos beben Wild Turkey. Al parecer, se olvidó de que en teoría iba a traernos bebidas a la cocina a mi madre y a mí.

Puedo contar con una mano las veces que he visto a Braden reírse así. Es un sonido maravilloso, como el del timbre de las vacaciones.

Me aclaro la garganta.

—Mamá dice que la cena está lista.

—De acuerdo, cariño. Dile que subimos enseguida. —Mi padre se vuelve hacia Braden—. Tengo una pequeña bodega en el rincón. Seguro que no es nada comparado con lo que estás acostumbrado, pero vamos a elegir un vino para la cena.

—Será un placer —contesta Braden, levantándose.

¿Cómo que será un placer? ¿Es un placer para él elegir un vino barato que mi padre guarda en su estante de madera que llama «bodega»?

Tengo que admitir que Braden se está ganando a mi padre, y no puedo evitar quererlo por ello.

Pero es más que eso.

Braden está disfrutando. De hecho, está disfrutando con mi padre en su cueva. Bebiendo Wild Turkey y viendo *Jeopardy*.

Y me doy cuenta de que... Braden se siente como en casa con esta modesta existencia, esta modesta existencia que puede ser más lujosa que la forma en la que creció. Mi familia nunca tuvo que ir a un banco de alimentos. De hecho, donábamos lo que quedaba de nuestra cosecha al final del año, después de cumplir con todos los contratos, para ayudar a alimentar a los que pasaban hambre.

No, no éramos ricos. Nunca tuvimos más de un coche y no nos íbamos de vacaciones lujosas. No fui a Disneylandia hasta los diecinueve años, cuando Tessa y yo ahorramos nuestro dinero y tomamos un vuelo a Los Ángeles durante las vacaciones de primavera. Solo podíamos permitirnos dos días en el parque, así que pasamos el resto del tiempo en una playa pública.

Pero mi familia nunca pasó hambre. Nunca pasamos frío. Siempre tuve mucha ropa y, como era hija única, nunca llevé ropa usada. Mi madre era muy mañosa y cosía mucha de mi ropa, pero siempre había suficiente dinero para que tuviera algunas prendas de última moda cuando empecé a ir al instituto.

Es curioso que nunca haya apreciado esto hasta ahora, después de haber contemplado el lujo de un *jet* privado.

Espero mientras Braden examina las pocas botellas de vino que hay en el estante de mi padre. Elige una.

—Este, creo. Debería ir bien con el estofado que ha hecho tu mujer, que huele de maravilla, por cierto.

—Estoy de acuerdo. —Mi padre le da una palmadita en la espalda a Braden.

Tengo que aguantarme la risa. ¡Mi padre acaba de darle una palmadita en la espalda a Braden Black! No puedo imaginarme al propio padre de Braden haciendo eso. Por supuesto, conozco a Bobby Black de una sola vez. Fue encantador... y salir con alguien de mi edad...

Tampoco me imagino a mi padre haciendo eso.

—Después de ti, cariño —dice mi padre.

Asiento con la cabeza y subo las escaleras hacia el comedor. Braden y mi padre me siguen.

—La cena está lista —llama mi madre desde la cocina—. Ahora mismo voy con la carne.

—Me parece estupendo, Mags.

Mi padre le muestra a Braden dónde sentarse, pero primero me aparta la silla.

Braden siempre ha hecho eso. Es un caballero. Pero puedo ver que mi padre está convenientemente impresionado. Braden y mi padre esperan hasta que entra mi madre. Mi padre le aparta la silla a mi madre y, una vez sentada, tanto él como mi padre se sientan por fin.

Mi padre dice una bendición rápida y luego se hace el silencio.

Pasan al menos cinco minutos en este silencio insoportable. Tomo una porción de cada plato que me ofrecen, mi mirada se centra en el plato de pan del supermercado.

Hasta que Braden toma dos rebanadas.

—Esto me trae recuerdos —comenta—. Del pan de molde que había en mi mesa cada noche. Crecí acostumbrado a ello.

—¿En serio? ¿En Boston? —pregunta mi padre—. Creía que era algo propio del Medio Oeste.

—Te aseguro que también es propio de Boston —responde—. A veces, el pan era lo único que había en nuestra mesa.

Mis ojos se abren como platos. ¿Braden acaba de ofrecer otra pista de sí mismo? Primero el banco de alimentos. ¿Ahora esto?

De nuevo se hace el silencio. Ninguno de mis padres parece saber cómo responder a la revelación de Braden y, a decir verdad, yo tampoco. Se le enrojecen las mejillas un poco, y me pregunto si se arrepiente de sus palabras.

Y entonces lo entiendo.

Por qué está aquí.

Quizás esté haciendo lo mismo que yo. Volver a sus raíces para resolver las cosas. Solo que sus raíces ya no existen. Su familia ya no vive en South Boston. No puede «volver a casa» para empezar desde el principio como he hecho yo.

Yo tenía razón.

No ha venido aquí para entenderme a mí.

Ha venido aquí para entenderse a sí mismo.

Mi padre inicia una conversación sobre la bolsa, algo que a mi madre y a mí no nos interesa, pero que mantiene a Braden entretenido. Mientras tanto, devoro el estofado de mi madre. Junto con su guiso, es mi comida casera favorita. La ensalada *succotash* también está deliciosa. No hay nada mejor que el maíz fresco y la mantequilla para hacer apetecibles las judías.

Cuando todos los platos están vacíos, me pongo de pie para recoger la mesa.

Mi madre me detiene.

—Siéntate, Skye. Yo me encargaré de eso.

—No pasa nada, mamá. Estoy encantada de ayudar. —Y encantada de salir del comedor durante unos minutos. Con mi padre y Braden discutiendo las opciones de compra de acciones, me siento como si acabara de aterrizar en otra galaxia.

Mi padre sabe bastante sobre el mercado. Le ha ido bien a lo largo de los años, eligiendo acciones en las que invertir y obteniendo un modesto beneficio. Pero sus conocimientos no son nada en comparación con los de Braden. Aun así, Braden escucha con atención, como si mi padre tuviera algo valioso que ofrecer. Estoy impresionada.

Ayudo a mi madre a traer su tarta de saúco casera. Es una de mis favoritas y algo que no puedo encontrar en Boston. A mi padre y a mí nos encanta. Las bayas de saúco son del tamaño de una bola de *airsoft*, y la semilla ocupa la mayor parte de la baya. Sin embargo, están ácidas y tánicas de una forma deliciosa, y las semillas no son peores que comer moras o frambuesas. ¿Le gustará a Braden?

Incluso si no le gusta, será educado.

Yo, por mi parte, no puedo esperar. Mi madre también tiene nata montada casera con sabor a vainilla y *bourbon*, el complemento perfecto.

—Espero que tengas hueco para el postre, Braden —dice mi madre mientras le entrega un trozo gigante de tarta coronado con una gran porción de nata montada.

—Siempre tengo hueco para el postre, Maggie.

Aunque se dirige a mi madre, su mirada se fija en la mía.

El postre, en efecto.

Muchas veces, Braden y yo nos hemos dado el gusto de comernos el postre.

Pero si pienso demasiado en eso ahora, no podré dejar de retorcerme contra el cosquilleo que siento entre las piernas.

—La tarta de saúco de mi madre —explico— es mi favorita.

—Creo que nunca he probado la tarta de saúco antes —dice—, aunque mi madre hizo una vez tarta de grosellas. Recuerdo que pensé que estaba un poco agria.

Mi madre sonríe.

—Eso me trae recuerdos. Hace mucho que no como tarta de grosellas.

—¿Qué son las grosellas? —pregunto.

—Es una baya verde —contesta mi madre.

—¿Una baya verde?

—Sí. Todavía se pueden encontrar en las tiendas con la fruta enlatada a veces, pero no he visto una grosella fresca desde que tenía tu edad, Skye. —Se vuelve hacia Braden—. Las bayas de saúco también son ácidas, pero no te preocupes. Utilizo una buena cantidad de azúcar en esta tarta, y además la nata montada le añadirá dulzor.

—Estoy seguro de que estará riquísima. No hace falta que algo sea dulce para que me guste. —Braden sonríe.

Está sonriéndole a mi madre. ¡Esa sonrisa que casi nunca puedo ver!

«Cálmate, Skye. Estar celosa de tu madre es totalmente ridículo».

Sin embargo, enseguida desplaza su mirada hacia la mía. Sus palabras resuenan en mi interior.

No hace falta que algo sea dulce para que me guste.

No está hablando de la tarta de saúco. Tampoco está hablando de mi coño, ya que ha pronunciado soliloquios sobre lo bien que sabe.

No. Está hablando de mí.

De mi personalidad.

Yo no soy dulce.

Bien. Él tampoco lo es.

Braden le da un mordisco a la tarta, mastica y traga, sin dejar de mirarme.

—Riquísima.

—Me alegro de que te guste. —Sonríe mi madre.

Pero en realidad no está hablando de la tarta.

Me retuerzo. Siento un cosquilleo en todo el cuerpo y el corazón me retumba. Tomo un trozo de tarta, esperando poder llevármelo a la boca sin que se me caiga en el regazo. Me tiemblan las manos.

La tarta pasa por mis labios, pero no tiene sabor. El único sabor en mis papilas gustativas en este momento es Braden.

La textura de sus labios carnosos tocando los míos.

El sabor picante de su lengua entrelazándose con la mía.

El sabor salado y almizclado de su polla dentro de mi boca.

Estoy más caliente que nunca, casi al borde del orgasmo..., y estoy sentada cenando con mis padres.

Esto no va a funcionar. Braden tiene que irse. ¿Cómo se supone que voy a entenderme a mí misma cuando lo único que mi cuerpo hace es responder ante él? Ni siquiera me está tocando y aun así lo anhelo. Todavía mi cuerpo grita por él.

Yo grito por él.

Me termino la tarta, aún sin saborearla. Ayudo a mi madre a recoger la mesa y, cuando todo está en la cocina, se vuelve hacia mí.

—Ve a divertirte con tu amigo —dice—. Yo me encargaré de esto.

Asiento con la cabeza.

Ve a divertirte con tu amigo.

Si ella supiera...

12

Cuando vuelvo al comedor, Braden y mi padre están saliendo de él.

—¿Dónde te estás alojando? —le pregunta mi padre.

—En el hotel del pueblo —contesta, agarrando su teléfono—. Llamaré a un taxi.

—No seas tonto. —Mi padre sonríe—. Puedes quedarte aquí. Tenemos sitio.

—Gracias, pero no quiero molestar.

—Si insistes... —replica mi padre—. Pero no necesitas llamar a un taxi. Skye puede llevarte.

Ambos me miran.

—Eh... Sí, claro. Yo te llevo.

Si mi padre supiera lo que hace mi cuerpo al mencionar la posibilidad de llevar a Braden a un hotel, retiraría sus palabras.

—Gracias, Skye —me dice Braden—. Te lo agradezco.

—Las llaves están en el llavero —me indica mi padre.

Nuestra época de tener un solo coche se acabó cuando llegué al instituto. Ahora mi padre y mi madre tienen un coche cada uno, y luego, por supuesto, está la camioneta de mi padre, aunque nunca la he contado.

Pero esas son las llaves que están en el llavero.

—Voy a ver si puedo llevar el coche de mi madre —digo—. No me gusta conducir la camioneta.

—Como quieras. Mi coche está en el taller para una puesta a punto. —Mi padre extiende la mano—. Encantado de conocerte, Braden. Espero que nos volvamos a ver.

—Yo también lo espero. —Braden le estrecha la mano a mi padre y luego se vuelve hacia mí—. Cuando tú quieras.

Me dirijo a la cocina para tomar las llaves del utilitario de mi madre. ¿Braden habrá montado alguna vez en un coche utilitario?

Tal vez. Cuando era niño.

Respiro y hago sonar las llaves.

—¿Preparado?

—Sí. Gracias de nuevo por la cena —le dice a mi padre—, y, por favor, dale las gracias a tu mujer también.

—Por supuesto que lo haré. Buenas noches.

—Buenas noches, señor.

¿Señor? Nunca he oído a Braden referirse a nadie de esa manera.

Interesante.

Salimos y lo llevo hasta el coche azul claro de mi madre.

—¿No traes equipaje?

—He dejado todo en el hotel y he tomado un taxi hasta aquí.

—¿No has venido en limusina? —no puedo evitar preguntar.

No responde, y no le culpo. Estoy siendo una maleducada, ya lo sé.

Abro el coche y me meto en el lado del conductor. Braden se desliza a mi lado, con sus largas piernas encogidas. Juguetea con los pomos del lateral de su asiento hasta que se desliza y se pone en una posición más cómoda.

—Como solo tenemos un hotel en el pequeño centro de Liberty, supongo que te estás alojando allí.

—Supones bien.

Arranco el motor y salgo del largo camino de entrada. Hay veinte minutos de viaje hasta el pueblo.

—¿Por qué no has alquilado un coche?

—No lo sé. Solo quería venir aquí. Mañana alquilaré uno.

Asiento con la cabeza.

—Cuéntame algo sobre tu infancia —me pide.

—¿Esto es una vía de doble sentido? —pregunto.

—Claro. Tú me cuentas algo y yo también. Excepto que puedo elegir lo que te cuento.

—¿Es una vía de doble sentido? —vuelvo a preguntar.

—Por supuesto. Tú eliges qué decirme. Sé lo del campo de maíz. Tú sabes lo de mis visitas al banco de alimentos. Eso es lo único que sabemos de la infancia del otro.

—Me parece justo. —Me aclaro la garganta—. Mi madre solía hacerme la ropa cuando era pequeña. Nunca me puse nada comprado en una tienda hasta que estuve en el instituto.

—Ya veo.

—Ahora, te toca.

—Sí que pude llevar ropa comprada en una tienda —cuenta—, pero nunca era nueva. La conseguíamos en tiendas de segunda mano y, cuando me quedaba pequeña, Ben la usaba. Él tuvo menos suerte que yo. Aunque nunca fueron nuevas, al menos eran nuevas para mí.

Se me encoge el corazón. Nunca me he puesto nada usado. Mi ropa podía estar cosida a mano, pero siempre era nueva.

—Es tu turno —dice.

—Me... Me fue bien en el colegio.

—Supongo que sí. Profundiza, Skye.

—Eso es profundo. Yo era una de esas niñas inteligentes. La chica lista con la ropa hecha a mano. —No estoy siendo justa. Muchos de los niños con los que crecí llevaban ropa cosida a mano. Es algo normal en un pueblo rural. No era nada extraordinario, y nunca se metieron conmigo por ello.

—Skye...

—Te toca.

—Está bien. —Toma aire—. Mi padre bebía. Mucho.

Alzo las cejas.

—¿En serio? Ahora parece estar bien.

—Es un alcohólico en rehabilitación. ¿No te diste cuenta de que no bebió esa noche en la cena?

—No, no me di cuenta. —Porque estaba más preocupada por causar una buena impresión a Bobby y Ben y por vigilar a Kathy.

—Tu turno —declara.

—Espera, espera, espera... No puedes soltar eso y luego decir que me toca a mí. Tienes que desarrollarlo.

—Eso no era parte del trato.

Pongo los ojos en blanco.

—Está bien. Mis padres no son alcohólicos. Han estado felizmente casados desde...

—¿Desde cuándo?

Se me forma un nudo en el estómago. Nunca pienso en ese horrible momento. Lo he dejado en el pasado. Pero tal vez... Solo tal vez... Braden ha soltado algo y luego no lo ha explicado. Yo podría hacer fácilmente lo mismo, pero he venido a casa por una razón. Para entender las cosas.

Y quizás lo que voy a decir es parte de la solución.

—Cuando era pequeña, con unos siete u ocho años, mi padre se marchó un tiempo justo antes de la cosecha. Mi madre se pasó mucho tiempo llorando y yo me pasé mucho tiempo intentando llamar su atención. Volvió alrededor de las Navidades. Mi madre dejó de llorar entonces, pero las cosas estuvieron raras durante un tiempo.

—¿A dónde fue? —pregunta Braden.

Suspiro.

—No lo sé. Nunca han hablado de ello. Tengo mis sospechas, por supuesto. Puede que hubiese tenido una aventura.

—Pero no lo sabes con seguridad.

—¿Por qué si no un marido se va y una mujer llora todo el tiempo?

—¿Se lo has preguntado a tu madre?

—Sí. Se lo he preguntado a ambos. Lo único que dicen es que es agua pasada y que no es nada de lo que deba preocuparme.

—¿Cuándo fue la última vez que preguntaste?

Arrugo la frente.

—El año que empecé el instituto, creo. Tuvieron una pelea fuerte por... Ya no recuerdo por qué. Mi padre se fue enfadado, y entonces reviví ese día en el que mi padre se marchó en el pasado. Le pregunté a mi madre por ello, y de nuevo se limitó a decir que todo estaba bien y que no tenía de qué preocuparme.

—¿Y no les has vuelto a preguntar desde entonces?

—No. ¿Por qué seguir preguntando si no me lo van a contar?

—Eso no suena como la Skye que conozco.

Ladeo la cabeza. No, la verdad es que no. He estado machacando a Braden por la verdad sobre Addie y él desde que nos conocimos.

¿Por qué dejé de preguntarle a mi madre por aquella vez? Como no tengo respuesta, le digo:

—Tu turno.

Se ríe.

—Te he mantenido hablando durante más tiempo del que pensaba.

—Tu turno —vuelvo a decir.

—Muy bien. Mi padre prendió fuego a nuestra casa cuando estaba borracho una vez. Mi madre...

Mierda. Su madre. La madre de la que no quiere hablar.

—¿Qué? ¿Qué pasa con tu madre?

—Se quemó mucho.

—Oh, Dios mío. ¿Se...?

—No, no se murió. No en ese momento, al menos.

Su respuesta me deja desconcertada.

—Tu padre... No lo hizo... a propósito, ¿verdad?

Sacude la cabeza.

—Fue un accidente. Un accidente a causa de la borrachera. Pero el seguro no quiso pagar porque lo consideraron un incendio provocado, y mi padre no pudo demostrar que no había provocado el fuego a propósito, así que perdió la casa. Después, las facturas médicas de mi madre eran tan escandalosas...

—Y así es como terminaste yendo al banco de alimentos.

Asiente.

—Mi madre siempre llevaba un pañuelo en la cara para ocultar las cicatrices.

Trago saliva, ahogando las lágrimas. Pobre Braden. Pobre Ben. Pobre señora Black. Debió de haber sido preciosa para tener unos niños tan guapos.

Me detengo en un semáforo en rojo.

—¿Cómo has podido perdonar a tu padre?

Se vuelve hacia mí, con su mirada de zafiro ardiendo.

—¿Qué te hace pensar que lo he hecho?

13

—Trabaja para ti —respondo—. Solo he asumido que...

—Está sobrio. Es inteligente. Trabaja duro. Y es mi padre. Yo no existiría si no fuera por él. Así que le he dejado que se suba al carro, y es bueno en su trabajo. Eso no significa que lo haya perdonado.

—¿Y Ben?

Se ríe.

—Te toca.

¿Cómo es que esto no es de dominio público? Decenas de publicaciones han escrito muchísimo sobre Braden y su familia, y por supuesto, las he leído todas.

—Braden...

—No. Te toca a ti.

No puedo superar eso. Mi padre no es un borracho. Mi madre no tiene cicatrices. Claro, se separaron durante unos meses cuando yo era joven. Todavía no sé por qué, pero nunca hemos perdido nuestra casa y siempre hemos tenido un plato en la mesa.

Cosas que he dado por sentadas todos esos años. Cosas que sigo dando por sentadas ahora.

Giro hacia la carretera principal y nuestro pequeño pueblo aparece a la vista.

—Bienvenido a Liberty. No parpadees o te lo perderás.

—Tiene su encanto —comenta.

—Tiene un poco de encanto —concuerdo—, pero el encanto se va a la mierda cuando buscas una buena taza de café y lo único que hay disponible es el agua negra de la señora Temper en el Sunrise Café.

Se echa a reír.

Qué curioso. Lo he visto reírse más desde que he llegado a casa que en las semanas que hemos estado juntos en Boston.

Conduzco hasta el pequeño hotel.

—Solo tiene cuatro habitaciones. Has tenido suerte de conseguir una.

—¿Suelen estar reservadas?

—Estaba siendo sarcástica, Braden. Aquí no viene nadie. —Me detengo en un lugar abierto en la calle—. Ya hemos llegado.

—¿Quieres subir?

—¿No crees que mi padre se dará cuenta si no vuelvo directamente a casa?

—No te estoy pidiendo que te acuestes conmigo, Skye. Solo te estoy pidiendo... —Suspira—. Joder, no tengo ni puta idea de lo que te estoy pidiendo.

—¿No te esperan en Nueva York? —pregunto.

—Sí. Pero que esperen. Tampoco es que tengan otra opción.

—Supongo que no.

Agarra el tirador de la puerta del coche pero se aferra a él, sin abrir la puerta del pasajero.

—Skye...

—¿Sí?

—No puedo dejar de pensar en ti.

—Yo tampoco puedo dejar de pensar en ti.

—En la mesa, cuando te miraba... Dios, te deseo tanto...

Está angustiado. No está desconcertado —o perplejo, como le gusta decir—, como lo he visto muchas veces, sino angustiado de verdad.

—Braden, ¿qué pasa?

—Nada. No pasa nada.

Eso es mentira, y ambos lo sabemos.

—Gracias —digo.

—¿Por qué?

—Por hablarme de tu madre. Significa mucho para mí.

—Oh, Skye... A rasgos generales, no te he dicho nada.

No me agarra ni intenta besarme.

Estoy decepcionada, pero una parte de mí lo entiende. Está en un espacio mental extraño. Me dijo cosas que es probable que no se permita pensar a menudo. De hecho, sé que es cierto, ya que ni él ni Ben hablan de su madre.

—¿Cuándo vas a volar a Nueva York? —pregunto.

—En algún momento de mañana.

Me aclaro la garganta.

—Te gustaría...

—¿Llevarte conmigo?

Jadeo de asombro.

—¡No! ¿De dónde ha salido eso?

—Me rogaste que te llevara a Nueva York la semana pasada.

—Sí, y ambos sabemos cómo resultó eso.

—Sí, ya lo sabemos.

¿Se estará arrepintiendo?

—¿Por qué todo es blanco o negro contigo, Braden?

—¿Qué te hace decir eso?

—Te pedí algo que no querías darme. En lugar de solucionarlo, de encontrar un compromiso, terminaste nuestra relación.

—No la habría terminado si hubieras podido responder a mi pregunta.

—Quizás necesite tu ayuda para encontrar la respuesta.

—¿De verdad? —pregunta.

—Yo... no lo sé. Tal vez.

Sacude la cabeza.

—No es así. Si me necesitaras, no habrías venido aquí. A tu pueblo natal. Habrías acudido a mí.

Y entonces caigo en la cuenta.

Tal vez yo no lo necesite para encontrar mis respuestas.

Pero él sí me necesita a mí.

Y odia que me necesite. Le molesta. Lo deja perplejo.

—Deja de luchar contra ti mismo, Braden —le digo.

—No sé cómo hacerlo.

Arqueo la ceja. No es la respuesta que esperaba. Pensaba más bien en un: «No sabes de qué estás hablando, Skye».

Pues parece que sí sé de lo que hablo.

Por mucho que mi propia psique me confunda a veces, quizás yo me conozca a mí mejor que Braden a sí mismo.

—¿Vas a subir conmigo? —pregunta una vez más.

—Mi padre...

—Tu padre sabe que eres una mujer adulta.

—Es cierto, pero...

—Por favor, Skye. Sube conmigo. Haz el amor conmigo.

—Acabas de decir que no me estabas pidiendo que me acostara contigo.

—Y no lo hago. Te estoy pidiendo que hagamos el amor.

—¿Lo que significa...?

—Lo que significa que seremos solo tú y yo. Sin juguetes. Sin juegos. Sin ataduras ni órdenes. Solo el acto en sí. Quiero experimentar algo especial contigo.

—¿Qué tiene de especial el sexo vainilla?

Se detiene un momento, mirando por el parabrisas, y al final, cuando estoy convencida de que no va a volver a hablar...

—Que nunca lo he hecho antes.

14

Me quedo con la boca abierta.

—¿Nunca?

—¿Cómo puede sorprenderte eso?

—Yo...

No me salen las palabras. ¿Debería sorprenderme? Ya sé que Addie y él hicieron cosas fuera de lo común, pero no sé nada sobre ninguna de sus otras conquistas. Es dueño de un club de BDSM. ¿Por qué me sorprende tanto su revelación?

Porque todo el mundo empieza en el nivel vainilla.

¿Verdad?

Al parecer, todos excepto Braden Black.

—¿De verdad nunca has hecho el amor? Sin todas las cosas...

—La expresión que buscas es «fuera de lo normal», Skye. Sin todas las cosas fuera de lo normal.

Me aclaro la garganta.

—Sí. Cosas fuera de lo normal. La dominación.

—No, no lo he hecho.

—¿Por qué no?

—Porque —comienza a decir y se aclara la garganta— nunca he tenido el deseo de hacerlo. No hasta ahora.

Me sonrojo, y un cosquilleo me recorre. Quiere hacer el amor. Solo hacer el amor. Y quiere hacerlo conmigo.

—Muy bien, Braden. Subiré contigo.

Unos instantes después, estamos en su habitación del hotel. La cama es de tamaño *queen*, no es a lo que estamos acostumbrados cuando estamos juntos, y la decoración es de estilo estadounidense, no la elegante sofisticación que adorna las habitaciones de Braden.

Aun así, parece perfecto.

Se levanta y me mira fijamente.

—¿Y bien? —pregunto.

Sonríe. Sí, una sonrisa. Una especie de sonrisa tímida. Muy poco típica de Braden.

—No estoy seguro de por dónde empezar.

—Nunca has tenido ese problema —le respondo.

—Tienes razón, porque siempre he sabido a lo que iba. Incluso cuando me desafiabas en cada esquina, sabía a lo que iba y al final lo conseguía. El hecho de que me hicieras esforzarme para ello formaba parte del juego.

—¿Éramos un juego?

—No lo digo en el mal sentido, Skye, pero sabes tan bien como yo que estábamos jugando al gato y al ratón.

Suspiro. Tiene razón. Soy tan culpable como él de la manipulación.

—En algún momento me enamoré —continúa—. Y no porque tú hayas sucumbido a mí a la larga.

—¿Entonces por qué?

Se ríe.

—¿Tienes idea de cuántas veces me he hecho esa pregunta? Y la única respuesta que he encontrado es que el amor no siempre es racional.

—¿Así que amarme es irracional? La verdad es que eso no es un cumplido, Braden.

—No me refiero a eso. Eres inteligente y hermosa. Eres talentosa. Y, Dios, eres un desafío. Una vez te dije que eras mi Everest. Lo eres. Incluso después de cederme todo el control, sigues siendo un desafío. Solo que no esperaba...

—¿El qué?

—Enamorarme. —Hace una pausa—. Por lo general, después de conquistar a alguien, paso a la siguiente.

—¿Y sientes que me has conquistado?

—No. Eso no es lo que estoy diciendo.

—¿Qué estás diciendo exactamente, entonces?

—Que te conquiste o no ya no es la cuestión. La cuestión es que estoy enamorado de ti, y no tengo ganas de pasar a la siguiente.

De nuevo siento calor y hormigueo.

—Nunca en mi vida he tenido deseos de tener sexo vainilla. Pero, joder, Skye, quiero hacer el amor contigo. Quiero tocarte y quiero que me toques. No quiero quitarte ninguno de tus sentidos. No quiero privarte de un orgasmo ni castigarte. No quiero atarte esta vez. Solo quiero tumbarme a tu lado, como tu igual, y hacerte el amor.

De nuevo, hace una pausa. Abro la boca, pero me hace un gesto para que no hable todavía.

—Y, ¿Skye?

—¿Sí?

—Estoy muy...

—¿Qué, Braden? ¿Qué?

—Estoy asustado, Skye. Estoy muy asustado, y nunca he estado asustado de nada desde que soy un hombre adulto.

Sus ojos están atormentados y me derrito en sus brazos. Braden Black acaba de admitir su vulnerabilidad. Ante mí. Ante Skye Manning.

Algo que puede que nunca haya admitido ante otro ser humano, incluido él mismo.

—No pasa nada —digo contra su pecho.

—Sí que pasa —contesta—. No me gusta esta sensación.

Me retiro.

—No me refiero al amor que siento por ti. Solo quiero decir que... No estoy seguro de poder expresarlo con palabras.

Asiento con la cabeza.

—Creo que yo sí. La vulnerabilidad significa que no tienes el control. Pasé por lo mismo hace unas semanas, cuando empezamos. Es difícil, pero no es algo que no puedas superar.

—Siento que no soy yo mismo.

No puedo evitar una suave carcajada.

—Chico, sé cómo te sientes.

Me besa la parte superior de la cabeza.

—No quiero hablar más. Quiero llevarte a la cama y hacerte el amor.

Sonrío.

—Está bien.

Me lleva a la cama. No me ordena que me desnude ni que lo desnude a él. Nos desnudamos mutuamente. Lentamente. Metódicamente. Disfrutando de cada nuevo centímetro de piel que exponemos al otro, hasta que ambos estamos desnudos. Desnudos y vulnerables.

Braden me agarra la mano y se la pone en el hombro.

—Tócame, Skye. Por favor.

He estado muchísimas veces atada y no he podido tocarlo. Cómo he deseado un momento como este. Estoy temblando, temblando de verdad.

Recorro con mis dedos ese calor único de su hombro musculoso y bajo por su brazo hasta llegar a su mano perfecta, donde entrelazo mis dedos con los suyos.

Cierra los ojos.

—Me muero por que me toques, Skye. Lo estoy deseando.

—¿Por qué me atas, entonces? ¿Por qué haces que no pueda tocarte si no es bajo tus condiciones?

Con los ojos aún cerrados, suspira.

—También anhelo eso. Siempre he deseado a las mujeres de esa manera. Pero contigo es diferente. Quiero la oscuridad, pero también quiero la luz.

—Y eso te asusta —me digo más a mí misma que a él.

Asiente con la cabeza.

—Por favor. Tócame de arriba abajo.

Me inclino hacia él y beso su pecho musculoso. Ya le he besado antes los labios y le he chupado la polla, pero nunca me había permitido tocarlo por completo. Cada parte hermosa y magnífica de él.

Su polla está dura y preciosa, como siempre, y aunque me llama, decido hacer lo que me pide. Lo toco. Tan solo lo toco, mis diez dedos se deslizan sobre su majestuosa piel masculina. Está caliente y se estremece con mis caricias.

Sacudo la cabeza, asombrada de que mi simple contacto le afecte así, le haga temblar y gemir con suavidad.

Sus pectorales son duros y musculosos, y cuando paso por encima de un pezón, este se endurece bajo mi dedo. Desciendo por sus abdominales hasta el triángulo de vello negro. Entrelazo los dedos en él, evitando su polla, aunque lo que más deseo es caer de rodillas y chuparla hasta el fondo.

Le rodeo la cintura hasta la espalda, le acaricio los cachetes del culo perfectamente formado y luego me aprieto contra él mientras me deslizo por su espalda hasta sus hombros una vez más. Le rozo el torso con los labios, y otro ligero escalofrío le recorre.

Vuelvo a besarle el torso, moviendo un poco mis labios cada vez, hasta que le doy un beso en un pezón.

Inhala.

—Maldita sea.

Paso la lengua por el pezón, saboreando su erección, y luego cierro los labios sobre él y chupo con suavidad.

Vuelve a temblar, aspirando otra vez.

—Dime lo que quieres —susurro.

—Lo estás haciendo. Quiero que me toques. Por todas partes.

Levanto la barbilla y le beso con suavidad los labios. Él se abre y nuestras lenguas se encuentran con delicadeza durante unos segundos. Luego termino el beso y le doy besitos suaves a lo largo de esa mandíbula con barba incipiente, riéndome de las cosquillas que me produce su barba. Después me dirijo a su cuello y vuelvo a besarle ese ancho hombro. Donde antes me guiaban los dedos, ahora son mis labios los que toman el relevo, mientras esparcen suaves besos por su pecho y sus abdominales. Cuando llego a su polla, le doy al glande unos cuantos golpes con la lengua, lo que provoca más suspiros y gemidos, y luego me dirijo hacia abajo, hacia sus musculosos y duros muslos. Lo exploro con las manos y los labios a la vez, deleitándome con el placer de complacerlo.

Dándole algo que nunca jamás había pedido. Algo que puede que nunca haya experimentado con ninguna otra mujer antes.

Y siento poder.

Poder porque quiere que le toque.

Poder porque se entrega a mí.

En teoría, esto no se trata de una rendición, ya que vamos a hacer el amor el uno al otro, pero para Braden... es una renuncia a su control.

Esto debe de ser algo muy importante para él. No me extraña que esté asustado.

Está tan asustado como yo cuando le cedí el control por primera vez.

Y ahora es mi turno.

Me toca tomar el control. No solo sobre su cuerpo durante estos preciosos momentos, sino sobre mi vida. Es hora de entender a Skye Manning.

Empezaré aquí. En esta habitación de hotel con el hombre al que quiero.

15

Le recorro los muslos, las rodillas, las pantorrillas hasta los pies desnudos, tocándolo, besándolo, complaciéndolo.

Entonces me pongo de pie, entrelazo mis dos manos con las suyas y le conduzco a la cama.

Sí, le conduzco yo a él.

Su magnífico cuerpo es mío esta noche. Todo mío, igual que el mío es suyo.

—Eres tan hermoso, Braden... —digo sin aliento.

—Nadie me había dicho eso antes.

No puedo evitar una risa.

—Probablemente porque no las dejas hablar.

Sonríe. Esa sonrisa que he visto esta noche en la cena. Esa sonrisa que rara vez veo. Esta noche está dejando salir una parte de sí mismo conmigo, una parte que mantiene atrapada en su interior. Todavía no sé por qué lo hace, pero me siento honrada por que la esté compartiendo conmigo.

Lo que significa que le debo lo mismo. Tengo que averiguar por qué que me ate el cuello y me controle la respiración es tan importante para mí para poder compartirlo con él. Hacérselo entender.

—*Touché* —dice—. Pero en cuanto a la belleza, no soy nada comparado contigo. Eres encantadora, Skye, y no solo por fuera.

—Sí, ya lo sé. Soy un desafío.

—En parte, pero eres algo más profundo, y lo sabes.

La calidez me envuelve.

—Gracias. No estoy segura de que nadie me haya hecho un cumplido más profundo.

—Lo digo en serio. Sí, me vuelves loco, a veces hasta cabrearme. Pero es porque me provocas mucho.

—Conque te provoco, ¿eh?

—Dios, sí.

—¿Eso es bueno o malo?

—Son las dos cosas. —Se sienta y me pone de espaldas—. Ahora es mi turno de tocarte por todas partes.

Gimoteo con suavidad.

—Por favor, Braden. Por favor, tócame.

Empieza por arriba, besándome con cuidado la frente. Es una sensación casi de cariño, como si estuviera comprobando si tengo fiebre. Pero, al mismo tiempo, no es cariñoso. Es sensual porque es Braden, el hombre al que quiero y que me quiere.

Dejo que se me cierren los ojos, y entonces sus labios me tocan los párpados en la más suave de las caricias.

Me besa los ojos. Es algo tan insignificante, pero que me hace temblar. Se me pone la piel de gallina, y mi corazón late con una necesidad acuciante.

¿Cómo voy a sobrevivir a esto? ¿Braden besándome y tocándome por todas partes cuando lo necesito dentro de mí, follándome?

Suspiro cuando mueve los labios por la línea de mi mandíbula y me agarra los pechos al mismo tiempo. Me acaricia los pezones con los dedos y luego me los pellizca. Levanto las caderas con un gemido. Ahora me besa el cuello, ese cuello tan sensible, y me estremezco.

—Joder, eres hermosa —dice contra mi piel.

Mis caderas se levantan de nuevo. Buscándolo. Buscando su toque. Su lengua. Sus dedos. Su polla.

Pero no voy a renunciar a esto. Por mucho que lo necesite dentro de mí, quiero experimentar cómo me toca. La mejor de las caricias.

Me pasa las manos por los costados hasta las caderas, lo que hace que su boca se dirija hacia mis pezones.

—Por favor, Braden.

—Dime lo que quieres.

—Mis pezones. Chúpame los pezones.

Pasa su lengua por uno, haciéndome jadear, y luego lo chupa un poco.

Y entonces se me ocurre. ¡Me ha preguntado qué es lo que yo quiero! Qué sensación tan extraña, viniendo de Braden.

Solo quiero tumbarme a tu lado, como tu igual, y hacerte el amor.

Qué palabras más bonitas.

¿Echo de menos hacer algo fuera de lo normal?

Sí, más o menos. Es probable que él también. Pero esto es algo que ambos queremos, y tiene sus ventajas. Muchas ventajas, en realidad.

—Te quiero mucho, Skye —dice, después de soltarme el pezón.

—Joder, yo también te quiero.

—Tus tetas son preciosas.

No es nada que no haya dicho ya, pero con su voz profunda que suena un poco sin aliento ahora, es completamente distinto de la forma en la que lo ha dicho antes con esa voz oscura y dominante.

El Braden oscuro no se ha ido. Lo sé por instinto. Solo está en pausa. Volverá. Volverá cuando pueda responder a su pregunta.

Y claro que responderé a su pregunta.

Encontraré mi verdad y la compartiré con el hombre al que quiero.

Se desliza desde mis pechos hasta mi vientre, hundiendo su lengua en mi ombligo mientras me agarra de las caderas. Después me da la vuelta como a una tortita y me desliza la lengua entre los cachetes del culo.

—Mmm —gime—. Mío. Este culo es mío.

Braden el oscuro. Lo reconozco. Braden el oscuro ha vuelto y quiere mi culo.

Luego, casi como si se diera cuenta de lo que está haciendo, se desliza hacia abajo, besando la parte posterior de mis muslos y haciendo que me estremezca. Me besa y acaricia por todas las piernas hasta los pies, y después me besa cada uno de los dedos y desliza su lengua entre ellos.

No sabía que mis pies fueran tan sensibles.

Me da la vuelta una vez más, esta vez con más suavidad, y luego me abre las piernas.

—Qué bonito. Tu coño está mojado para mí.

—Dios, sí.

—Quería ir despacio. Hacer el amor de verdad, pero te necesito, Skye. —Se adelanta y empuja su polla dentro de mí—. Te necesito ahora.

Tan llena. Tan completa. Cierro los ojos, esperando que me ordene abrirlos. No lo hace, pero los abro de todos modos y me encuentro con su mirada ardiente.

Sus ojos están llenos de necesidad y pasión. Llenos de amor.

Y espero que, al mirarlos, él vea lo mismo en los míos.

Porque siento todo eso. Lujuria. Necesidad. Pasión. Amor. Tantísimo amor, joder.

Desciende despacio hacia mí hasta que nuestros labios se tocan. Después nuestras lenguas, y luego los suaves gemidos de cada una de nuestras gargantas, la suya una octava más baja que la mía. Es música, una melodía discordante nacida de nuestra pasión.

Me doy cuenta, en este momento, de que nunca he hecho el amor con ningún hombre excepto con Braden Black. Y, aunque esta vez es diferente, las otras veces con él no fueron menos haciendo el amor.

Hacer el amor no tiene que ver con el acto o la forma de hacerlo. Se trata del amor que sientes en tu corazón y en tu alma por tu pareja.

Braden aumenta el ritmo de sus embestidas, y sé que va a correrse. Yo también estoy cerca, no por la fricción que suelo desear, sino porque nuestros cuerpos vibran juntos en perfecta sincronía.

—Skye —dice—, me voy a correr. Córrete conmigo. Por favor.

Como siempre, a su impulso, mi cuerpo responde y estallo en un clímax estremecedor.

Nunca aparto mi mirada de la suya. Lo rodeo con los brazos, bajo su cabeza hacia la mía y lo beso mientras nos corremos juntos. Le paso los dedos por el sedoso cabello, le deslizo las manos por los hombros y luego por la espalda hasta llegar al culo, lo agarro y lo empujo más hacia mí.

Por un momento, mientras mi clímax me hace volar, no sé dónde acaba él y dónde empiezo yo. Él es yo y yo soy él y el mundo entero somos nosotros.

Y entonces sé que estoy de verdad en casa.

Cuando nuestros orgasmos cesan por fin, se retira y rueda sobre su espalda, con un brazo sobre la frente.

La euforia me llena. La euforia mezclada con el amor y con la paz.

Todavía no lo he resuelto todo, pero lo haré. Debo hacerlo. Por Braden y por mí.

Por nosotros.

16

—Quédate —susurra con los ojos cerrados.

—No puedo.

—Por favor.

Braden casi nunca dice por «favor», pero esta noche lo ha dicho varias veces. Quiero quedarme. Quiero dormir en sus brazos y despertarnos juntos. Hacer el amor de forma apasionada por la mañana, el tipo de amor en el que el aliento matutino y el cabecero de la cama no importan.

Pero, aunque esté en casa con Braden, también estoy en mi pueblo natal, y tengo que ser respetuosa con mis padres.

Le doy un beso ligero en los labios.

—Quiero quedarme más que nada en el mundo, pero no puedo. Espero que lo entiendas.

Asiente.

—Te acompañaré abajo.

Me río a carcajadas.

—Braden, Liberty, Kansas, es el lugar más seguro del mundo.

—No importa. Te acompañaré de todos modos. —Se levanta, se pone los pantalones y mete los pies descalzos en los zapatos de vestir. Agarra la camisa y se abrocha unos cuantos botones.

Caray, qué sexi es. Recién follado y sexi.

Me apresuro a vestirme también y salimos de la habitación del hotel.

—¿Quieres venir a desayunar mañana? —pregunto—. El café de mi madre está más bueno que el del Sunrise.

Me besa ligeramente la mejilla.

—¿A qué hora?

—Sobre las ocho, supongo. Mi madre y mi padre se levantan al alba, pero yo no estaré lista para visitas hasta las ocho.

—De acuerdo. Allí estaré.

—Puedo venir a recogerte.

—No pasa nada. Yo iré.

Sonrío.

—De acuerdo, Braden. Gracias.

—¿Por qué?

—Por... esta noche. Por contarme un poco de tu infancia. Por...

Arquea las cejas.

—... todo —termino.

—Te quiero, Skye —me dice—. Lo estoy intentando.

—Yo también. Buenas noches.

Aunque anhelo estar entre los brazos de Braden, duermo mejor que en mucho tiempo. Me despierto renovada y sintiéndome viva.

Braden y yo vamos a solucionar las cosas. Estoy segura. Pero él no es mi único problema. Todavía tengo que resolver mi amistad con Tessa. Es una hora más tarde en Boston, así que puedo dar con ella de camino al trabajo. Agarro el teléfono y la llamo.

«¡Hola! Soy Tessa. Estoy en otra llamada o saliendo de fiesta. Deja un mensaje y te llamaré enseguida. O cuando me apetezca». Y luego una risita.

Suspiro. No quiero dejarle un mensaje, pero ella verá mi número y sabrá que he llamado. Tengo que dejarle algo.

—Hola, Tess, soy yo. Voy a quedarme en casa de mis padres durante una semana. Solo necesitaba alejarme. Te echo de menos. Llámame, ¿vale? Vamos a solucionar esto.

No es mi mensaje más elocuente, pero creo que he cumplido mi cometido. Me dirijo a la ducha. Son las siete y Braden llegará en una hora.

Después de la ducha, voy a la cocina, donde mi madre está preparando la masa de empanada.

—Buenos días, cariño.

—Hola, mamá. He invitado a Braden a desayunar a las ocho. Espero que no pase nada.

—Por supuesto que no. Voy a preparar unas empanadillas de manzana con un poco de esta masa. ¿Le gustará?

—Es más de huevos y beicon, pero creo que le encantarán.

Se ríe.

—También puede comer beicon y huevos. Tenemos mucho.

—Yo lo haré.

—No seas tonta. No me importa hacerlo. A tu padre y a mí nos cae muy bien, Skye.

¿Cómo no va a caerles bien? Anoche estuvo increíble. Más cercano de lo que nunca lo he visto.

—A mí también. Pero... ahora mismo no estamos juntos. Espero que podamos arreglarlo.

—Estoy segura de que podréis. Tiene suerte de tenerte.

Mis labios se curvan en una sonrisa.

—¿Tú crees?

—Por supuesto que sí.

—Mamá...

—¿Mmm?

Suspiro. Mi charla de anoche con Braden me ha traído recuerdos que nunca he superado.

—¿Qué pasó entre papá y tú aquellos meses cuando yo tenía siete años?

—Skye... —Se limpia la harina de las manos en el delantal y se gira para mirarme.

—Por favor. Ya soy adulta. Puedo gestionarlo.

Suspira.

—¿Por qué necesitas repetir todo eso?

—Anoche usamos la vajilla buena de porcelana —digo distraídamente.

—Sí. ¿Y?

—Recuerdo haber roto un plato una vez, y ese día... —Abro la puerta del frigorífico y me quedo mirando dentro, sin buscar nada en particular—. Estoy intentando entender algunas cosas.

—Cierra el frigorífico —me dice mi madre—. Estás gastando electricidad.

Me río con suavidad. Es tan típico de mi madre... Cierro la puerta y me encuentro con su mirada.

—No me gusta pensar en esos días —afirma.

—Lo sé y lo siento. Pero significa mucho para mí.

Se vuelve hacia la masa, agarrando el rodillo.

—¿Por qué? ¿Por qué debería significar algo para ti? Eras una niña.

—Porque es importante para mí.

Mi madre corta triángulos grandes en la masa de empanada extendida, con la intención de no volver a mirarme.

—Hace tiempo que nos olvidamos de eso. No me has preguntado por ello desde hace años.

—Desde mi primer año de instituto, justo después de que papá y tú tuvierais una fuerte pelea. Lo recuerdo.

Coloca el relleno en uno de los triángulos y lo cierra.

—No tiene nada que ver contigo.

La irritación me invade.

—¿Cómo puedes decir eso? Sois mis padres. Cuando uno de vosotros se va durante tres meses y el otro se pasa gran parte de ese tiempo llorando, por supuesto que tiene que ver conmigo.

—Quiero decir que no fue tu culpa.

—Nunca he pensado que lo fuera. Pero me afectó y, como he dicho, estoy intentando entender algunas cosas.

Mi madre desliza las empanadillas en una bandeja para galletas y abre la puerta del horno.

—¿Qué tipo de cosas?

—Como por qué soy como soy.

—Eres una joven inteligente y generosa, Skye. Sabes quién eres.

No lo entiende, y no sé cómo explicárselo mejor sin mencionar mi incursión en el BDSM, y eso es algo que no va a ocurrir.

«Oye, mamá, quería que mi novio me atara el cuello y me estrangulara, pero se negó».

Sí. No va a ocurrir de ninguna manera.

Esto no lleva a ninguna parte.

—No importa, mamá.

Cierra la puerta del horno y se limpia la frente, dejando una mancha de harina en su ceja izquierda.

—Creía que lo habías dejado estar hace años.

—Nunca lo he dejado estar. Solo he dejado de preguntar.

Vuelve a la masa de empanada y corta varios triángulos más para las empanadillas.

—El pasado es pasado. No sirve de nada revivirlo.

—Eso no es cierto —contesto—. En terapia...

Se gira bruscamente y se encuentra con mi mirada.

—¿Estás yendo a terapia?

—No. Ahora mismo no, pero no lo he descartado.

Se queda pálida. Me pongo rígida en la silla. Por un momento, me pregunto si está a punto de desmayarse.

—¿Qué hay de malo en ir a terapia, mamá?

—Nada, por supuesto. Nada en absoluto. Pero eres una triunfadora, cariño. Siempre me has parecido feliz.

La aparente aversión de mi madre a la terapia me perturba. ¿Qué está pasando exactamente?

—Soy bastante feliz, pero la terapia no consiste siempre en eso, mamá. Hay algunas cosas que no entiendo de mí misma. Cosas que quiero entender.

—Madre mía. —Llena rápido la masa con manzanas y las echa en otra bandeja de galletas engrasada. Luego se sienta a mi lado—. Esperaba que esto no pasara.

La aprensión me invade.

—¿De qué estás hablando? ¿No quieres que vaya a terapia?

—No, no es eso lo que quiero decir. Si necesitas terapia, por supuesto que quiero que vayas a terapia. Solo que siempre esperé...

—¿Que esperaste qué? ¿De qué estamos hablando exactamente?

Se muerde el labio inferior.

—¿A dónde crees que se fue tu padre durante esos meses?

—¿La verdad? Supongo que tuvo una aventura.

—Ah, ¿sí? —Mi madre ladea la cabeza. ¿Está sorprendida?

—Si me lo dices, lo sabré.

Ella sacude la cabeza.

—No puedo.

—Por el amor de Dios...

Salto al oír el timbre.

Braden. Braden está aquí, justo cuando estoy avanzando con mi madre. Me levanto para abrir la puerta.

—Esto no ha terminado —le advierto—. Ni mucho menos. Él se va esta noche a Nueva York, pero yo me quedaré aquí el resto de la semana.

Braden no sonríe cuando abro la puerta, pero parece relajado, lo cual es algo bueno.

—Buenos días —saluda al entrar. Me da un beso casto en la mejilla.

—Buenos días. Mi madre tiene un regalo para ti. Empanadillas de manzana caseras.

Inhala.

—¿Es eso lo que huelo? Parece delicioso.

—Además de beicon y huevos. Y café fuerte.

—Perfecto. —Me sigue a la cocina—. Buenos días, Maggie.

Mi madre tiene una sonrisa dibujada en la cara, aunque no me engaña. Algo la tiene nerviosa.

—Buenos días, Braden —contesta—. Por favor, siéntate. Te traeré una taza de café. ¿Leche y azúcar?

—Café solo. Gracias.

Mi madre le pone una taza delante.

—Las empanadillas estarán listas en cinco minutos. ¿Cómo te gustan los huevos?

—Revueltos —respondemos Braden y yo al unísono.

—Pues revueltos serán. —Se vuelve hacia el fuego y saca cuatro huevos del cartón.

Me siento como si estuviera sentada en un bloque de hielo. ¿Qué me han estado ocultando mis padres todos estos años? Pero a mi lado está sentado Braden, el hombre al que adoro, que está para comérselo con esos vaqueros y esa camisa azul del mismo color que sus ojos. Estoy llena de ambivalencia. Mi cuerpo no sabe cómo reaccionar. La cercanía de Braden me calienta, me hace sentir blanda por dentro. Pero la discusión con mi madre me tiene fría, lista para luchar o huir.

Quizás mi padre no tuvo una aventura. Eso debería alegrarme. Pero lo único que sé es que mi madre tiene que consultarlo con mi padre antes de contarme nada.

Lo que me hace pensar que solo puede ser malo.

17

—¿Cuándo tomas el avión? —le pregunto a Braden cuando ambos nos hemos acabado el desayuno.

—No hasta las cinco de la tarde. Tengo un coche que me espera en el hotel a las dos y media.

—Bien. ¿Qué te gustaría hacer hasta entonces?

Su mirada se clava en mí.

Sí, ya sé la respuesta.

—Aquí no —digo en voz baja, aunque no hace falta que sea tan prudente. Mi madre se ha escapado de la cocina en cuanto ha servido el desayuno. Se ha puesto nerviosísima. No estoy segura de haberla visto nunca así.

Excepto tal vez…

Unas imágenes fragmentadas flotan en mi cabeza. Mi madre. Mi padre. Yo. Pero son como rompecabezas a los que les falta esa pieza esencial que sigue siendo esquiva por mucho que la busque.

—Enséñame esto —me pide Braden.

—¿Para qué? Ya has visto la casa. Y los campos de maíz son enormes, pero cuando ves un acre, los has visto todos.

Se acerca a mí y me pasa un dedo por el antebrazo.

—Quiero que me enseñes un sitio en concreto.

—¿Qué sitio?

—El sitio donde te perdiste.

Otra vez estoy sentada en ese maldito bloque de hielo. Nunca me he aventurado tan lejos en los campos después de aquella vez. Hace años que no pienso en ello, al menos hasta que le conté la historia a Braden hace unas semanas.

Pero tal vez esto sea importante. Tal vez necesito enfrentarme a esa parte de mí para entender las otras partes. Trago saliva.

—De acuerdo. Te llevaré allí.

Ahora soy una adulta. No tengo siete años. Soy más alta que el maíz, e incluso aunque no lo fuera, Braden sí que lo es. No nos vamos a perder.

Me toca la mano.

—Estás asustada.

—Asustada precisamente no. Estoy un poco aprensiva.

—¿Por qué?

—¿Tú por qué crees?

—Nunca has vuelto allí, ¿verdad?

Se me abren los ojos como platos.

—¿Cómo lo sabes?

—Te has puesto rígida, tensa, solo de pensarlo.

—¿Sabes eso con solo mirarme?

—Por supuesto. Te conozco, Skye. A veces creo que te conozco mejor que tú misma. —Mira hacia la entrada y luego baja la voz—. Tengo que conocer a mi pareja. Tengo que ser capaz de leer su cuerpo cuando no puede hablarme. Es parte del estilo de vida. Parte de cómo la mantengo a salvo.

Sus palabras me dan esperanza.

—¿Volveremos a hacer eso alguna vez, Braden?

—Eso espero —responde—, porque no creo que pueda existir sin esa parte de mi vida.

—¿Quieres decir que lo de anoche no significó nada para ti?

—Anoche lo significó todo para mí. Era algo completamente nuevo para mí, y deseaba hacerlo contigo. Pero no puedo negar que todavía anhelo el lado más oscuro del sexo. Siempre lo haré. Y si tú y yo no podemos hacerlo, me temo que no hay futuro para nosotros.

La tristeza me invade.

—Podemos hacerlo, Braden. Tú eres el que lo detuvo, no yo.

—Es cierto. Pero mientras tengas esa necesidad de que te ate el cuello, no puedo estar contigo. Por eso necesito que descubras por qué lo quieres. Esa es la única manera en la que podemos lidiar con ello, pero hasta que no sepas la razón detrás de esa necesidad, siempre querrás algo que no puedo darte. Y esa no es forma de empezar una relación. De comenzar un futuro juntos.

—¿Cómo puede no haber futuro? Nos amamos.

Me toma de la mejilla y me pasa el pulgar por el labio inferior.

—El amor no siempre es suficiente, Skye.

—El amor lo puede todo.

—Eres mejor que un cliché —dice—. Eres muy inteligente para eso.

Asiento. No puedo luchar contra la verdad de sus palabras. El amor no siempre lo puede todo, por muy fuerte que sea. Por la razón que sea, no me va a atar el cuello. Y por la razón que sea, necesito que lo haga.

—Responderé a tu pregunta, Braden —digo—. Por eso he venido aquí. Para entender estas cosas. Pero cuando responda a la tuya, espero que tú respondas a la mía. Quiero saber por qué es tu límite absoluto.

Asiente con la cabeza.

—Siempre he tenido la intención de hacerlo.

—Entonces te tomaré la palabra.

Nuestro patio es grande, y uno de nuestros campos se adentra en él, separado por una valla metálica. Es, por supuesto, el campo donde me perdí. Nunca se me permitió acercarme a los otros campos, ya que no hay acceso desde la casa.

Respiro hondo, deseando que mi corazón se mantenga firme. Quiere acelerarse, pero no se lo permito. Si no puedo controlar mi cuerpo, ¿qué puedo controlar? No mucho.

Conduzco a Braden hasta la puerta de la valla metálica que se encuentra en el otro extremo del patio.

—¿Es aquí por donde te metiste en el maizal? —pregunta.

—Sí. La puerta estaba abierta.

—¿Sabías cómo abrir la puerta?

—Sí. Pero yo no la abrí.

—¿Te dejaban entrar en el campo?

Asiento con la cabeza.

—Siempre que mi madre estuviera cerca y siempre que no me adentrara demasiado.

—Pero ese día sí que entraste.

—Sí. Estaba persiguiendo una mantis religiosa, ¿te acuerdas?

—Sí. Te gustaban los bichos.

Sonrío al recordarlo.

—Nunca he sido una chica femenina. Jugaba en el barro. Nunca llevaba vestidos, salvo en ocasiones especiales. Ni siquiera me maquillé hasta mi último año de instituto.

—¿Ayudabas en la granja?

—En las tareas de la granja como tal, no. Pero ayudaba a mi madre a secar y enlatar el maíz en otoño. La ayudaba con sus ferias de artesanía y a hornear. Ese tipo de cosas.

—¿Alguna vez quisiste ayudar en los campos?

Sacudo la cabeza con vehemencia.

—No después de ese día.

—Vale. ¿A dónde ibas desde aquí?

Se lo señalo.

—¿Ves ese poste en la distancia?

—Sí.

—Ahí es donde estaba el espantapájaros. Es donde me golpeé la cabeza y me desmayé.

—Eso es bastante lejos para una niña pequeña.

—Créeme, parecían kilómetros, sobre todo cuando no puedes ver por encima de los tallos de maíz.

Mira a su alrededor.

—Las mantis religiosas son verdes, ¿verdad?

—Sí.

Arruga la frente.

—¿Cómo cojones pudiste perseguirla por aquí? ¿No se camufló con los tallos?

—En realidad no. Es un tono diferente de verde.

—Ah —dice—. Tu ojo de fotógrafa.

—Supongo que sí. De hecho, mi madre me preguntó lo mismo una vez que recuperé la consciencia y le conté lo que estaba haciendo. Para mí, los verdes son totalmente diferentes. —Dejo escapar un suspiro. Me siento mejor. Hablar ayuda.

—¿Totalmente diferentes? —pregunta Braden, enarcando una ceja.

—Bueno. Tienen una sutil diferencia. Pero yo puedo ver esa diferencia.

Braden me agarra la mano.

—Estás fría como el hielo.

—¿En serio? Creía que me sentía mejor.

—No pasa nada. Nada te va a hacer daño.

—Porque tú me vas a proteger, ¿verdad?

—Siempre —contesta—, pero no necesitas que te proteja aquí.

—Ya lo sé. —Se me escapa una carcajada—. Estaba bromeando.

—Ya sé que lo estabas haciendo. ¿Te das cuenta de que usas el humor cuando estás nerviosa?

—¿En serio?

—Pues sí.

Caminamos por el sendero arado, alejándonos cada vez más, hacia el viejo poste del espantapájaros. Pero no parece que nos estemos acercando hasta que este sobresale del suelo y hace que me detenga en seco. Resisto el impulso de gritar de sorpresa.

—Aquí estamos —dice Braden.

—Sí.

—Recupera este lugar, Skye.

—¿Qué quieres decir?

—Aquí está. Es un viejo poste. Nada aquí puede hacerte daño. Así que recupéralo. Recupera el poder que te robó hace tantos años.

—¿Has hecho alguna vez algo así? —no puedo evitar preguntarle.

—Esto no va de mí. Se trata de ti.

—¿Pero has...?

—No tienes ni idea de lo que he tenido que recuperar en mi vida.

—¿Me lo dirás...?

—Joder, Skye. ¿Tienes que ser siempre tan obstinada?

Dejo escapar una risa nerviosa.

—¿No es por eso por lo que me quieres?

Sacude la cabeza.

—Que Dios me ayude. Pero en parte tienes razón.

Sonrío. Más o menos.

—Entiendo lo que intentas hacer, pero no necesito recuperar esto, Braden. No me asusta.

—¿Estás segura?

—Sí. Admito que era reacia a venir aquí, pero ahora estoy bien. De verdad.

No estoy mintiendo. Mi corazón late con normalidad y mi piel ya no está helada. Estoy bien.

—Entonces tal vez estés equivocada.

—¿Sobre qué? —pregunto.

—Tal vez esto no es lo que dio origen a tu necesidad de control.

—No, es esto —digo—. Aunque hasta que no he llegado aquí no me he dado cuenta de que este lugar no es nada para que entorpezca mi vida. Además, he cedido el control. A ti. ¿Te acuerdas?

—Lo has hecho. O más bien te crees que lo has hecho.

—¿A qué te refieres?

—Sentirse fuera de control está relacionado con la ansiedad. Así es como te sientes cuando pierdes el control en una situación. Es probable que así es como te sintieras cuando te perdiste aquí hace tantos años.

Asiento con la cabeza.

Lo recuerdo de forma vívida cuando refleja la situación con esas palabras. Mi corazón palpitando, el miedo fluyendo a través de mí. Mis pequeñas piernas tratando de correr pero tropezando, y después el poste apareciendo tal como lo ha hecho hoy, poniéndole fin a mi camino.

Golpeándome la cabeza.

Despertándome luego en la cama.

—Pero —continúa Braden— ¿es así como te sientes cuando no tienes el control ahora?

¿Lo es?

—No —respondo—. La verdad es que no.

—Como ves, Skye, tu necesidad de control no es en realidad lo que eres, ¿verdad?

¿Tiene razón? ¿Es así como pude sucumbir a su dominio con tanta facilidad?

—Yo... no lo sé.

—Lo que tú defines como ser una fanática del control es en realidad una preferencia. Prefieres poder pensar con claridad. Por eso no te emborrachas.

—¿Tú crees?

—Es posible. De hecho, tu disposición a cederme el control en el dormitorio puede ser porque es agradable no tener que pensar a veces. Es agradable dejar que otro esté al mando.

Me quedo con la boca abierta.

Tiene razón.

Tiene toda la razón.

—Tessa dice que no me suelto el pelo lo suficiente.

—Parece que conmigo sí que lo haces.

—Sí, es verdad... De hecho...

—¿Qué?

«Dilo. Dilo de una vez».

—Quiero hacerlo más de lo que tú estás dispuesto a dejarme.

—Eso es cierto.

—Entonces..., ¿qué hacemos ahora?

—Tienes que descubrirlo por ti misma, Skye. Yo no puedo ayudarte.

—Pero acabas...

—He tenido suerte con una corazonada. La mayoría de las personas que se proclaman a sí mismas fanáticas del control no lo son en realidad. Por ejemplo, no microgestionan.

—¿Cómo lo sabes?

—Addison no te habría dejado hacerlo.

No se equivoca.

—Ya que la mencionas...

—Buen intento. —Le tiemblan los labios, como si intentara no reírse—. No estamos hablando de mí todavía.

Resoplo.

—Vale.

—Tampoco has cambiado tú o tu situación por mí.

—Yo nunca haría eso.

—Ese es exactamente mi punto. Tú eres quien eres. No te cambias a ti misma para controlar la situación. —Hace una pausa. Después, dice—: Déjame preguntarte algo.

—De acuerdo.

—¿Te sentiste atraída por mí desde el principio?

—Por supuesto.

—Una verdadera fanática del control habría intentado controlar mi impresión de ella. Tú no lo hiciste.

Ladeo la cabeza. ¿A dónde querrá ir a parar? Quiero escuchar más.

—¿Querías acostarte conmigo esa primera noche?

—¡Por supuesto!

—Pero no lo hiciste.

—No, yo...

—¿Ves lo que quiero decir?

—Pero yo estaba controlando la situación.

—No, no estabas haciéndolo. Renunciaste a algo que querías y que podrías haber tenido. ¿Cómo va a ser eso controlar la situación?

—Era... Era demasiado pronto.

—¿Según quién?

Buena pregunta.

—No lo sé. ¿Según las reglas que he establecido en mi propia cabeza? —Me río, nerviosa.

—Bingo. Esa es tu ilusión del control, esas reglas que hay en tu cabeza. Pero eso no es lo que hace a una verdadera fanática del control. Solo te controlas a ti misma. Una fanática del control se hace cargo de los demás.

Me quedo con la boca abierta. Sus palabras tienen un extraño sentido.

—¿Qué has ganado controlándote? —pregunta.

—Nada. Bueno, te hice esperar, supongo.

—Lo hiciste. Nos hiciste esperar por algo que ambos queríamos. ¿Pero sabes qué?

—¿Qué?

—Nunca dudé que vendrías a mi cama. Y nunca dudé que acabarías rindiéndote a mí.

Ladeo la cabeza.

—Dijiste que era un desafío.

—Sí, y lo eras. Lo sigues siendo. Pero nunca me echo atrás ante un desafío, y no hay ni una sola cosa que haya perseguido y que no haya conseguido.

—Así que me estás diciendo...

—Te estoy diciendo que solo hay un verdadero maestro del control aquí, Skye, y no eres tú.

18

La voz de Braden se ha vuelto a oscurecer, y mis rodillas flaquean.

A pesar de lo maravillosa que fue la noche anterior, siempre anhelaré el lado más oscuro en el dormitorio…, y por fortuna él también.

—¿Y si te digo que quiero follarte ahora mismo, Skye? Aquí mismo, contra este poste que te asustó hace tanto tiempo. Me gustaría vendarte los ojos, atarte a él y tomarte por detrás duro y rápido mientras te obligo a estar callada todo el tiempo.

Ni siquiera tengo que pensar mi respuesta.

—Te diría que lo hicieras.

Él gime.

—No tienes ni idea de lo mucho que lo deseo.

—No veo a nadie que pueda detenerte.

—Solo tú.

Abro aún más los ojos.

—¿No te acabo de decir que lo hagas?

—Lo has hecho, y estoy tentado. —Agarra mi mano y la lleva al bulto firme que tiene debajo de la cintura—. ¿Sientes lo que me haces? ¿Lo que siempre me haces?

Asiento con la cabeza, temblando.

—Pero si volvemos a eso, a ese lugar que ambos deseamos, seguirás queriendo cosas que no puedo darte. Hasta que no me digas por qué quieres esas cosas, no puedo volver a eso.

—Puedo vivir sin eso. —Trago saliva.

—¿Estás segura?

—Por el amor de Dios, Braden, he vivido sin todo esto durante los primeros veinticuatro años de mi vida. He tenido relaciones sexuales antes. Relaciones sexuales satisfactorias.

Me rodea con los brazos, inmovilizándome al poste del espantapájaros.

—¿Tan satisfactorias como las nuestras?

Mi cuerpo parece una gelatina. Parece totalmente una gelatina. Me rendiré ante él como quiera ahora mismo.

—Bueno..., no. Pero eso es porque te quiero. No he querido a ninguno de ellos.

—¿Es esa la única razón?

No respondo de inmediato. En su lugar, me acerco, aprieto y froto su erección.

Me aparta la mano.

—Para, Skye.

—Los dos lo queremos.

—Eso no importa.

—¿Por qué? Puedo vivir sin la asfixia, ¿vale? —Ahogo un sollozo—. No sé por qué me llamó tanto la atención. Tal vez si supiera por qué tú no...

Me coloca los dedos sobre los labios.

—Conocer mi historia no cambiará la tuya.

—Pero...

—No lo hará, y no debería.

No respondo.

—Este lugar ya no te asusta.

—No. —Le sonrío, traviesa—. Y me asustaría menos si me follaras aquí.

Me toca la mejilla.

—Buen intento. Vamos a volver. Te invitaré a almorzar en el pueblo y luego tengo que seguir mi camino a Nueva York.

—Te voy a echar de menos.

—Yo también te voy a echar de menos. Tómate un tiempo para ti. Me gustaría que pudieras responder a mi pregunta cuando vuelvas a Boston.

Asiento.

—Lo haré, Braden. Te lo prometo.

Es una promesa que estoy dispuesta a cumplir.

Tras una deliciosa comida de pasta en Luigi's, el coche de Braden vino a buscarle y se marchó. Me quedé en la calle principal, delante del hotel de ladrillos rojos, y me quedé mirando el coche hasta que dejó de verse.

Se me llena de esperanza el corazón. Podemos solucionar esto. Ahora sé que podemos, porque sé que él lo desea tanto como yo. Solo necesito darle una respuesta a su pregunta. Me paseo por la calle principal durante unos minutos, contemplando las vistas. Han pasado dos años desde que vine y, aunque sigue pareciendo un pequeño pueblo sacado de los años cincuenta, noto un ligero cambio. Lo que solía ser el bufete de abogados Tabor Brooke tiene ahora un inquilino diferente. Rosa Brooke, terapeuta familiar. La hija de Tabor Brooke.

Mmm.

Conozco a Rosa. Ella y yo fuimos juntas al instituto. Era del pueblo. Una de las chicas guapas, además de animadora, pero siempre fue amable conmigo a pesar de que yo era una chica de campo. Tal vez ella estuviese dispuesta a charlar sobre mi… problema.

Me armo de valor y atravieso la entrada.

Un pequeño escritorio se encuentra entre dos puertas cerradas.

—¿Puedo ayudarle? —pregunta la recepcionista.

Suspiro.

—No. —Me doy la vuelta.

Luego, casi con la misma rapidez, me vuelvo hacia ella.

—Lo siento, es que no tengo cita.

—El señor Brooke no está hoy. Está en el juzgado.

—En realidad esperaba poder ver a Rosa.

—Ah. Está con alguien en este momento, pero ya casi han terminado. ¿Cuál es su nombre?

—Skye Manning.

Una adolescente sale por una de las puertas. Saluda a la recepcionista.

—Hasta la semana que viene, Mary.

—Que tengas un buen día —responde Mary. Después, agarra el teléfono—. Rosa, hay una joven que quiere verte. Skye Manning.

Pasan unos segundos y entonces sale Rosa, todavía tan rubia y guapa como en el instituto.

—¡Skye, qué alegría de verte!

—Hola, Rosa. Pasaba por aquí y he visto tu cartel.

—¿Cuándo has llegado al pueblo?

—Ayer. Estaré aquí toda la semana.

—Creo que no te he visto desde la graduación. Te ves estupenda, pero claro, siempre lo has hecho.

Sonrío. Sí, siempre fue amable conmigo.

—Gracias. Tú también estás estupenda.

—Deberíamos almorzar mientras estás en casa.

—Eso sería genial. Me encantaría hablar.

—Por supuesto. Nos pondremos al día. He oído que eres una gran fotógrafa en Boston.

Asiento.

—No diría que fuese tan buena, pero al menos estoy haciendo fotos.

—Maravilloso. Estoy deseando charlar. ¿Cuándo te viene bien?

—Bueno. —Me aclaro la garganta—. Ahora estoy libre.

—Tengo media hora. Venga. Vamos a por un refresco.

Hago un mohín.

—Rosa, cuando he dicho que quería hablar, he querido decir… profesionalmente.

—¡Ah! —Abre aún más los ojos—. Por supuesto. Entra en mi despacho.

La sigo y cierra la puerta.

—Toma asiento.

Elijo el sofá, y ella se sienta en el sillón contiguo a mí.

Me aclaro la garganta de nuevo.

—Tengo seguro. Puedo pagarte.

—No me preocupa eso. ¿En qué puedo ayudarte?

Madre mía, ¿por dónde empezar?

—Tengo una relación. Algo así. Con... Con Braden Black.

Los ojos casi se le salen de la cara.

—¿De verdad?

—En este momento estamos un poco en pausa.

—¿En serio? ¿Con Braden Black?

—Solo durante las últimas semanas. Supongo que la prensa sensacionalista no lo sabe todavía.

—Liberty es el último lugar en recibir cualquier tipo de noticia. Bueno, cuéntamelo todo sobre él.

Cruzo las manos delante de mí para dejar de moverlas.

—En realidad, es por eso por lo que estoy aquí. Tenemos un asunto que necesito resolver.

—Haré todo lo posible por ayudar, pero si solo vas a estar aquí una semana, puedo ayudarte hasta cierto límite.

—Lo entiendo. Si me dices que necesito más ayuda, buscaré un terapeuta cuando llegue a casa.

—Una sesión de terapia no suele ser suficiente.

—Estoy aquí toda la semana. Puedo venir más de una vez.

—Si hay hueco en mi agenda, estaré encantada de verte. Pero nos estamos adelantando. ¿Qué te ha traído hoy aquí, Skye?

—Es Braden —explico—. Tenemos una relación bastante... poco convencional.

—¿Cómo es eso?

—Nuestra vida sexual es... —respondo poniéndome colorada— un poco... —Me trago una oleada de náuseas—. Todo esto es confidencial, ¿verdad?

—Por supuesto. No sería una buena terapeuta si divulgara las historias de mis clientes por todo el pueblo. —Sonríe.

Sé que está diciendo la verdad, pero sus palabras me ponen nerviosa. Tal vez esto haya sido una mala idea.

Parece percibir mi aprensión.

—Skye, es evidente que algo te preocupa. Te aseguro que puedes confiar en mí. Soy una profesional y me rijo por la ética de la profesión.

Suspiro.

—Está bien. Nuestra vida sexual es... Le gusta el BDSM.

Asiente, sin parecer sorprendida en absoluto. ¿Habrá escuchado este tipo de cosas antes? Es terapeuta, sí, pero es una joven terapeuta de Liberty, Kansas. ¿Cuántas cosas podrá haber escuchado en su breve carrera profesional?

—¿Y a ti qué te parece practicar el BDSM en la cama? —pregunta.

Ahora siento las mejillas en llamas. Deben de estar tan rojas como un tomate.

—Me resistí un poco al principio. Pero solo un poco. En realidad... —¡Maldita sea, mis mejillas están en llamas!—. Me gusta mucho.

—De acuerdo. Eso está bien. No te está coaccionando a hacer nada que no quieras hacer.

—No. Ha sido muy respetuoso. Pero me ha sorprendido lo mucho que me gusta.

—¿Por qué?

—Porque siempre he sido bastante alfa, y someterme en el dormitorio me quita todo el control.

—No necesariamente —dice.

Me quedo ojiplática.

—¿Qué?

—Algunos dicen que es el sumiso quien tiene el control en ese tipo de relaciones.

—¿Cómo puede ser eso cierto?

—Porque el sumiso, al menos en una relación dominante/sumiso sana, puede elegir hasta dónde quiere llegar. El sumiso es el que tiene la palabra de seguridad. El sumiso puede detener lo que está sucediendo en cualquier momento. Por lo tanto, el sumiso tiene más control que el dominante.

Arqueo una ceja.

—Mmm. Nunca lo había visto de esa manera.

—La mayoría de la gente no lo hace, pero tiene mérito.

—Pues sí. Pero aquí viene la parte rara. Yo quería hacer algo, pero Braden dijo que no.

—¿Qué querías hacer tú que él no quería darte?

Me muerdo el labio inferior. Allá vamos. Rosa es una profesional y puede tener una respuesta.

—Quería que me asfixiara.

Si está sorprendida, su cara no lo demuestra.

—¿Por qué querías eso?

—Eso es lo que tengo que averiguar. No lo sé.

—¿Cuándo se te ocurrió la idea?

—Estábamos en un club de BDSM y vi a otro dominante hacérselo a su sumisa. Me gustaría decir que me excitó, pero eso parece demasiado suave. Encendió un fuego en mi vientre, si eso tiene sentido. La idea de estar por completo a merced de Braden, con mi vida literalmente en sus manos..., encendió algo dentro de mí.

—¿Por qué crees que lo deseabas tanto?

—Eso me gustaría saber a mí. Braden se negó a hacerlo, dijo que era su único límite absoluto, pero no me dice por qué. Sin embargo, quiere que le diga por qué yo sí quiero hacerlo.

—Quizás no quiere que su razón afecte a la tuya.

—Sí. Eso fue lo que me dijo.

Rosa apunta algunas notas.

—Parece un hombre inteligente. Por supuesto, no estaría donde está hoy si no fuera inteligente.

—Es brillante, sí —contesto—. Pero también es muy reservado, ¿sabes? Se ha abierto un poco conmigo, pero no tengo ni idea de por qué le gusta tanto el lado oscuro del sexo.

—Puede que no haya una razón para ello, Skye. A algunas personas les gusta hacer cosas fuera de lo normal y son personas perfectamente normales a nivel psicológico. He visto algunos estudios que demuestran que son más saludables a nivel mental que las personas que practican solo sexo vainilla. Aunque otro estudio podría mostrar justo lo contrario. Ese es el problema de los estudios. Puedes encontrar uno que diga prácticamente lo que tú quieras. —Sonríe.

Le devuelvo la sonrisa y asiento con la cabeza.

—Sí. Tienes razón en eso. ¿Cómo sabes tanto de todo este tema?

Entonces se ríe, pero no de forma grosera.

—No sería una buena terapeuta si no conociera los distintos estilos de vida sexual.

Yo también me río.

—Supongo que tienes razón. ¿Cuánto tiempo llevas ejerciendo?

—Algo menos de un año. Pero hice unas prácticas de tres meses con un terapeuta sexual mientras cursaba el máster, así que he oído de todo.

—¿Puedes ayudarme, entonces? ¿Puedes averiguar por qué deseaba tanto que me asfixiara?

—Solo tú puedes averiguarlo, pero yo puedo ayudarte a orientarte en la dirección correcta. —Comprueba su reloj—. Seguro que mañana tengo algo de tiempo. Habla con Mary para que te dé una cita.

—Perfecto. Gracias, Rosa.

—Es un placer. Hasta mañana.

Salgo del despacho de Rosa y, después de disponer todo con Mary, vuelvo a salir a la calle principal.

Y me siento muy bien.

19

Cuando llego a casa, mi madre está en su jardín de flores.

—Hola, cariño —me dice.

Me agacho junto a ella y sonrío.

—¿Puedo ayudarte?

Sacude la cabeza.

—La cena está en la olla de cocción lenta, y estoy a punto de terminar aquí.

—¿Dónde está papá?

—¿Dónde crees? Fuera, trabajando.

Asiento con la cabeza. Por supuesto que ya lo sabía. Quiero abordar el incómodo tema del que hemos hablado esta mañana y estoy tanteando el terreno.

Suspira y se encuentra con mi mirada. Sus ojos son marrones como los míos. Me parezco mucho a ella. Siempre me he parecido. Los ojos de mi padre son azules —azules oscuros, sin embargo, no como el azul brillante y ardiente de Braden—. Mi madre es guapa y tiene un aspecto estupendo para su edad. Apenas tiene una arruga en la cara, pero su mirada cuenta una historia diferente esta tarde. Apesta a resignación. De algo que no quiere afrontar, pero que debe hacerlo.

—No vas a dejar pasar esto —declara. Es una afirmación, no una pregunta. Ella ya lo sabe.

—No puedo, mamá.

—¿Por qué?

—Ya te lo he dicho. Estoy tratando de entender algunas cosas sobre mí misma. Sobre mi relación con Braden. Sobre mi relación con todo el mundo, en realidad. Y todo parece estar relacionado con esos pocos meses en los que se fue papá.

—¿Te sorprendería saber que su marcha no fue idea suya?

Me quedo con la boca abierta.

Exhala un suspiro.

—Supongo que la respuesta es sí. Estás sorprendida. —Se levanta y se quita los guantes de jardinería—. No teníamos mucho dinero en aquella época, pero ese año tuvimos una cosecha abundante y necesitábamos ayuda extra. Contratamos a alguien. Se llamaba Mario.

Ladeo la cabeza.

—No recuerdo a nadie con ese nombre.

—Haz memoria, Skye. Ese día te escapaste, persiguiendo una mantis religiosa. Fue Mario quien te encontró.

Arrugo la frente.

—No recuerdo que nadie me encontrara. Solo me acuerdo de haberme despertado más tarde en mi cama.

—Mario fue quien te encontró. —Hace una pausa—. Mario es la razón por la que te escapaste.

Entrecierro los ojos, como si intentara ver algo con más claridad.

—No, eso no es cierto. Estaba persiguiendo una mantis religiosa y yo...

Me detengo de forma abrupta. Una imagen aparece en mi mente. Una imagen no deseada.

Madre. Mía.

—Te diste un golpe muy fuerte en la cabeza, Skye. Tuviste una conmoción cerebral.

—Mario. Era joven —digo—. Con el pelo oscuro. Muy guapo.

—Sí, lo era.

Las imágenes se vuelven más claras, y la de Mario no es la única cara que aparece.

También veo...

A mi madre. A mi madre como una mujer joven y hermosa.

Mi boca se abre, pero las palabras no salen. Porque no hay palabras. No hay palabras para describir la imagen que ahora está tan perfectamente clara en mi mente que podría haberla fotografiado yo misma.

Mario.

Y mi madre.

En la cama.

En la cama de mis padres.

Ella asiente, con lágrimas en los ojos.

—Te acuerdas.

Asiento despacio con la cabeza.

—Estabas tan disgustada que saliste corriendo. Rompiste uno de los platos de la vajilla de porcelana, y luego echaste a correr.

Sacudo la cabeza.

—No. Recuerdo el plato, pero... estaba persiguiendo una mantis religiosa.

—Es probable que persiguieras una mantis religiosa. Te gustaban todos los animales, incluso los bichos. —Se ríe—. Fuiste un poco marimacho durante un tiempo, en casa llevabas vaqueros sucios y una camiseta. Las pocas veces que intenté ponerte cosas rosas con volantes, salías corriendo en cuanto podías y las llenabas de barro.

—El poder del rosa —murmuro.

—¿Qué?

—Nada. Solo que... ya no odio el rosa. Quiero decir, creo que nunca lo hice. Solo...

—Solo luchabas. Te peleabas conmigo por todo. Te pareces tanto a tu padre...

¿De verdad?

Abre la boca para responder, pero la detengo con un gesto.

—No te desvíes del tema. ¿Qué coño estabais haciendo Mario y tú en la cama?

Sacude la cabeza.

—Exactamente lo que crees que estábamos haciendo.

La ira surge de mis entrañas, el tipo de ira que se apodera de todo tu cuerpo.

—Durante todo este tiempo he pensado que papá había tenido una aventura.

—No. Fui yo.

Me pongo de pie, con las manos cerradas en un puño.

—¿Cómo has podido?

Mi madre se deja caer de nuevo sobre la suave hierba.

—Skye, siéntate. Por favor.

De mala gana, me vuelvo a sentar en el suelo, pero solo porque no me voy a ir hasta que me cuente todos los detalles de por qué le pareció bien hacerle esto a mi padre.

—Papá es un buen hombre —digo.

—Lo es.

Me esfuerzo por no gritarle.

—¿Y por qué? ¿Por qué coño lo hiciste?

No me regaña por mi lenguaje. Bien. Tengo veinticuatro putos años y puedo hablar como quiera.

—Hay cosas que no sabes. Las relaciones no son siempre lo que parecen.

—Por supuesto que hay cosas que no sé. Tenía siete puñeteros años, ¡por el amor de Dios!

Esta vez hace una mueca de disgusto por la blasfemia.

—Tu padre y yo... no siempre estuvimos de acuerdo en cómo criarte.

—¿Y qué? ¿Crees que sois las únicas dos personas que no están de acuerdo con el tema de la crianza de los niños?

—Era más que eso. Él quería tener más hijos —responde. Luego, tras una pausa—: Yo no.

—¿Y eso te parece una buena razón para follar con otro tío? No me lo creo, mamá.

—Esa no fue la razón. Solo te estoy dando ejemplos de cosas en las que no estábamos de acuerdo.

Giro la cabeza, incapaz de mirarla por un momento. Sus margaritas están floreciendo. La flor favorita de mi madre. Y ahora mismo lo único que quiero hacer es arrancar cada pétalo de cada flor y machacarlos en la tierra.

—Adelántate a la parte en la que acabas en la cama con Mario. Y por qué cojones no lo he recordado hasta ahora.

—Después de que nos descubrieras, le pedí a Mario que se fuera. No valía la pena perder el respeto de mi hija.

—¿Pero valió la pena perder el respeto de tu marido?

Entonces entierra la cabeza entre las manos y se le escapa un sollozo.

¿De verdad cree que voy a ofrecerle consuelo? Vale, fue hace diecisiete años. ¿Y qué? Para mí, es información nueva, como si hubiera ocurrido ayer.

Por fin levanta la vista, una lágrima le recorre la mejilla.

—¿Por qué insistes en esto? ¿Por qué no puedes dejarlo en el pasado? ¿Por qué sacas el tema y dejas que afecte a lo que tenemos ahora?

Me pongo rígida.

Un puto *déjà vu.*

Braden me dijo casi las mismas palabras después de que Betsy me hablara de él y Addie, y yo irrumpiera como un vendaval en su despacho.

¿Pero qué coño?

No. Rechazo el pensamiento. Este no es mi problema. Es el de mi madre.

—¿Qué ocurrió? ¿Cuándo volvió papá?

—Regresó ese día. Lo llamé.

—Por mí.

—Sí, pero no volvió a instalarse entonces. Después de que Mario se fuera, tu padre necesitaba un poco más de tiempo para gestionar las cosas. Lo entendí, por supuesto.

—Llorabas —digo—. Llorabas un montón.

Asiente con la cabeza.

—Había metido la pata y lo sabía. Sentía lástima de mí misma y echaba de menos a tu padre.

—¿Te has disculpado con él?

—Más veces de las que puedo contar —responde.

—Y... ¿Él...?

—Le llevó algún tiempo, pero me perdonó. Volvimos a estar unidos y, en cierto modo, creo que le quiero más por ello.

No puedo evitar una burla.

—¿Perdona? ¿En qué mundo tiene eso sentido?

—No puedo hacerte entender todo cuando todavía no me entiendo ni a mí misma. Basta con decir que ahora soy más mayor.

—Espera, ¿tú y Mario estabais...? ¿Antes de que papá se fuera?

Asiente.

—Sí. No estoy orgullosa de ello.

Sacudo la cabeza.

—¿Cómo pudiste? Debió de sentirse reemplazado.

—No reemplazado. Rechazado, más bien.

—Es una forma de hablar.

No dice nada. ¿Cómo podría? Tengo razón.

Muchas más preguntas me inundan la mente. ¿Por qué estaba en la cama con otro hombre cuando su hija pequeña estaba en casa? ¿Cómo empezó en primer lugar? ¿Por qué empezó en primer lugar? ¿Qué hizo mi padre para que ella deseara a otro hombre?

¿Por qué? ¿Por qué? ¿Por qué?

¿Y por qué me lo ocultaron durante todos estos años?

Lo más importante de todo: ¿por qué reprimí el recuerdo de mi madre en la cama con Mario?

Eso tiene que ser una especie de clave.

Tal vez Rosa arroje algo de luz cuando me reúna con ella mañana. Dios, espero que tenga el resto de la semana disponible.

Pero ya no quiero quedarme aquí toda la semana. Quiero volver a casa, a Boston.

Braden no estará allí. Estará en Nueva York. Tessa no me habla, y Betsy se esfuerza por evitarme.

Un violento impulso de arrancarme puñados de pelo del cuero cabelludo me desgarra. Mejor aún, quiero arrancarle el pelo a mi madre. ¡A la mierda con sus pétalos de margarita! Me llevaré sus propios pétalos, mechón a mechón.

Mi madre, que, a su manera, ha sido la persona más influyente en mi vida hasta ahora.

Y entonces se me ocurre algo. Otra pregunta que necesita respuesta.

Miro a mi madre, con los ojos todavía llenos de lágrimas. Miro largamente sus labios carnosos, sus pómulos altos y sus ojos tan parecidos a los míos.

—Mamá, ¿por qué no querías tener más hijos?

20

¿Por qué no querías tener más hijos?

Mis palabras parecen flotar en el aire a nuestro alrededor, difuminando los colores de las margaritas y las otras flores del jardín de mi madre.

¿Por qué no querías tener más hijos?

¿Piensa responder?

¿O esta pregunta será otra que nadie responderá? Al igual que Braden sobre su relación con Addie. Al igual que mi madre nunca respondió sobre su separación... hasta ahora.

Ahora.

Ahora todo llega a su punto álgido.

Ya sé la respuesta.

Yo. Yo soy la respuesta.

Mi madre no quería más hijos por mi culpa.

—Eras tan inteligente, Skye... —dice—. Todavía lo eres, por supuesto, y eras tan cabezona y rebelde...

—Me peleaba contigo por todo —murmuro, haciéndome eco de las palabras que dijo hace unos minutos.

Ella asiente.

—Por todo. Hasta por las cosas más simples, como los tipos de cereales para el desayuno. Son todos iguales, por el amor de Dios, y los que yo compraba eran más baratos.

—No son todos iguales —contesto—. Algunos tienen una capita de azúcar. Están más buenos.

Mi madre levanta las manos.

Lo entiendo. Todavía lo estoy haciendo. Estoy peleándome con ella por algo que en realidad no tiene sentido. Ya no como cereales de ningún tipo, ni siquiera de los azucarados.

La imagen de Benji, el niño del banco de alimentos, estrujando la barra de pan se arremolina en mi mente. Mi madre odiaba que apretara el pan, pero aun así, lo hacía. Me peleaba con ella cada vez...

—Yo era un problema, así que no querías arriesgarte a tener otro hijo como yo. Sí, lo entiendo.

Toma mis manos entre las suyas.

—No, Skye. Nunca pienses eso. Te quería más que a mi propia vida. Todavía lo hago. Eso nunca cambiará.

—Pero es mi culpa no tener un hermano o una hermana.

—Por supuesto que no. No es tu culpa. Es la mía. Yo soy la que no pudo manejarte. Tu padre pudo. Encontró tu rebeldía encantadora.

—Pero no era él quien tenía que cuidar de mí las veinticuatro horas del día —añado.

—No. Incluso se ofreció, pero yo no estaba hecha para encargarme de lo que él hacía en la granja. La agricultura es un trabajo duro, y es obvio que no soy tan fuerte como él, además, no me interesa.

Sonrío un poco. ¿Mi padre se habría convertido en el amo de casa por mí? ¿Por tener más hijos? Es increíble, y por mucho que lo adore, acaba de ganar varios puntos más de padre. Mi madre tiene razón. La agricultura es un trabajo duro. Lo sé, porque a veces he trabajado con mi padre. Cuando me hice mayor, me llevé mi cámara y le hice algunas fotos increíbles en los campos. Algunos de mis mejores trabajos hasta el día de hoy.

Eres un desafío, Skye Manning, y nunca me echo atrás ante un desafío.

Las palabras de Braden.

Al parecer, no es el único que me encuentra un desafío. La primera persona a la que desafié en mi vida fue mi madre.

Soy quien soy. Braden dice que no soy una verdadera maestra del control. Quizás tenga razón, dado mi afán por someterme por completo a él, hasta el punto de querer darle el control sobre mi acceso al oxígeno.

No soy una fanática del control, no. Solo un desafío. Solo alguien que lucha a cada paso.

En esencia, un gran grano en el culo.

Eso es lo que soy.

Por eso no tengo hermanos. ¿Pero es por eso...?

—Mamá, por favor, dime que no empezaste a acostarte con Mario por mi culpa.

—¡Claro que no! Eso es entre tu padre y yo.

—Pero yo era una de las cosas en las que no estabais de acuerdo.

—Créeme, había otras.

—¿Cuál fue el catalizador, entonces? ¿Por qué lo hiciste?

Suspira.

—Creo que no recuerdo nada más.

—Eso es mentira, y lo sabes.

Sacude la cabeza, riéndose un poco.

—Sigues desafiándome. Siempre.

Clavo los talones. Literalmente, mientras me siento en el jardín, mis talones se hunden en la suave tierra.

—Esto es importante para mí. Ya te he dicho que estoy intentando averiguar algunas cosas sobre mí, y esto parece ser parte de la clave.

—No tenía nada que ver contigo —contesta—, tiene todo que ver conmigo. Mario me hizo sentir... hermosa, supongo.

—Siempre fuiste hermosa, mamá.

—No lo creo. Ser la esposa de un granjero no es fácil. Es un trabajo muy duro. Nunca tuve tiempo para mí. Tú eras... Te quería tanto, Skye, pero eras...

—Rebelde. Lo sé.

—Sí. Era agotador, siempre peleándome por todo contigo. Tu padre estaba en el campo doce horas al día y llegaba a casa agotado. Eso no es culpa suya, por supuesto, pero estaba demasiado cansado para hablar conmigo, y mucho menos... Ya sabes...

Sí, lo sé. Tener sexo, hacer el amor..., el eufemismo que quieras llamarlo. La idea de que mis padres hagan eso me da náuseas, pero menos que la idea de mi madre con un joven guaperas llamado Mario.

—¿Siempre lo has querido? —pregunto—. A papá, quiero decir.

—Sí.

—Entonces, ¿por qué...?

—Porque soy humana, cariño. Simplemente humana, y necesitaba algo de intimidad. Mario me la ofreció y yo la acepté. No debería haberlo hecho, pero lo hice.

Sacudo la cabeza.

—¿Por qué no te controlaste?

Abre la boca, pero no sale nada. No tiene respuesta.

Al igual que yo, la autoproclamada reina del control, no tengo respuesta a por qué quiero que Braden me ate el cuello.

Solo lo quiero.

Pero él no.

Quizás si me dijera por qué, lo entendería.

Pero tiene razón. Saber su motivo no me acercará al mío.

Por fin, mi madre habla.

—Debería haberme resistido. Debería haberme controlado. No tengo ninguna razón, excepto que lo deseaba y cedí.

—Así que admites que fuiste débil.

—Sí, Skye. Yo no soy tú. No soy fuerte como tu padre y tú. Cedí.

—Eso es una excusa.

Suspira.

—Tal vez lo sea. Tuve la oportunidad de tomar algo que quería, y lo tomé.

—¿Pensaste en papá? ¿En mí?

—Por supuesto que sí.

—Pero nosotros perdimos, y tú ganaste.

Baja la cabeza y fija su mirada en el suelo que tiene delante.

—Es inútil discutirlo. Tienes razón.

—No siento ninguna satisfacción por tener razón, mamá.

—Cariño, esto es por lo que me resistí a contártelo todo. Tu padre y yo lo hemos superado. Ahora estamos bien. De hecho, estamos mejor que antes de Mario. Y ambos te queremos mucho, Skye. Siempre lo hemos hecho.

Sí, es cierto.

A pesar de que mi madre al parecer me encontraba difícil —y me sigue encontrando difícil—, nunca hubo un momento en el que sintiera que no me quería.

Ahora tampoco siento eso. Sé que me quiere.

Aun así, necesito una respuesta más.

21

—Mamá —empiezo—, ¿por qué estabas en la cama con Mario mientras yo estaba en la casa?

—Eso fue mala suerte —dice con un suspiro—. Se suponía que ibas a estar en casa de tu amiga Myrna, pero su hermano pequeño tenía mucha fiebre, así que la madre de Myrna te dejó en casa de camino al médico. Llamó, pero no escuché el teléfono.

—¿Quién me abrió para que entrara en casa?

—La puerta estaba abierta. Tú tenías siete años. Entraste tú.

Myrna. Hace años que no pienso en ella. Su familia y ella vivían en una granja vecina, pero la vendieron y se mudaron cuando estábamos en quinto de primaria.

Sí. Ahora lo recuerdo. Abrí la puerta y entré en la casa. Llamé a mi madre a gritos, pero no respondía. Entonces escuché sonidos que provenían de su dormitorio.

Así que abrí la puerta y...

Es curioso lo claro que está ahora. ¿Cómo lo he podido olvidar? La conmoción cerebral puede haber tenido algo que ver, pero me acordaba de la mantis religiosa. Me acordaba de haberme perdido en el campo de maíz. El plato de la vajilla de porcelana...

No volví a ver a Mario después de aquello, así que lo más probable es que a mi mente de siete años le resultara fácil bloquear un recuerdo tan desagradable.

Y pues claro que mi madre no escuchó el teléfono. Estaba... Dios. Mi instinto es pelearme con ella por eso también. ¿En qué estaba pensando al no oír el teléfono?

Pero han pasado diecisiete años.

Tal vez tenga que dejarlo pasar. Tal vez...

Tal vez tenga que elegir mis batallas.

No necesito pelear por todo.

Tal vez tenga que elegir mis batallas con Braden también.

—Es muy extraño —le digo a Rosa al día siguiente en nuestra sesión—. Ahora está más claro que el agua, pero durante mucho tiempo no recordaba haber pillado a mi madre en la cama con ese tío.

—La represión de los recuerdos de la infancia no es inusual —explica Rosa—. En especial si es algo tan desagradable. Además, tienes el problema añadido de la conmoción cerebral, que puede causar amnesia retrógrada.

—Pero no fue así. Recuerdo haber perseguido a la mantis religiosa y recuerdo haberme perdido.

—¿Pero recuerdas haber estado en casa de Myrna ese día?

—No, no hasta que mi madre me lo ha contado.

—¿Lo ves? No te acuerdas de todo de tu infancia. Nadie lo hace.

—Pero encontrar a mi madre en la cama con un granjero... Eso debería recordarlo.

—Y lo haces. Ahora. Como te he dicho, fue desagradable para ti en aquel momento, y los niños suelen reprimir los recuerdos desagradables como mecanismo de defensa. Supongo que no lo reprimiste en su momento, pero se desvaneció después de que tus padres volvieran a estar juntos y todo siguiera sin problemas. La mente joven es muy resistente, Skye. Te lo voy a repetir. Lo que describes no me parece para nada inusual.

—Sin embargo, no es propio de mí. Prefiero controlarlo todo, sobre todo mi propia mente.

Sonríe.

—Tenías siete años.

Suspiro. Lo sé. Tenía siete años. Solo era una niña. Pero aun así...

—Vamos a ver si podemos sacar algo de esto juntas —dice Rosa—. ¿Te sientes responsable de la ruptura de tus padres?

—Por supuesto que no. ¿Por qué habría de hacerlo?

Asiente.

—¿Y si te digo que creo que, de alguna forma, sí que lo haces?

—Te diría que te equivocas.

—Volvamos a ti y a Braden por un momento. Cuando le pediste que te atara el cuello, que te estrangulara, y él se negó, dijo que le preocupaba que te estuvieras volviendo dependiente de su castigo. En efecto, pensó que ya no era parte de la experiencia sexual para ti, y que se estaba volviendo demasiado real.

—No estuve de acuerdo entonces y sigo sin estarlo.

Rosa toma algunas notas y luego se encuentra con mi mirada.

—¿Y si te digo que creo que puede tener razón?

—Entonces tampoco estoy de acuerdo contigo. Yo disfruto del sexo poco convencional. Y él también.

—Pero es él quien tiene el control, ¿verdad?

—La última vez me dijiste que el control lo tenía yo.

—Y lo tienes, en algunos aspectos. Pero él también lo tiene. Puede negarse a hacer algo que tú quieres. Está en su derecho, pero tú te estás resistiendo a él.

—No es eso. Es que no me quiere decir por qué no lo hace. Por qué es su límite absoluto.

—¿Debería importar eso? Te estás resistiendo a él. No le estás dejando el control en el dormitorio, al que dijiste que habías renunciado.

—Bueno..., técnicamente no estábamos en el dormitorio. Estábamos en el club.

Rosa sacude un poco la cabeza.

—Skye, sabes muy bien lo que quiero decir.

Respiro hondo. Tiene razón. Lo sabe, y yo también. No puedo evitar una ligera carcajada.

—Mi madre me dijo que de pequeña me peleaba con ella por todo. No solo por cosas importantes, sino también por tonterías, como llevar un par de calcetines sucios o discutir por los cereales del desayuno. ¿Qué coño me pasa?

Sonríe.

—No te pasa nada. Tienes un carácter fuerte. No hay nada de malo en eso. Si fueras vengativa e irritable, si culparas a los demás por tu comportamiento obstinado, podrías tener un ligero trastorno negativista desafiante, pero no veo eso en ti.

—Supongo que no me he dado cuenta de que he sido así toda mi vida.

—Nuestra personalidad se forma a los cinco años —me explica Rosa—. Eres una tía guerrera. Eso no es algo malo. Por eso tienes éxito.

Me detengo un momento, pensando. ¿Es por eso que tengo éxito? Soy una buena fotógrafa, y estudié la carrera en la universidad y me volví aún mejor. Acepté el trabajo con Addison para poder hacer fotos, y ese trabajo, más mi relación con Braden, desembocó sin darme cuenta en mi propia carrera de *influencer* en ciernes.

¿Esto equivale al éxito?

¿Es por mí, después de todo?

¿No por Addie ni por Braden?

—Parece que estás pensando —comenta Rosa—. Tienes la frente arrugada.

Asiento.

—Sí, estoy pensando. Me pregunto...

—¿El qué?

—Supongo que me pregunto si realmente yo soy la razón de mi éxito. Supongo que ni siquiera estoy segura de que tenga éxito.

—Por supuesto que sí. Eres una fotógrafa con talento y una *influencer* emergente. A mí me suena a éxito.

—Siempre creí que a nadie le importaría lo que yo pensara si no fuera la novia de Braden.

—No te voy a mentir. Eso probablemente ayudó. Aunque si fueras la novia de Braden, pero no pudieras escribir un buen texto o hacer una buena foto, ¿seguirías donde estás?

—Pues... la verdad es que no lo sé.

—Claro que lo sabes. Solo que no quieres admitirlo, Skye. —Hace una pausa—. Vamos a abordar esto desde un ángulo diferente. A Braden le preocupa que obtengas demasiado placer del castigo. ¿Y si en realidad no se refiere al placer?

—Braden siempre dice lo que quiere decir.

—Puede pensar que eso es lo que quiere decir, pero ¿y si no es el placer del castigo lo que buscas? ¿Y si es el propio castigo?

—¿Por qué iba a querer yo castigarme?

—Por un lado, porque crees que no eres digna de tu éxito.

Arqueo una ceja. Lo que dice Rosa no es para nada descabellado. ¿Cuántas veces se me ha pasado por la cabeza que soy una impostora? Más de una vez.

—Vayamos un paso más allá —dice—. ¿Y si te digo que no es solo que sientas que no eres digna de tu éxito? ¿Y si te digo que te culpas por lo que pasó entre tus padres hace tantos años?

Sacudo la cabeza.

—¿Por qué iba a hacer eso? No fue mi culpa. Era una niña.

—Sí, y tienes razón. No fue tu culpa. Pero en algún lugar dentro de ti está esa niña de siete años, y podría pensar que sí lo fue.

¿Lo pensaba?

¿Lo pienso?

—No estoy segura de haber sido consciente en ese momento.

—No se trata de que fueras consciente, Skye. Es tu subconsciente de lo que estamos hablando. No pensaste en el hecho de que te peleabas con tu madre por todo o en que eras parte de la razón por la que ella no quería más hijos. Pero dentro de tu psique, lo sabías. Y quizás tu subconsciente siempre se ha preguntado si alejaste a tu padre y llevaste a tu madre a la cama de otro hombre.

—Ni siquiera me acordaba de Mario hasta ayer.

—Pero tu subconsciente sí que se acordaba. Si no, no te habría venido a la mente cuando tu madre te lo contó.

No se equivoca. La imagen está ahora tan clara en mi mente que podría haberla fotografiado yo misma. A color. Puñetera Kodachrome.

—¿Cómo se relaciona esto con mi necesidad de castigo?

—¿Cómo no se relaciona? Te estás castigando no solo por tu éxito, que crees que no te mereces y no quieres atribuirte ningún mérito a pesar de habértelo ganado, sino también por la separación de tus padres hace tantos años.

—Pero...

—¿Qué?

—Yo... sí que disfruto del castigo.

—¿De verdad?

—Bueno, sí... Pero...

—¿Pero qué?

—El castigo no es en realidad un castigo como tal. Cuando Braden quiere castigarme de verdad, no me ata ni me azota. Me niega el clímax. Lo demás no es un castigo.

—Ahí lo tienes. Él no quiere que sea un castigo, pero de alguna forma tú sí. Y eso es lo que le molesta.

No puedo negar que su razonamiento tiene un extraño sentido.

—¿Estás diciendo que soy adicta al castigo?

—Yo no lo diría con esos términos, pero es posible que lo que Braden ve como fuera de lo normal y parte de lo que disfruta en el dormitorio, tú lo veas como un verdadero castigo. Como dices, cuando quiere castigarte de verdad, te niega el orgasmo. Lo demás es para el placer, tanto el suyo como el tuyo. O eso es lo que él cree.

—Pero sí que lo disfruto. Sí que me gusta.

—Sé que sí. La pregunta es: ¿por qué?

22

Eso, ¿por qué?

Me vibra el teléfono y lo saco del bolsillo. Es Braden.

—¿Necesitas contestar? —pregunta Rosa.

—Es él. Es Braden.

—Vamos a hacer una cosa. —Comprueba el reloj—. Solo nos quedan cinco minutos, y te he dado mucho en lo que pensar. Así que vete y reflexiona sobre ello, y te daré cinco minutos más mañana.

Suspiro.

—Me voy esta noche.

—Creía que habías dicho que te ibas a quedar esta semana.

—Iba. Pero después de la conversación que tuve con mi madre ayer, solo quiero volver a casa.

Sonríe.

—No huyas, Skye. Resuélvelo.

—¿Con mi madre?

—Con tu madre. Con tu padre. Con Braden. Con todos ellos. Es hora de perdonar a tu madre. Y es hora de perdonarte a ti misma.

—¿A mí misma? ¿Por qué?

—Por ser una niña difícil. Por discutir tanto con tu madre. No es que no fueras normal. Muchos niños tienen una etapa de rebeldía. Yo misma la tuve.

—¿E hiciste que tu madre se acostara con otro hombre?

—No, pero tú tampoco.

Asiento. Entiendo lo que dice.

—No fue mi culpa.

—No, en absoluto. Seguro que tus padres te dirían lo mismo.

—Mi madre ya lo ha hecho.

—¿Lo ves?

El teléfono deja de sonar.

—No he respondido la llamada.

—Vamos. Llámalo de nuevo. Y llámame mañana a las dos de la tarde y hablaremos un poco más. Si necesitas más ayuda después de eso, buscaré a alguien para ti en Boston. Pero, Skye...

—¿Sí?

—Vas a estar bien. Te lo prometo.

De vuelta a la calle principal, agarro el teléfono para devolverle la llamada a Braden cuando vuelve a sonar.

Me lo pongo en la oreja, sonriendo.

—¡Hola! Siento no haber podido contestar. Estaba a punto de llamarte.

—¿De verdad? —Una voz femenina que me suena vagamente familiar. No es Addie, pero se parece a Addie.

Mierda. No he mirado el número. Solo he asumido que era Braden intentando contactarme de nuevo.

—Lo siento, estaba esperando otra llamada.

—¿Eres Skye Manning?

—Eso depende. ¿De parte de quién?

—Soy Apple Ames. La hermana de Addison.

Apple. La hermana gemela *hippie* de Addie. La conocí una vez, hace un año. Ella parloteaba una y otra vez sobre lo zen, las motocicletas y el dalái lama. A pesar de su ADN duplicado, Addie y ella son como la noche y el día. Aunque no podría decir cuál es cuál.

—Hola, Apple. ¿Por qué me llamas?

—Necesito hablar contigo —me responde— sobre Braden Black.

Me da un vuelco el corazón.

—¿Para qué?

—Hay cosas que necesitas saber. Cosas que Addie nunca te dirá. Cosas que nadie sabe excepto Addie y yo.

—¿Ni siquiera Betsy?

—¿Betsy?

—Betsy Davis. Vuestra amiga de la infancia.

—Es verdad. Vaya. No he pensado en ella en años.

—¿En serio? Addison hace publicaciones para ella cada dos por tres.

Se burla.

—Parece que estás bajo la ilusión de que le presto una pizca de atención al Instagram de Addie. No podría importarme menos.

Sí, lo que yo decía, son como la noche y el día.

—Ahora mismo estoy fuera de la ciudad, pero vuelvo esta noche.

—Genial. Te veré en el aeropuerto. Dame la información de tu vuelo.

—Espera, espera, espera... ¿Qué tal mañana a alguna hora?

—Esto no puede esperar, Skye. Te lo digo en serio.

Mi corazón empieza a latir como un tambor que repica durante una marcha militar.

—No puedes dejarme así. En serio. ¿Qué está pasando?

—Lo único que puedo decirte es que Addie os está vigilando a los dos. Estoy preocupada por vosotros.

—Ya sé que está tramando algo. La he estado vigilando. Estoy segura de que Braden también lo ha hecho.

—Sí, seguro. Pero él puede cuidar de sí mismo.

—Muy bien. Pero ¿por qué? ¿Por qué me cuentas todo esto a mí?

—Bueno, como alguien sabio dijo una vez, el enemigo de mi enemigo es mi amigo, pequeña saltamontes.

Ya he oído esa frase antes. ¿De *El arte de la guerra*? Tal vez. Pero la parte del saltamontes no. No estoy segura de dónde la ha sacado Apple.

—De acuerdo. ¿Pero no puedes decirme nada ahora?

—No por teléfono. Lo siento. Conociendo a mi hermana, no confío en ella. Podría estar monitoreando las llamadas.

Es cierto. Cuando termina la llamada, meto el teléfono en el bolso. Braden está en Nueva York, y no tengo ni idea de cuándo volverá a Boston. Puede que no esta noche. ¿Qué querrá decirme Apple? Y lo que es más, ¿qué es tan importante que no puede decirlo por teléfono porque cree que Addie podría estar escuchando?

¿En dónde me he metido?

Me dirijo a casa. Mi madre y mi padre están sentados juntos en la terraza de atrás. Los miro antes de que se den cuenta de mi presencia. No se están tocando —mi padre está hojeando una revista y mi madre está leyendo un libro—, pero la comodidad entre ellos se puede palpar. Son el uno para el otro. Se quieren. Hace tiempo que han superado los acontecimientos de hace diecisiete años.

Lo menos que puedo hacer es hacer lo mismo.

—Hola, mamá. Hola, papá.

Ambos miran hacia arriba.

—Hola, cariño —contesta mi padre—. No te he oído salir.

—Ambos parecíais muy concentrados en lo que estabais leyendo.

Mi madre sostiene un ejemplar desgastado de *Jane Eyre,* uno de mis favoritos.

—Seguro que te has olvidado de que te dejaste esto aquí.

Asiento con la cabeza.

—Tengo otro ejemplar del curso de literatura que hice en la universidad.

—Acabo de empezarlo. Ya que te gusta tanto, he pensado que era hora de que lo leyera.

—¿Qué te está pareciendo hasta ahora?

—Que es un poco lento.

—Al principio, sí. Pero no desistas. Es una historia fantástica. ¿Qué estás leyendo tú, papá?

Sostiene su revista.

—*Agriculture Weekly.*

Sonrío. A mi padre le encanta lo que hace. Siempre lo ha hecho. Esos meses fuera de la granja debieron de ser un infierno para él, y no solo porque supiera que su mujer se estaba acostando con otro.

La ira asoma su fea cabeza.

Tomo aire. Después lo hago otra vez. Hace diecisiete años, Skye. Diecisiete puñeteros años. Solo porque te parezca que fue ayer no significa que lo sea.

—Adivina qué —dice mi padre.

—¿Qué?

—Tu madre y yo acabamos de abrirnos cada uno una cuenta en Instagram. Es hora de que nos subamos al carro de tu nueva carrera. Estás guapísima en todas esas publicaciones, cariño.

Sonrío.

—Gracias, papá.

—¿Ya has comido? —me pregunta mi madre.

—Todavía no.

Deja su libro.

—Te voy a preparar algo.

—No, no pasa nada. Ya lo hago yo misma.

Mi padre se levanta entonces.

—Debería volver al trabajo. Te veo en la cena, cariño.

—En realidad... —empiezo.

—¿Sí?

—He decidido volar de vuelta a Boston esta noche.

—Pero si acabas de llegar —dice mi padre.

—Lo sé. Y te prometo que volveré tan pronto como pueda, pero estoy bajo contrato, y necesito volver al trabajo.

—Entonces, ¿por qué pensabas quedarte toda la semana? —pregunta mi madre.

Buena pregunta. Dejo escapar un suspiro mientras decido ser sincera.

—He vuelto para averiguar algunas cosas sobre mí misma.

—¿Y lo has hecho?

Asiento.

—No todo, pero tengo algo con lo que empezar. Te agradezco nuestra charla, mamá. Y entre Rosa Brooke y Braden, creo que voy por buen camino.

—¿De qué estás hablando, cariño? —me pregunta mi padre.

—¿No se lo has contado? —le pregunto a mi madre.

—¿Contarme el qué?

—Ay, Skye...

—Lo siento, mamá, pero tiene derecho a saberlo. —Me dirijo a mi padre—. Le he preguntado a mamá por qué os separasteis hace tantos años, y por fin me ha contado la verdad.

Mi padre se aclara la garganta.

—Maggie...

—Te he hecho quedar bien —contesta mi madre—. Fue mi culpa.

—Fue culpa de los dos —responde—. Tu madre no recibía lo que necesitaba de mí.

—Papá, yo...

—Eso es todo lo que diré al respecto, Skye. Algunas cosas son entre un marido y una mujer y no son asunto de nadie más, sobre todo de su hija.

—Pero tenía que saberlo —replico—. Explica mucho sobre mí.

—Tiene razón, Steve. —Mi madre asiente—. Debería haberlo hablado contigo primero, pero tiene razón.

Mi padre lanza un suspiro.

—Lo hecho, hecho está. Tu madre y yo ya lo hemos superado, y tú también tienes que hacerlo.

—Y lo haré. Pero trata de entenderlo. Esto sucedió hace mucho tiempo, pero como no lo recordaba, me parece que fue ayer.

—¿Por eso te vas tan pronto? —me pregunta mi madre.

—No. Vale, tal vez en parte. Solo necesito asimilarlo y darme tiempo para superarlo. También para superar mi parte en ello. Pero, además, tengo que volver al trabajo. Susanne Cosmetics está bautizando un nuevo color de uñas en mi nombre.

—¿Rosa Skye? —Mi madre sonríe.

—No con mi nombre como tal. Sino en honor a mí por un texto que escribí —les explico—. Se va a llamar The Power of Pink.

—Eso es maravilloso, cariño —dice mi padre—, pero me preocupa que sientas que tuviste algo que ver en lo que pasó entre tu madre y yo. No tuvo nada que ver contigo.

—Gracias por decir eso —le respondo.

—Es cierto.

Sí, es cierto. Para él. Para mí no tanto, pero no quiero discutir con mi padre. Él y yo siempre hemos estado muy unidos, y con todos esos recuerdos, también me viene a la memoria lo mucho que lo eché de menos durante esos meses. Venía a buscarme cada fin de semana y pasábamos todo el día juntos, pero no era suficiente.

Aunque si mis padres han podido superarlo, yo también puedo.

Me dirijo a la cocina y me preparo un almuerzo ligero.

Entonces caigo en la cuenta.

No le he devuelto la llamada a Braden.

23

—Siento no haber respondido a tu llamada —le digo—. Estaba...

—¿Que estabas qué?

Respiro hondo. No hay necesidad de ponerse nerviosa.

—En una sesión. Una sesión de terapia.

—¿Por qué no querías decírmelo?

—No lo sé. Es personal, supongo.

—Quieres decir que te daba vergüenza.

—No, en realidad no. Sé que no tengo motivos para avergonzarme.

—Pero es una especie de estigma, ¿no? La gran Skye Manning debería ser capaz de arreglar todo ella misma.

No puedo evitar soltar una carcajada.

—A veces da miedo lo bien que me conoces.

—Es que veo mucho de mí en ti.

—Excepto que, como me dijiste el otro día, en realidad no soy una maestra del control. No como tú, al menos.

—No, no lo eres —responde—. Pero eso no hace que tu necesidad de estar al mando sea menos válida.

—Lo sé.

—¿Te sorprendería saber que yo también he ido a terapia?

Mis cejas se disparan.

—Eh... sí, la verdad. Lo haría.

—He ido. De hecho, tengo una cita mensual permanente con mi terapeuta, solo para revisión.

—¿En serio?

—Sí.

—¿Por qué?

—Porque no puedo dirigir una empresa de mil millones de dólares si no estoy sano a nivel mental.

Suelto una pequeña carcajada.

—Cuando lo dices así, tiene todo el sentido del mundo.

—¿Cuando lo digo de qué manera? ¿Qué otra forma hay de decirlo?

—No hay otra manera —respondo—. Absolutamente ninguna otra manera. Tienes toda la razón.

—Como siempre. —Sonríe.

Sí, no puedo verlo, pero sé que está sonriendo.

—¿Te ha ayudado la sesión a entender las cosas? —continúa.

—La verdad es que me ha ayudado mucho. No puedo decir que tenga todas las respuestas, pero al menos ahora me hago las preguntas correctas.

—Bien. Eso es bueno, Skye. Estoy orgulloso de ti.

—Vuelvo a Boston esta noche —le digo.

—¿Por qué?

¿Que por qué? La mentira que les solté a mis padres no me sirve para Braden.

—Necesito un poco de distancia de mis padres. He descubierto algo que me tiene perturbada.

—¿Quieres contármelo?

—Por teléfono no, pero puedo decirte que creo que tiene que ver con por qué soy como soy.

—¿Algo relacionado con el campo de maíz?

—Sí.

—Volveré a casa en unos días. Podemos hablarlo entonces. O cuando estés preparada.

—De acuerdo.

—Adiós, Skye.

—Adiós, Braden.

Solo después de terminar la llamada me doy cuenta de algo profundo.

Braden no me ha insistido para que se lo contara. No de la manera en la que yo le insistía sobre su infancia, sobre su madre y en especial sobre su relación con Addison.

«Cuando estés preparada».

Podría atribuir sus palabras a un montón de cosas. Tal vez está ocupado en este momento, necesita volver a una reunión. O tal vez va a comer tarde y ha llegado su comida. Tal vez recibió otra llamada que tuvo que atender de inmediato.

Pero en mi corazón sé que no es por ninguna de esas cosas.

Es Braden dándome tiempo para gestionar el asunto, para estar lista para hablar de ciertas cosas.

Un lujo que nunca le he permitido a él.

Ahora lo voy a hacer. Voy a ver a Apple, pero solo para saber por qué Addie me acosa. No le voy a preguntar sobre Addie y Braden, así como tampoco le voy a preguntar a Braden sobre su madre o sobre Addie por mucho que quiera saberlo.

Se merece el mismo respeto que me está concediendo a mí.

Reconozco a Apple de inmediato. Por supuesto, porque es la gemela idéntica de Addie. Al mismo tiempo, tampoco se parece en nada a ella.

Sus rasgos faciales son idénticos, pero ahí se acaba el parecido. El pelo de Apple es ahora negro como el azabache, es obvio que es un tinte, ya que ella y Addie son rubias por naturaleza. Su cabello oscuro está recogido en una trenza francesa que cae sobre su hombro izquierdo a lo Katniss Everdeen. Apple tiene dos aros en la nariz y un aro en el labio, y lleva tatuadas estrellas negras alrededor del ojo izquierdo. Viste de forma similar a Betsy, excepto por los colores. Su blusa de estilo campesino y su falda de estilo bohemio son de color gris oscuro y negro, respectivamente. Las uñas de las manos y de los pies también están pintadas de negro, pero sus Birkenstocks son de color marrón oscuro.

Es todo lo contrario a Addie, y me dan ganas de reír.

Se acerca mientras estoy en la cinta de recogida de equipajes esperando mi maleta.

—¿Skye?

—La misma. —Extiendo la mano—. ¿Cómo estás, Apple?

—Tirando. —Me agarra la mano y me da un fuerte apretón.

Veo mi maleta negra y la agarro.

—Vamos —dice Apple—. Estoy aparcada en el aparcamiento barato. ¿Quieres que te lleve la maleta?

—¿En el que no hay aparcacoches? —no puedo evitar preguntar.

Se burla.

—Esa es Addie, no yo. Lo de gastar dinero solo porque puedo no me va.

Sonrío. Definitivamente es todo lo contrario a Addie.

—Puedo encargarme de la maleta, pero gracias. —La sigo hasta el aparcamiento, donde damos un largo paseo hasta su —no es broma— Volkswagen Escarabajo. Un Volkswagen Escarabajo de color verde lima. No negro.

Me está empezando a caer muy bien Apple Ames.

Le quita el seguro al maletero y lo abre, y yo coloco mi maleta dentro.

—He pensado que podríamos ir a un bar y tomar una copa rápida —dice—. Algún lugar público.

Joder, de verdad está preocupada por que Addie nos espíe.

—De acuerdo. Todavía es temprano.

De alguna manera acabamos en un pequeño bar a las afueras de Swampscott, el suburbio donde vive Bobby Black. No lo menciono. Apple de todas formas lo sabrá.

El bar es una especie de antro, pero es tranquilo. Conseguimos una pequeña mesa en la parte de atrás y, después de que un camarero nos tome nota de la comanda, Apple empieza a hablar.

—Sé que Addie te ha estado advirtiendo que te alejes de Braden Black —dice.

—Ah, ¿sí?

—¿Estás de broma? Conozco su *modus operandi.* Ha estado obsesionada con él durante más de diez años.

—¿Es cierto que lo acosó?

Apple se ríe.

—¿Acosó? Esa es una palabra bastante suave para lo que hizo.

—¿Qué palabra usarías entonces?

—Más bien fue una emboscada.

Casi se me para el corazón.

—¿Qué quieres decir?

—Después de que la dejara...

—Espera, espera, espera —digo. La curiosidad me está matando, pero no puedo escuchar más—. Entiendo que estaba afectada y todo eso, pero la verdad es que no quiero...

—¿Afectada? —Apple juguetea con uno de los muchos anillos que lleva en los dedos—. Addie no estaba afectada. A no ser que te refieras a afectada hasta la médula por su desplante.

—Va... le. No es así como me lo han contado.

El camarero nos trae las bebidas, y Apple da un sorbo a su refresco.

—No me sorprende. Solo hay tres personas en el mundo que saben lo que pasó de verdad. Addie, Braden y yo.

—¿Cómo lo sabes?

—Porque yo estuve allí, Skye. Estuve allí.

24

Le doy un sorbo a mi *bourbon*. Raspa más de lo habitual.

¿O es el escozor de las palabras de Apple?

Si me está diciendo la verdad, si de verdad estuvo allí, entonces sabe lo que pasó entre Addie y Braden.

Ella sabe lo que he estado tratando de sonsacarle a Braden desde hace semanas.

Ella lo sabe, joder.

Y entonces mis propios pensamientos me persiguen.

¿No me he prometido, después de hablar con Braden esta tarde, que le iba a dar el espacio que parece necesitar para contármelo todo?

¿Bajo sus términos?

¿En el momento en el que él decida?

Si me entero de la historia por Apple, estoy rompiendo la promesa silenciosa que le he hecho a Braden.

Pero maldita sea. Ella está aquí. Ahora. Lista para contarme lo que me muero por saber.

Lista para contarme...

Casi perdí a Braden después de que Betsy me contara lo que sabía. Luego lo perdí porque no pude contarle por qué que me atara el cuello era tan importante para mí. Pero él me quiere. Me hizo el amor. Y yo lo quiero más que a nada.

Todavía no lo he entendido del todo, pero estoy en ello. Tiene que ver con el castigo. Un castigo que siento que me merezco. Rosa tiene razón.

Braden tiene razón.

Él lo es todo para mí, y si descubre que me enteré de su historia por otra persona, puede que nunca me lo perdone.

Ahora mismo, él y yo tenemos una oportunidad. Estoy en proceso de ser capaz de responder a su pregunta, y él no me presiona para obtener información.

Por eso he prometido no presionarlo tampoco.

Si dejo que Apple me dé su primicia, lo estaré traicionando.

—Tú estabas allí —me hago eco de sus palabras.

—Sí. —Toma otro sorbo y hace una mueca de dolor—. El agua con gas sabe fatal, pero no tiene colorante ni conservantes.

—¿No bebes?

Ella niega con la cabeza.

—No desde que era una niña. Seguro que has oído hablar de las fiestas que organizábamos Addie y yo.

—En realidad, no. —Solo aquella en la que Braden y Ben aparecieron, y Addie se obsesionó con Braden.

—Pues eran legendarias. Una vez que me metí en el budismo zen, dejé todo el alcohol y las drogas y empecé a tratar a mi cuerpo como el templo que es.

—Ya veo. —Excepto que tratar el cuerpo como un templo al parecer no excluye los tatuajes y los *piercings*. Pero bueno, cada uno con lo suyo...

—Pues bueno —dice—, todo el asunto de Addie y Braden empezó en una de nuestras fiestas. Nuestros padres estaban fuera de la ciudad, y Add y yo acabábamos de terminar el instituto.

«Se merece el mismo respeto que te está concediendo a ti», dice el angelito que hay sobre mi hombro.

«Está dispuesta a soltártelo todo», canta el diablo que está en el otro lado. «Quieres saberlo. Sabes que quieres saberlo. Te has estado muriendo de ganas».

—Pues así es como empezó. No estoy segura de cómo, pero Braden y Ben Black acabaron en una de nuestras fiestas.

Levanto la mano. No puedo hacerle esto a Braden.

—Para. Por favor.

—¿Por qué? Quieres saberlo, ¿verdad? Por supuesto que ya sabes lo increíblemente guapos que son ambos, así que tuvieron mucho éxito.

—¿Un par de chicos de South Boston?

—Sí, raro, ¿verdad? Pero de alguna manera se enteraron de nuestra fiesta y aparecieron. Addie y yo apenas teníamos dieciocho años y estábamos decididas a vivir un poco la vida de los barrios bajos ese verano. Braden y Ben Black eran los candidatos perfectos.

—¿Cómo ella y...?

«Se merece el mismo respeto que te está concediendo a ti», dice el angelito que hay sobre mi hombro.

«Está dispuesta a soltártelo todo», canta el diablo que está en el otro lado. «Todo».

Tomo otro sorbo de *bourbon*.

—No puedo oír más.

—Estás de broma, ¿verdad?

—Ojalá, pero me prometí a mí misma que dejaría que Braden me contara estas cosas cuando estuviera preparado.

—No estará listo —afirma Apple—. Nunca.

—¿Cómo lo sabes?

No responde. Solo toma otro sorbo del agua con gas que odia. Entonces, dice:

—Estoy intentando ayudarte.

—Lo sé, y lo aprecio. De verdad que sí.

—Vamos a hacer una cosa. —Se termina su agua con gas—. Te voy a llevar a casa. Tienes mi número. Si cambias de opinión, estoy aquí.

—¿Por qué te importa contarme esto?

—Ya te lo he dicho. El enemigo de mi enemigo, cariño.

—Addie y yo no somos enemigas.

—Puede que tú no lo pienses. Pero ella sí.

—¿Por qué? Nunca le voy a seguir el juego.

—No importa. Tienes algo más que ella quiere. Algo que ella siempre ha querido y nunca ha podido tener.

—¿A Braden?

—En parte, sí.

—Braden y yo ya no estamos juntos, así que ya no lo tengo.

—Pero está coladito por ti —dice Apple—. Y Addie lo sabe.

25

A la mañana siguiente me despierto después de haber estado soñando durante toda la noche.

El maizal. Huía. La mantis religiosa. Pero también huía de la imagen de mi madre y Mario juntos en la cama. Desnudos.

El espantapájaros. El poste.

El miedo y el dolor cuando me golpeo con él...

¿Cómo he podido enterrar ese recuerdo?

¿Cómo?

Pero el cómo no importa tanto. Ahora soy consciente de ello, y, aunque me duela, tiene un propósito que cumplir. Me levanto y preparo una cafetera. Tengo una llamada con Rosa a las tres de la tarde (a las dos para ella). Antes de eso, tengo que hacer una publicación de Susie... y tengo que llamar a Tessa. No me ha devuelto la llamada y es hora de solucionar las cosas. La necesito.

Me burlo de mí misma. «La necesito».

No me equivoco. La necesito, pero quizás debería centrarme en sus necesidades y no en las mías. Esta parte controladora de mi naturaleza... ¿Tiene sus raíces en el egoísmo? ¿En el egocentrismo? Vaya, ya tengo algo más que preguntarle a Rosa esta tarde.

Ayer me prometí a mí misma que le concedería a Braden el espacio que necesitara en relación con su pasado. Que no volvería a preguntarle.

Sí, será difícil, pero estoy decidida. Se merece el mismo respeto que me está concediendo a mí.

Y también Tessa.

Sí, la necesito, pero esto no se trata de mí. Se trata de ella. Y sé qué hacer.

Tomo mi teléfono y la llamo.

Mi llamada acaba en el buzón de voz, por supuesto.

Exhalo.

—Hola, Tess, soy yo. Skye. Ya he vuelto a casa y quiero que sepas que estoy aquí para ti si me necesitas. De verdad que quiero solucionar las cosas, pero si necesitas espacio ahora mismo, te escucharé. Siéntete libre de llamarme. O no. Depende de ti. Pero estoy aquí y te quiero.

Termino la llamada, esperando que el mensaje llegue de la manera que quiero. La necesito y quiero que solucionemos las cosas.

También quiero darle el tiempo y la distancia que necesite.

Sin embargo, unos minutos más tarde, me suena el móvil. Una amplia sonrisa se me dibuja en la cara.

—¿Tess?

—Hola, Skye. —Su voz es... diferente. Tessa suele ser muy optimista.

—No esperaba saber de ti tan pronto, pero me alegro de que me hayas llamado.

Pasan unos segundos. Luego:

—Lo siento.

—No, Tessa. Yo soy la que lo siente. Debería haberte llamado cuando Braden y yo nos fuimos a Nueva York. Por nuestra quedada de compras.

—Sí, deberías haberlo hecho. Pero debería haberte dicho que me molestaba en lugar de pasar del tema. No fue justo.

—Debería haber estado ahí para ti. Con toda la situación de Garrett. Lo siento. Lo siento muchísimo.

—Ambas podemos sentirlo, Skye.

—Supongo que sí, pero todo esto es culpa mía. No pretendía olvidarme de ti, pero veo que lo he hecho. Te prometo que no volverá a pasar.

—No necesito ninguna promesa —dice—. Solo quiero recuperar a mi mejor amiga.

—Trato hecho —respondo—. ¿Quieres desayunar algo? ¿Y luego ir a yoga?

Se ríe.

—Tengo una pequeña cosita llamada «trabajo».

—Mierda. Claro. No estoy teniendo un buen comienzo que digamos.

Hace una pausa. ¿Se estará replanteando su postura? No puedo culparla. Pedirle que me acompañe a desayunar y a hacer yoga cuando tiene que estar en el trabajo en una hora ha sido una tontería. Un movimiento egocéntrico.

—No pasa nada —contesta ella—. ¿Qué tal si tomamos algo esta noche después del trabajo?

—Por supuesto. Tengo mucho que contarte.

—¿Sobre Braden? ¿Sobre trabajo?

—Sobre todo lo anterior, pero principalmente sobre algunas cosas que estoy descubriendo de mí misma. He estado hablando con... una terapeuta.

—¿De verdad? ¡Eso es estupendo!

Me río entre dientes.

—No sabía que estarías tan emocionada por esa noticia.

—No lo estoy. Quiero decir... Solo creo que la terapia es buena. Para todo el mundo.

Para mí. Quiere decir para mí. Podría discutir con ella, pero ¿qué sentido tiene? Tessa tiene razón.

—¿Cómo te van las cosas a ti?

—Estoy bien. Garrett Ramírez es un imbécil, pero da igual.

—¿Qué pasó entre vosotros?

—No te lo creerías si te lo dijera.

—Claro que sí.

Transcurren unos segundos antes de que ella hable.

—Lo pillé con otra persona.

—Tess, lo siento mucho.

—No es que fuéramos exclusivos ni nada por el estilo, pero una noche fui a su casa para darle una sorpresa y me abrió la puerta una mujer en toalla.

—Vaya.

—Exacto. ¿Qué podía hacer? Estoy segura de que parecí una completa imbécil. Así que le dije que era ella o yo, y la eligió a ella.

Auch.

—Le diste un ultimátum.

—Por supuesto que sí. No estoy demasiado orgullosa de ello, pero...

—Tienes todo el derecho a querer ser la única persona en la cama de un hombre, Tessa. Tú vales mucho.

—Gracias por decirme eso. ¿Quieres saber la mejor parte?

—¿El qué?

—Tres días después, me llamó y me dijo que había cometido un terrible error. Que se había enrollado con Lolita —¿te puedes creer que ese sea su nombre?—, a la que había conocido en Tinder, y que se había enfadado conmigo por hacerle elegir, así que la eligió a ella.

—¿En serio?

—Sí. Así que empezó a decirme que se estaba enamorando de mí, y... Dios, Skye, no tienes ni idea de lo mucho que te eché de menos mientras esto ocurría. Hablé con Betsy y con Eva e incluso con un par de amigas del trabajo y del yoga, pero no era lo mismo.

—Lo sé. Hazme caso. Lo sé.

—De todos modos, le dije que se fuera a la mierda.

—Bien por ti.

—Bien por mí. Sí, claro. Excepto que Betsy y Peter tienen algo ahora, y Pete y Garrett son mejores amigos, así que ha sido un poco incómodo.

—Pues no tiene por qué.

—Sí. Todavía siento algo por él.

No sé qué decir. Esto no es algo propio de Tessa. Ella nunca se preocupa por perder a un tío porque siempre hay otro haciendo cola.

—¿Puedes perdonarlo?

—En cierta manera, no tengo nada que perdonarle. Nunca hablamos de exclusividad. Pero se enrolló con alguien que no conocía, Skye. Eso me molesta.

—Tú lo has hecho antes.

—No mientras estaba viéndome con otra persona.

—Cierto.

—Me ha llamado un par de veces desde entonces. He dejado que todas sus llamadas vayan al buzón de voz.

—Parece que va en serio lo de querer que vuelvas. Eso es algo bueno, ¿no?

Suspira.

—Supongo.

—Quizás ahora esté dispuesto a que seáis exclusivos.

—Tal vez. Es tentador, pero no puedo olvidar lo que sentí cuando lo encontré con otra mujer. Fue humillante.

—Lo entiendo. —Bueno, no exactamente, pero más o menos. Una vez pillé a mi madre con otro hombre.

—Entonces, ¿cómo te van a ti las cosas?

—Bien. —Aunque Braden y yo hemos roto. Por mucho que quiera soltárselo todo (sobre Braden, sobre Susanne Cosmetics y sobre Addie y Apple) no lo hago. Quiero que Tessa sepa que estoy aquí para ella. Que ya no me olvidaré de ella. Sobre todo después de mi metedura de pata con el desayuno y el yoga entre semana.

—Me alegro —comenta—. Tengo que vestirme e irme a trabajar. Nos vemos esta noche. Te enviaré un mensaje con la dirección.

—Suena bien.

—Gracias, Skye. Por llamar otra vez.

—Pues claro. Mejores amigas para siempre, ¿no?

—Claro.

Sonrío y cuelgo el teléfono, luego conecto el móvil al cargador, me tomo una taza de café y me dirijo a la ducha. Es hora de darle rienda suelta a mi creatividad para la publicación de Susie de hoy.

26

¡Me encanta mi crema hidratante con color de Susie Girl! ¡Hazte brillar! #colaboración #chicasusie #susietehacebrillar

La foto es un selfi recién salida de la ducha y vestida con una camiseta rosa de tirantes, con el pelo todavía mojado. Salgo poniendo morritos, como si estuviera tirándole un beso a mi público. Y sí, tengo la piel brillante de verdad. No llevo ningún otro tipo de maquillaje. Nunca había utilizado una crema hidratante con color, pero lo haré a partir de ahora. Me deja la cara hidratada y con buen aspecto, y el ligero color unifica el tono de mi piel. Estos cosméticos podrán ser baratos, pero la verdad es que son de primera calidad.

Es una gran sensación el que me guste el producto que estoy promocionando.

Vuelvo a recordar las publicaciones de Addie para Bean There Done That. Ella desprecia el olor y el sabor del café, y sin embargo se lleva montones de pasta de la empresa por publicitar sus bebidas y no tiene ningún reparo en hacerlo.

Si tengo éxito en esto de ser *influencer,* solo voy a publicar sobre productos o lugares que me gusten de verdad. Seré una *influencer* con integridad.

Tomo una clase rápida de yoga y luego recojo el almuerzo en coche en un establecimiento de comida rápida. Cuando llego a casa, es la hora de llamar a Rosa. Marco su número.

—Hola, Skye —me saluda—. Espero que hayas llegado bien a casa.

—Sí. De hecho, tengo buenas noticias. Mi mejor amiga y yo nos volvemos a hablar.

—¡Eso es genial! ¿Y qué tal Braden y tú?

—Todavía está en Nueva York, pero hablé con él después de salir de tu oficina ayer, y creo que tuve una especie de revelación.

—¿Una especie de revelación?

Me río un poco.

—Sí. Le conté que había hablado con una terapeuta y que tenía algunas cosas que contarle cuando volviera. Dijo que no importaba cuándo. Que cuando estuviera preparada.

—Ah, ¿sí?

—Sí, y esa ha sido la revelación. Le he estado presionando sobre su pasado. Sobre su relación con Addison Ames y sobre su madre. Él es muy reservado con ambos temas, aunque me ha contado un poco sobre su madre y su infancia. De todos modos, cuando dijo que me concedería el tiempo que necesito, me di cuenta de que debería hacer lo mismo por él. Tengo que dejar de pensar en mis propias necesidades y empezar a pensar en las suyas.

—Tus necesidades también son importantes —responde Rosa.

Suspiro.

—Lo sé. De verdad. Y en mi corazón sé que no soy una persona egoísta. Pero este deseo que tengo de hacerme cargo de todo me hace querer saberlo todo. El conocimiento es poder, ¿no?

—Cierto.

—Pero no está preparado para contarme algunas partes de su pasado, y tengo que aceptarlo.

Hace una pausa por un segundo.

—¿Estás dispuesta a aceptar que quizás nunca esté preparado?

Tomo aire.

—Creo que tengo que estarlo, lo quiera o no.

—Bien por ti —contesta—. Sé que es difícil.

—No tienes idea de lo difícil que es. Anoche conocí a la hermana de Addison, y estaba dispuesta a contármelo todo sobre Addie y Braden. La detuve.

—¿De verdad? Eso debió de requerir algo de fuerza de voluntad.

—Ni te lo imaginas. Tenía todas las respuestas en la palma de la mano y le dije que no me lo contara.

—Estoy orgullosa de ti y me gustaría que vieras tu decisión de otra manera.

—¿Cómo?

—Hacía falta mucho control para no escuchar lo que tenía que contarte.

Rosa no se equivoca.

—Y que lo digas.

—Así que ahí lo tienes. El control. La única diferencia es que antepusiste las necesidades de otra persona por delante de las tuyas. Al dejar ir la información, estabas ejerciendo el control que anhelas, solo que de una manera diferente. Y lo hiciste porque te preocupas por otra persona más de lo que necesitas la información.

—Nunca lo había pensado así.

—Eres joven, Skye. Las dos lo somos. —Se ríe—. Puede que entienda de psicología, pero todavía tengo que crecer mucho. Cuanto más sé, más me doy cuenta de lo que no sé.

Me río con ella.

—Esa es la pura verdad.

—Así que dime. Ayer terminamos con la pregunta de por qué someterte al castigo de Braden te agrada. O, más bien, lo que llamamos «castigo» a falta de una palabra mejor, ya que tú no sientes que sea un castigo para él.

—Sí. Su idea de castigo es negarme un orgasmo.

—Exacto. Así que con las nalgadas, los azotes, las ataduras... Todas esas cosas. Obtienes mucho placer con eso.

Trago saliva.

—Sí. Sobre todo con el *bondage*.

—Tal vez solo eres sumisa por naturaleza.

—Puede, aunque va en contra de todo lo que sé de mí misma.

—A veces esa es la clave —responde Rosa—. Creemos que nos conocemos, pero no siempre es así. A veces entra en juego nuestro subconsciente, como creo que ha ocurrido con tu recuerdo reprimido de tu madre en la cama con otro hombre.

—Braden dice que no cree que sea una verdadera maestra del control.

—¿Por qué piensa eso?

—Dice que solo me controlo a mí misma, y que un verdadero maestro del control desearía controlar a los demás.

—¿Sientes que controlas a los demás?

—No. Tiene razón en eso. Solo me controlo a mí misma, y al parecer ya no se me da muy bien.

—¿Por qué lo dices?

—Porque le di mi control en el dormitorio.

—¿Y cuál fue el resultado?

Suspiro.

—Las experiencias más increíbles y apasionadas de mi vida.

—Así que no te arrepientes.

—Ni un poquito.

—Entonces volvemos a la pregunta. ¿Por qué obtienes tanto placer de lo que ves como un castigo?

Me tomo un momento para pensar.

—Puede que surja de mi inseguridad. Siento que solo me he hecho *influencer* por Braden.

—Exactamente. A nivel consciente. ¿Y a nivel subconsciente?

Vuelvo a suspirar.

—La separación de mis padres. Se peleaban mucho por mi culpa. ¡Vaya! Y tanto que lo hacían. Hace años que no pienso en eso.

—El recuerdo reprimido empezará a traer otros recuerdos. Recuerdos que no estaban reprimidos pero que parecían insignificantes hasta ahora. ¿Por qué dices que se peleaban por tu culpa?

Me río.

—Por mi cabezonería. Me parezco mucho a mi padre, y era demasiado para mi madre tenernos a los dos. Me peleaba con ella por todo. El ejemplo que me dio fue el de los cereales que llevaban o no azúcar por encima. Los cereales normales eran más baratos, y en aquella época no teníamos mucho dinero, así que eso era lo que compraba. Pero había otras cosas. Me peleaba con ella por absolutamente todo, desde por hacer los deberes hasta por limpiar mi habitación o recoger los huevos de las gallinas que teníamos. Lo cual es muy extraño, porque me encantaban esas gallinas y me encantaba recoger los huevos, así que ¿por qué me peleaba con ella? Incluso ahora, me parece muy intrascendente, pero al parecer para ella era un gran problema. Lo suficiente como para no querer tener más hijos. O gallinas, para el caso. Mantuvimos las gallinas hasta que se murieron, pero nunca las reemplazamos.

—Puede que hayas sido cabezona y obstinada, pero lo que describes sigue estando dentro de lo normal para un niño. No es que hayas hecho algo superhorrible.

—No, no lo he hecho.

—¿Has considerado que ser madre fue difícil para ella?

—No. —Sacudo la cabeza contra el teléfono.

—Todavía no puedo hablar por experiencia, pero por todo lo que he estudiado, la crianza de los hijos es bastante difícil para algunas personas. Y eso no significa que no los quieran.

—Estoy empezando a entenderlo. Parecía más fácil para mi padre.

Hace una pausa.

—Tu padre trabajaba todo el día.

—Sí, así es.

—No se pasaba todo el día en casa con la cabezona de su hija. Si, como dices, es tan cabezón como tú, los dos os habríais peleado, pero él habría ganado, porque es el padre.

Interesante, pero siento que Rosa no está siendo justa con mi madre.

—Mi madre es una mujer fuerte.

—No estoy diciendo que no lo sea. Solo estoy comentando que criarte fue difícil para ella. Eso no es menospreciarla a ella o a ti, y eso es lo que tienes que entender.

—Mi padre dijo que era culpa de ambos. Mi madre no era honesta con él y él no se aseguraba de satisfacer sus necesidades.

—Eso es lo que suele ocurrir. Las relaciones casi nunca son una vía de un único sentido.

—Sin embargo, ambos dicen que nada fue culpa mía.

—No lo fue. Eras una niña. Tienes que creerles.

—Nunca pensé que fuera mi culpa.

—No de manera consciente. Pero tu subconsciente puede haberlo creído. Y eso puede jugar un papel importante en la razón por la que anhelas lo que percibes como un castigo.

Me detengo unos segundos.

—¿Estás ahí, Skye?

—Sí —contesto—. Sigo aquí. Solo estoy pensando.

—¿En qué?

—En que tengo que dejar de considerar que las cosas poco convencionales en el dormitorio son un castigo. Pero ¿y si esa es la única razón por la que quiero practicarlas?

—¿Acaso importa?

—Por supuesto que sí. Si dejo de pensar en ello como un castigo, tal vez ya no lo quiera. Y si Braden lo quiere, ¿dónde nos deja eso?

—Todo lo que Braden necesita saber es por qué querías tanto que te atara el cuello. ¿Puedes responder a esa pregunta ahora?

Suspiro.

—Sí, creo que sí. Cuando presencié la escena —la mujer atada por el cuello y el hombre tirando del collar improvisado y ahogándola ligeramente—, me excité. Pero fue diferente a la excitación habitual. Lo sentí casi...

—¿Casi qué?

—Casi... necesario. Necesario para ser quien soy.

—Salvo que, sabiendo quién eres, una joven inteligente y con talento que va camino de tener un gran éxito, eso no tiene mucho sentido.

—Cierto —le doy la razón—. No lo tiene.

—¿Y entonces por qué crees que era necesario?

—Ojalá lo supiera.

—Abordemos esto desde otro ángulo —dice—. ¿Sabes por qué la mayoría de la gente practica el control de la respiración en el BDSM?

—En realidad, no.

—¿Has oído hablar de la asfixia erótica?

—Sí. Es peligrosa.

—Lo es, y tal vez por eso es un límite absoluto para Braden. Pero la restricción de oxígeno también intensifica la experiencia orgásmica.

Casi se me salen las cejas volando de la cara.

—Sí, eso he oído, pero...

—Pero no es por eso por lo que te pareció necesario.

—No, en absoluto. Lo quería porque... porque me parecía que era lo que me merecía.

—Skye —dice Rosa—, creo que vamos por buen camino.

27

Expiación.

Esa es la palabra que Rosa utilizó al final de nuestra conversación, y de repente soy capaz de ver las cosas desde otra perspectiva.

Aunque sé lo que significa «expiación», lo busco de todos modos.

«Reparación de un daño o perjuicio».

Si mi deseo de ser castigada se basaba en que mi éxito se debía a mi relación con Braden y mi vínculo anterior con Addie, no es una expiación en absoluto.

Pero si está relacionado con el hecho de que me siento responsable de la ruptura de mis padres hace tantos años...

Entonces es definitivamente la palabra correcta.

Y me encaja muchísimo.

Rosa y yo nos hemos organizado para seguir viéndonos por Facetime una vez a la semana e ir disminuyendo las sesiones según sea necesario. Tenía pensamientos de recomendarme a un terapeuta en Boston, pero me siento cómoda con ella y prefiero continuar como estamos por ahora.

Me siento mucho mejor, y ya estoy dispuesta a respetar el límite absoluto de Braden. No quiere participar en el control de la respiración porque es peligroso y no quiere hacerme daño.

Eso es algo bueno. Algo noble.

¿Y qué más? Yo no necesito expiar nada. Sí, me llevará tiempo desterrar por completo la idea de que fui responsable de la separación de mis padres, pero ahora voy por buen camino, como me dijo Rosa. Y me merezco todo el éxito que estoy teniendo con mi carrera de *influencer.* Soy la hostia haciendo fotos y se me ocurren ideas y textos ingeniosos. Coño, esa es la razón por la que Addie me contrató en primer lugar.

No puedo esperar a decírselo a Braden.

Quiero decirle que respeto su límite absoluto. Que respeto sus deseos y anhelos. Que lo respeto a él muchísimo.

Y lo hago.

¿Y lo que es más? Lo quiero mucho.

—No me lo puedo creer —me dice Tessa mientras nos tomamos una copa esta noche después de que le cuente toda la historia—. Te estaban pasando muchas cosas y yo ni me he enterado. Siento no haber estado ahí para ti.

—Yo también siento no haber estado ahí para ti, con todo el asunto de Garrett.

Se toma un sorbo de su margarita azul.

—Supongo que las dos la hemos cagado.

Asiento con la cabeza.

—Supongo que sí, aunque creo que yo la he cagado más.

Ella estalla en carcajadas.

—Skye, me matas. Hasta quieres controlar esto.

Me uno a sus risas porque tiene razón.

—Me rindo. Las dos tenemos la culpa.

—Y el grado de culpabilidad no importa. Dilo conmigo, Skye.

—El grado de culpabilidad no importa —me hago eco.

—Dilo como si lo sintieras —me replica.

—Las dos tenemos la culpa. El grado de culpabilidad no importa. Las dos lo haremos mejor.

—Eso es. Mejores amigas para siempre. —Se termina su bebida—. ¿Quieres pedir algo de comida?

—Claro. —Le hago una señal a nuestro camarero.

Pedimos enseguida unos tacos callejeros y otro margarita para Tessa. Yo todavía sigo dándole a mi *bourbon*.

—¡Hora del selfi! —Me levanto y me muevo al otro lado de la mesa con mi teléfono.

—¿Me veo bien? —pregunta Tessa.

—¿Estás de coña? Tú siempre estás preciosa. —Tomo algunas fotos y dejo que Tessa elija cuál publicar. Hago algunas ediciones rápidas y después la subo.

¡Nada mejor que unas copas con tu APS! @tessa_logan_350 #apssiempre #margaritaville #quiénnecesitaaloshombres #tessayskye

Y me doy cuenta de que, aunque Braden y yo no estemos del todo bien todavía, no he sido tan feliz en mucho tiempo.

Llevo algo más de una semana usando la línea de cuidado de la piel de Susie, así que es hora de comparar mi publicación del antes con mi aspecto actual.

Mmm. No está nada mal. No tengo acné ni nada, pero mi cutis está notablemente más uniforme.

El antes y el después de una semana de cuidados de la piel de Susie. ¡Mi piel tiene un tono más uniforme y se siente muy bien! #colaboración #chicasusie #cualquierapuedeserunachicasusie #susietehacebrillar

Gracias a la última publicación sobre la crema hidratante, conseguí un mensaje de aprobación de Eugenie. Con el texto de esta no estoy tan inspirada, pero quiero que mi público se centre en las fotos. Volveré a publicar en una semana.

Hoy es sábado. El día en el que se suponía que iba a volver de Kansas.

El día en el que Braden debe regresar de Nueva York.

Hemos hablado por teléfono todos los días, solo para ver cómo estábamos. Ayer, sin embargo, le hice saber que necesitaba hablar con él de algo importante.

Voy a responderle a su pregunta.

¿A dónde nos llevará eso?

No lo sé. Lo que sí sé es que Braden está enamorado de mí y yo de él.

Lo que también sé es que el propio Braden tiene algo que oculta, algo que mantiene enterrado en su interior. He tomado la decisión de no forzarlo a que me lo cuente. Tampoco es que vaya a tener éxito de todos modos.

Esta noche, voy a compartir con él una parte de mí que acabo de descubrir.

Espero que lo inspire a compartir algo más conmigo.

¿Y si no?

No pasa nada. Todavía lo amo, y le daré todo el tiempo que necesite. Si necesita estar sin mí, lo aceptaré.

Sin embargo, espero que decida volver conmigo.

Lo echo de menos con todas mis fuerzas.

Debe estar en mi casa a las siete. Voy a cocinarle la cena. El estofado de gambas que se echó a perder, provocando nuestro segundo viaje a Nueva York.

El principio del fin.

¿Pero esta noche? Esta noche será el principio del principio.

Haré que lo sea.

Hago un viaje rápido a la licorería para comprar un Beaujolais-Villages, publicando un selfi por el camino.

Publicar se está convirtiendo en una segunda naturaleza para mí. Para tener éxito, debo ser amiga de mi público, no solo alguien que promociona cosas. Tengo que mostrarles que soy humana. Que soy igual que ellos. Skye Manning se toma unas copas con su mejor amiga. Skye Manning va a clase de yoga. Skye Manning compra los ingredientes de un estofado y el vino perfecto para acompañarlo.

La verdad es que es muy divertido.

Además, utilizo mis habilidades, disponiendo los ingredientes de la mejor manera posible. Encontrar el lugar perfecto en la tienda de comestibles donde la iluminación hará que los colores sean los más vibrantes.

Preparo el estofado y lo dejo cocer a fuego lento. Ya he hecho mi *mousse* de chocolate para Braden, así que me decido por otro favorito francés para complementar la comida: la *crème brûlée*. La parte de la crema pastelera es complicada. Tiene que ser espesa y cremosa, pero no demasiado, o se parecerá más a un flan.

Cuando todo está listo, excepto la capa de azúcar quemada de la *crème brûlée* —que hay que hacer con un pequeño soplete justo antes de comérnosla— miro el reloj. Son las seis y media. Tengo el tiempo suficiente para ducharme antes de que llegue Braden.

Me doy la vuelta y...

Alguien llama a la puerta. Me limpio las manos en el delantal que llevo puesto. No puede ser Braden. Nunca llega temprano.

Miro por la mirilla.

¡Mierda! Es Braden. Media hora antes. Abro la puerta despacio, sabiendo que estoy hecha un desastre.

—Skye —dice.

—Llegas temprano.

—Lo sé.

—Bueno, pasa. Estaba a punto de meterme en la ducha.

—Es una gran idea —responde—. Me uniré a ti.

Arrugo la frente.

—Eso no ha sido una invitación.

He estado todo el día de reuniones todos los días desde que me fui de Kansas —contesta—. Yo también necesito una ducha.

—Adelante, entonces. —Le hago un gesto hacia el baño.

—Ah, no. No puedes dejar caer la idea de una ducha contigo delante de mí y luego quitármela.

—Yo no he dejado caer nada, Braden. Lo sabes tan bien como yo. No estamos juntos ahora, a pesar de...

—¡A la mierda todo, Skye! No me importa. —Me agarra y pega su boca a la mía.

El beso es más que una pasión reprimida. Es primitivo, como una marca. Como cuando me mordió la parte superior del pecho aquella vez.

Me ha echado de menos. Me ha echado de menos tanto como yo a él.

No puede alejarse de mí más de lo que yo puedo alejarme de él. Sin embargo, esta noche iba a ser especial. Iba a compartir algo con él. Iba a responder a su pregunta.

Sin duda, quiero respondérsela después de una ducha para tener un buen aspecto.

Pero tendré que hacerlo ahora.

Rompo el beso y lo alejo.

Ladea la cabeza. ¿Va a decir algo? Parece inquisitivo.

Pero permanece en silencio.

—Tú eres el que terminó las cosas —le digo—. Y entonces vas a casa de mis padres sin decírmelo. Y entonces me dices que quieres tener sexo vainilla.

—Todas las afirmaciones son ciertas —replica.

—Pero dices que no puedes estar conmigo. No hasta que pueda responder a la pregunta que me hiciste después del club.

—Es cierto.

—Entonces, ¿por qué me besas? ¿Por qué intentas meterte en la ducha conmigo? Porque ambos sabemos lo que pasará en la ducha. —Me estoy mojando solo de pensarlo.

Se acerca a mí y me empuja contra la pared, inmovilizándome, con sus manos agarrándome de los hombros.

—¿Que por qué te estoy besando? ¿No lo sabes ya a estas alturas?

—N-No. Quiero decir, sí. Me amas. Me deseas.

Sacude la cabeza.

—Va mucho más allá de eso, Skye. Lo sabes, porque tú también lo sientes.

Asiento con la cabeza, temblando. Sí, lo sé. Y sí, lo siento.

—Te has convertido en una droga para mí y, joder, no puedo dejarte en paz, por mucho que sepa que debo hacerlo.

—N-no tienes que dejarme en paz, Braden.

—¿No es así?

—No. Porque tengo una respuesta. Esta noche voy a responder a tu pregunta.

Estrella sus labios contra los míos una vez más. Mi delantal es un desastre mugriento, y sé que estoy manchando de Dios sabe qué su caro traje. Pero si a él no le importa, ¿por qué debería importarme a mí?

Nuestras lenguas se enredan y se baten en duelo. El beso sigue siendo primitivo, como si fuéramos dos animales preparándose para aparearse.

Porque eso es lo que nuestro deseo es: animal. Lo ha sido desde el principio. Nos hemos sentido atraídos el uno por el otro como si el universo nos hubiera obligado a estar juntos por algún propósito divino.

Y tal vez sea así.

Tal vez necesitaba averiguar algunas cosas sobre mí misma para vivir una vida más feliz.

Tal vez Braden tenga que hacer lo mismo.

Nuestro amor surgió tras el instinto primario de unirnos, como si nuestros corazones siguieran a nuestras almas.

La mejor clase de amor.

Nos besamos y nos besamos y nos besamos, hasta que el sabroso aroma del estofado de gambas llega hasta mí. Separo mi boca de la suya e inhalo profundamente.

—Tengo que echarle un ojo a la cena. No puedo dejar que se me queme otra vez.

Me pasa un dedo por la mejilla.

—De acuerdo. Nos ducharemos después de la cena.

—Después de que hablemos —le digo.

Asiente con la cabeza.

—Después de que hablemos.

28

A diferencia de mi primer intento, esta comida para Braden sale a la perfección. El estofado de gambas está picante y delicioso, y el Beaujolais-Villages que he elegido lo complementa muy bien. No hablamos mucho durante la cena. Solo un poco sobre su viaje y sobre las publicaciones que he hecho esta semana. Parece satisfecho con mis progresos como *influencer.*

—Llevo una semana usando la línea de cuidado de la piel —le cuento—. ¿Qué te parece?

—Creo que estás tan guapa como siempre.

—En serio. Mi tono de piel está un poco más uniforme, ¿no crees?

—Para serte sincero, no tengo ni idea.

—¿Me estás tomando el pelo? Me veo mejor, ¿y tú ni siquiera lo notas?

Se ríe.

—Al contrario de la creencia popular, las rutinas de belleza no son para los hombres, Skye. Son para las mujeres.

—Solo quería decir...

—Querías decir que quieres que te diga que te ves mejor. ¿Y si lo hiciera? Lo primero que dirías entonces es: «¿Quieres decir que no te gustaba mi aspecto anterior?».

Me burlo.

—Tal vez algunas mujeres. Yo no lo haría.

Sacude la cabeza.

—No eres como ninguna otra mujer que haya conocido, así que quizás no lo harías. Pero te estoy diciendo la verdad cuando te confieso que no veo la diferencia. Eras guapa hace una semana y eres guapa ahora.

Me pongo colorada. No soy tan guapa como Tessa, pero a los ojos de Braden, lo soy. Eso es todo lo que importa.

Ya veo que he avanzado mucho en poco tiempo.

—¿Listo para el postre? —le pregunto.

—Vamos a hablar primero —dice.

Me late fuerte el corazón. Aquí está. La hora de la verdad. Voy a abrirme a Braden y tengo que aceptar que quizás él no esté preparado para hacer lo mismo.

No pasa nada.

No tiene por qué pasarlo.

Además, tal vez me sorprenda.

—Está bien —contesto—. ¿Quieres un café?

—Creo que solo un poco más de vino. —Llena su copa hasta la mitad y luego levanta las cejas hacia mí.

—No, gracias. —Sonrío—. ¿Quieres sentarte en el sofá? Es más cómodo.

—Claro. —Toma su copa de vino y se dirige al salón.

Le sigo, me siento y acaricio el asiento de al lado.

Se sienta.

—Me hiciste una pregunta la última vez que estuvimos juntos en Nueva York. Una pregunta que no pude responder entonces.

—Sí.

—No creíste que fuera lo bastante valiente para encontrar la respuesta.

—Eso no es exactamente lo que dije. Dije que iba a tener mi opinión, y luego tú podrías tener la tuya, si eras lo bastante valiente.

—Muy bien. En realidad, las palabras exactas no importan, porque me he dado cuenta de que no es la respuesta lo que importa a largo plazo.

—Ah, ¿no?

—No, es la pregunta. Verás, Braden, la pregunta me la hice yo misma. Me pregunté por qué la asfixia era tan importante para mí, y tengo una respuesta, pero ni siquiera la respuesta es lo importante.

—¿Qué quieres decir?

—Resolver estas cosas no es blanco o negro. Sé que te gusta pensar en las cosas de esa manera. Te pareces mucho a Tessa en ese sentido.

Se ríe.

—¿De verdad?

—No te rías de mí. —Le doy un golpe amistoso en la parte superior del brazo—. Hablo en serio. Ella es contable. Una matemática. Con ella siempre hay un bien y un mal. Tú eres igual.

—Admito que soy analítico, sí.

—Yo soy artista. El blanco y el negro solo existen para mí como extremos opuestos de un espectro. Hay muchos colores en medio. Y entre medio de ellos.

—¿Me vas a dar una clase de filosofía?

—Solo intento explicar que sí, que tengo una respuesta a tu pregunta, pero que no voy a dejar de hacer la pregunta. Es un viaje. Y aunque las respuestas en sí mismas son importantes, solo son puntos en el camino de ese viaje. Para mí, la respuesta no es tan importante como la pregunta. Y la pregunta que me has hecho es por qué que me ates el cuello es tan importante para mí. Tengo una respuesta a esa pregunta, pero antes de llegar a ella, he tenido que hacerme otra pregunta.

—Estás dando muchas vueltas, Skye.

—En realidad, no. Solo te niegas a ver los matices y las capas que hay entre el blanco y el negro.

—Eso no es cierto. No sería un gran empresario si no reconociera que no hay términos absolutos.

—Entonces ahí lo tienes. No hay una respuesta absoluta a tu pregunta. Hoy tengo una respuesta, y esa respuesta tiene sentido hoy, pero siento que tengo más que aprender sobre mí misma, y eso podría cambiar la respuesta más adelante.

—Es justo. ¿Cuál es tu respuesta hoy?

—Me estaba castigando a mí misma.

Arquea una ceja.

—¿Por qué?

—Una vez que me di cuenta de que veía el *bondage* como un castigo, supe enseguida por qué lo quería. Es porque me siento como una impostora. La única razón por la que a alguien le importa lo que pienso es porque soy tu novia. Las cosas empeoraron y empeoraron después de eso. Perdí mi amistad con Tessa. Hice una publicación cutre para Susanne porque no me creía mejor que eso. Y luego, esa noche en Nueva York, también me dejaste.

—Pero eso fue después…

—Lo sé. Lo sé. Estoy llegando a eso.

—De acuerdo —responde—. Continúa.

—Hablé con mi madre y con una terapeuta y, con su ayuda, se me ocurrió algo. —Contengo las lágrimas mientras cuento la historia del maizal con el recuerdo añadido de pillar a mi madre en la cama con Mario. De cómo mi madre no quería tener más hijos.

—Supongo que estuvo de acuerdo contigo —le digo—. Era un desafío.

—Espero que no te culpes por nada de esto.

—Ya no lo hago. Pero lo he hecho durante mucho tiempo.

—Pero no te has acordado.

—No, pero en algún lugar dentro de mí, mi subconsciente lo hacía. Verás, me sentía como una impostora, pero eso era solo la capa superior. La guinda del pastel. El pastel y el relleno eran mucho más significativos, y se escondían en mi subconsciente. Cuando Rosa me preguntó qué me gustaba de nuestro estilo de vida, le dije que me daba mucho placer. Pero cuando me preguntó por qué deseaba tanto que me atases el cuello, incluso después de que me dijeras que era un límite absoluto, tuve que pensar de verdad en cómo me sentí en ese momento.

—¿Y cómo te sentiste?

—No pensaba en ello como algo excitante. Lo veía como una necesidad. Después tuve que averiguar por qué era una necesidad.

—¿Y ahora?

—Ya no es una necesidad. No puedo negar que me cautivó el concepto. Una parte de mí todavía sigue cautivada, pero puedo aceptar que es un límite absoluto para ti. Y puedo aceptarlo sin saber el motivo.

Me clava la mirada.

—¿Puedes? ¿De verdad?

Asiento con la cabeza.

—Entiendo tu reticencia. Me conoces bien, pero cuando algunas cosas encajan, todo cambia. No te estoy diciendo que mi cabezonería desaparezca de la noche a la mañana.

—Si no, no serías tú.

—Exacto. Y te gustan los desafíos.

—Sí.

—Conocerme mejor no cambia la esencia de lo que soy —continúo—. Solo cambia mi reacción. Yo era una niña difícil, demasiado para que mi madre lo sobrellevara. Sigo siendo así, y ella me quiere a pesar de todo.

—Yo también te quiero, Skye.

Sonrío.

—Lo sé. Y yo también te quiero.

—¿Seguro que puedes olvidarte del control de la respiración?

—Por supuesto. Puedo hacerlo porque ya no es necesario. Hay que reconocer que me intriga, pero te quiero más de lo que necesito eso.

Me acaricia el pelo.

—Me alegro mucho de oírlo.

«¿Puedes contarme por qué es un límite absoluto para ti?».

Las palabras se alojan en el fondo de mi garganta. Mi curiosidad, mi necesidad de saber..., todo está atrapado allí con las palabras que quiero decir.

Pero los mantengo ahí.

No le voy a insistir para sonsacarle información. Ya no. Lo respeto demasiado como para hacer eso.

Pero hay algo más que necesito sacar de mi pecho.

—Braden...

—¿Sí? —Me besa la frente y me huele el pelo—. Me encanta ese champú de frambuesa.

Siento un hormigueo en la piel, y el cosquilleo entre las piernas se intensifica.

No. Primero hay que hablar.

—Hay algo más que necesito decirte.

—¿El qué? —Se pone ligeramente tenso.

—Relájate. No es nada malo, pero quiero que haya total sinceridad. —Al menos por mi parte, aunque esto último me lo guardo para mí.

—Está bien.

—La hermana de Addie me llamó.

—¿Apple? ¿Por qué?

—Se ofreció a contarme lo que pasó entre Addie y tú hace diez años.

Se pone más tenso. De hecho, está rígido. Podría ser una estatua tallada en mármol.

—Ya veo.

—Estuve tentada —afirmo—. Fui a tomar una copa con ella y estaba dispuesta a escuchar toda la historia, pero entonces recordé algo que me dijiste.

—Ah, ¿sí?

—Sí. Dijiste que podía tomarme mi tiempo. Que podíamos hablar cuando estuviera lista. No me presionaste, Braden, y te quiero por ello. Te debo ese mismo respeto y cortesía.

Sus labios se curvan hacia arriba en una media sonrisa.

—Debe de haber sido difícil para ti.

—Oh, no tienes ni idea.

Me toma de la mejilla y me besa la punta de la nariz.

—Te mereces una recompensa.

—Creo que sí.

Me vuelve a besar la nariz.

—Eres una mujer increíble, Skye. Nunca he conocido a nadie como tú.

No puedo evitarlo.

—¿Es eso un cumplido o un insulto?

—¡Mujer! —Se pasa los dedos por el pelo—. ¿No sabes ya lo que me haces?

—Sí, lo sé. Tú me haces lo mismo. Lo has hecho desde que te vi por primera vez. Nadie puede negar tu evidente atractivo físico, pero fue tu comportamiento lo que me encandiló. Tu presencia. Llenas cada habitación en la que estás, Braden. Nada te asusta. Nada.

—Solo una cosa —contesta, ahuecándome la mejilla una vez más.

—¿El qué?

—La idea de mi vida sin ti.

29

Abro la boca, pero solo me sale un suave suspiro.

Se muere por mis huesos.

Braden Black se muere por mis huesos.

Me coloca dos dedos sobre los labios.

—No digas nada. Sé que terminé nuestra relación, y lo hice por una buena razón. Pero estar sin ti... —Sacude la cabeza—. No es algo que quiera volver a experimentar.

—No tienes por qué hacerlo —respondo.

—No creí que me pasaría esto. —Sacude la cabeza—. Empezamos de la misma manera que siempre. Vi algo que quería y fui tras ello. Pero tú te metiste dentro de mí de alguna manera. Y entonces, justo antes de ese último viaje a Nueva York, hiciste que se me partiera el corazón. Con tus lágrimas, con tu tristeza. Habría cometido un asesinato para mantener esa tristeza lejos de ti para siempre.

Sonrío.

—No tienes que convertirte en un criminal por mí. Yo misma me he encargado de ello. O al menos he dado los primeros pasos.

—Ya te lo he dicho antes. Eres una mujer increíble, Skye.

—Y tú también eres un hombre increíble. Lo que has logrado va más allá de lo que la mayoría de la gente puede imaginar. Te has levantado por tus propios medios, sin ninguna ayuda, y has llegado a la cima. Eres sorprendente.

Sus músculos faciales se tensan. Solo un poco, pero lo noto. ¿Le he molestado?

Se ablanda de nuevo a los pocos segundos, rozándome el labio inferior.

—Dios, esta boquita.

Entonces sus labios están sobre los míos, su lengua se adentra entre ellos. El beso es firme y narcotizante, y me apetece más, más, más...

Como si me hubiera leído la mente, se agacha y me sube la camiseta por encima de los pechos. Me aprieta uno, encontrando el pezón por encima de la tela del sujetador y jugando con él con las yemas de los dedos.

Las imágenes fluyen en mi mente. Nuestra primera vez haciendo el amor en Kansas. Nuestra escena inicial en el Black Rose Underground. Nuestra primera vez juntos en su casa. Hace apenas unas semanas, pero parece que ha pasado toda una vida desde entonces.

Me suelta el pecho y baja la mano para desabrocharme los vaqueros. Después, sus dedos están dentro de mis bragas, jugando con mis pliegues.

Rompe el beso y jadea.

—Joder, estás tan mojada... Tan mojada para mí...

—Siempre —digo.

—Necesito probarte. —Me quita los vaqueros de las piernas y se deshace también de las bragas. Me abre las piernas y me mira entre ellas—. Los labios de tu coño están hinchados y rosados. Son tan bonitos... Voy a comerte, Skye. Voy a comerte hasta que me ruegues que pare.

Cierro los ojos mientras él pasa su lengua por mi abertura. Se aparta un momento y me mordisquea y chupa el interior del muslo.

Gimo con suavidad, con los ojos aún cerrados.

—Abre los ojos —me pide Braden—. Mira cómo te como.

Los abro y me encuentro con su ardiente mirada azul. Está ardiendo, tan ardiendo como yo. Quiero su boca en mí. En mi coño. En todo mi cuerpo.

—Mantén esos preciosos ojos abiertos —me ordena Braden—. No los apartes de los míos.

Entierra la cara entre mis piernas, sus labios y su boca me tocan todo a la vez. Yo misma dirijo mis dedos a mis pechos, primero acariciándolos y luego palpando los pezones cubiertos por el sujetador. Están duros. Duros y tiesos, y ansían liberarse. Me levanto enseguida el sujetador, dejándolos al descubierto.

Braden me suelta el clítoris.

—Me encantan tus tetas, joder. Juega con ellas, nena. Juega con ellas mientras te como el coño.

Hago girar mis dedos alrededor de mis pezones, dándoles solo una ligera caricia. Me tiento a mí misma, porque quiero concentrarme en los labios de Braden entre mis piernas, pero cuando le doy un pellizco a un pezón, una flecha de corriente me atraviesa.

Cierro los ojos en un gemido.

Deja de lamerme.

—Abre esos ojos, maldita sea.

Su voz profunda y dominante me penetra. Mis ojos se abren casi por sí solos. Este es el poder que posee. Todo el poder. Y me parece bien. Me parece muy bien.

—No los vuelvas a cerrar, Skye. No te gustará el resultado.

No habrá orgasmo. Ese será el resultado. ¡Será cabrón! Pero lo amo tanto... Amo el poder que tiene sobre mí. Amo sus órdenes, su oscuridad, su control.

Lo amo todo.

Debo de estar en llamas. Las llamas invisibles me rodean, me calientan. Me encadenan a este sofá, a Braden. No quiero librarme nunca de su control y de sus labios y de esos ojos azules ardientes que se clavan en mí.

Me chupa el clítoris, y ya estoy corriendo hacia la cima, el precipicio, ese paraíso que solo existe en mi bruma climática. Un dedo me llena. Luego otro, y salto. Salto al abismo donde no existe nada más que Braden, yo y nuestro amor. El orgasmo irradia a través de mí, hasta mi abdomen y después mi pecho. Pronto me tiembla todo el cuerpo y me aprieto los pezones con más fuerza. Más fuerte, hasta que el dolor estalla en mi interior como un cohete y se suma a mi placer.

—¡Braden, me corro! ¡Me corro!

—Eso es. Córrete. Córrete para mí.

Sus dedos continúan tentándome, moviéndose dentro y alrededor y encontrando cada grieta que me hace retorcerme aún más.

Y durante todo este tiempo, mi mirada no se aparta de la suya. Incluso cuando se arremolina una espiral de sensaciones físicas y emocionales dentro de mí, incluso cuando el azul de sus ojos da paso a tórridas llamas azules, mantengo mis ojos fijos en los suyos.

Entonces está sobre mí, su polla liberada, y se adentra en mi interior, bombeando.

Me llena, me completa, me hace sentirme plena, y mientras me folla, mi orgasmo sigue floreciendo.

—Joder, Skye —dice entre dientes apretados—. Siento cómo te corres. Sobre mi polla. Tu coño apretándola. ¡Joder!

Sigo mirando sus hermosos ojos azules, incluso cuando los cierra y late dentro de mí y se libera. No cierro los míos. Permanecen abiertos, pegados a sus párpados.

Me dijo que no cerrara los ojos, y no lo hago.

Se queda incrustado en mí, su polla palpitando, su camisa rozando mis sensibles pezones. Y cuando por fin abre los ojos, están ardiendo como la ceniza de un fuego moribundo.

Solo que su fuego no se está muriendo.

Es solo el comienzo. Veo que cobra vida una vez más en su mirada.

Entonces, sus labios se encuentran con los míos en un beso duro y contundente. No es un beso ordinario, ni siquiera el beso salvaje que compartimos antes.

No. Este es un beso de dos almas perdidas y ahora encontradas.

Y sé, en este instante, que Braden ha compartido conmigo una parte de sí mismo que nunca había compartido con nadie más.

Ya no importa si me cuenta lo que pasó con Addie y él. O incluso con su madre.

Lo conozco de una manera que nadie más lo podrá conocer.

30

Una vez que bajo de mi subidón de ensueño, no puedo evitar una carcajada.

—¿Qué? —pregunta Braden.

—Sigues completamente vestido, como siempre.

—¿Como siempre?

—¿Quieres decir que no sabes que te sueles quedar vestido cuando hacemos el amor?

—Creo que nunca he pensado en ello. Aunque admito que es algo típico de mí.

—Sí, lo es. Siempre en control. —Lo miro fijamente. Sus labios están hinchados y rojos por ese último beso de castigo. Excepto que no fue un castigo. Fue violento, sí, pero no castigador. Fue un encuentro de almas.

—No lo voy a negar —responde.

—¡Ja! Mejor que no. Sabré que estás mintiendo.

—Yo no miento, Skye.

No, no lo hace. Puede que me oculte cosas, pero no miente.

—Lo sé. ¿Quieres un poco de postre ahora?

—Claro.

—¿Y un café?

—Sí, eso sería genial.

Me levanto y me vuelvo a poner el sujetador y la camiseta por encima de los pechos.

—¿Dónde están mis vaqueros?

—No lo sé. Los he tirado por alguna parte.

—Ah. —Los veo debajo de una silla.

—Puedes no ponértelos —dice—. De hecho, quítate el resto. Quiero que me sirvas el postre desnuda.

—¿Tú también estarás desnudo?

—¿Te olvidas de quién pone las reglas aquí? —pregunta.

Sonrío.

—Braden, ¿significa esto que nuestra relación ha vuelto?

Ladea la cabeza.

—¿Quieres que así sea?

—¿Y tú?

Sacude la cabeza.

—Sigues siendo la misma Skye, discutiendo por cualquier cosa. Sí, quiero que así sea, pero te estoy dando una salida.

—¿Por qué?

—Porque yo no estoy listo para darte lo que tú me has dado. No estoy listo para decirte las cosas que quieres saber y, para serte sincero, puede que nunca lo esté.

«Siempre puedo decirle a Apple que me lo cuente».

Pero sé que no lo voy a hacer. No voy a traicionar a Braden. Lo quiero y lo respeto demasiado.

Me quito la camiseta y el sujetador y voy desnuda a sus brazos. Le beso los labios con suavidad.

—Está bien. Quiero estar contigo. Claro que me gustaría que fueras sincero conmigo sobre esas cosas de tu pasado, pero si tengo que elegir entre tú y saber lo tuyo con Addie, te elijo a ti.

—Eres una persona más fuerte que yo —dice.

—Lo dudo.

—Lo eres. Te he lanzado un desafío y lo has aceptado. Te has descubierto a ti misma aunque haya sido difícil y te haya causado dolor.

—Estoy lejos de haberlo resuelto todo —contesto—. Como te he dicho, se trata de un viaje, y el viaje es lo importante.

—Estoy de acuerdo. Y quiero darte algo.

—¿La verdad sobre lo que pasó entre Addie y tú? —Arqueo las cejas, esperando.

—No. Eso no puedo hacerlo. Pero quiero contarte un poco más sobre mi madre.

Miro mis pechos desnudos.

—¿Ahora?

Se saca algo del bolsillo.

—Tal vez después del postre.

Un destello rojo. Luego un destello negro.

—¿Qué es eso? —pregunto.

Sostiene dos trozos de tela, cada uno rojo por un lado y negro por el otro.

—Ataduras —responde—. Ataduras de seda.

—Y resulta que las tienes ahí en el bolsillo por casualidad.

—¿Alguna vez has sabido que no venga preparado? —Su voz contiene un toque de diversión, pero su expresión sigue siendo estoica. Este es el Braden oscuro. El Braden del que me enamoré por primera vez.

Se me endurecen los pezones en un instante, como si un viento helado soplara sobre ellos.

—La seda no es el mejor material para sujetar a alguien —continúa—. Puede anudarse con fuerza y a veces es difícil de soltar. Por fortuna, tengo la suficiente experiencia como para que eso no suponga un problema.

Me estremezco. Por primera vez, su discurso sobre la experiencia no despierta en mí los celos. No, no hay celos. Solo deseo. Quiero que esa seda toque mi cuerpo, que me ate.

Miro a mi alrededor. ¿Dónde me va a atar? Tengo un cabecero, pero a diferencia del suyo, no está hecho para el *bondage*.

—Para responder a tu pregunta...

—¿Qué pregunta? —interrumpo.

—Te veo mirando a tu alrededor. Preguntándote qué voy a hacer contigo con estas ataduras. Me has subestimado, Skye. ¿Recuerdas esa noche cuando apagaste el teléfono para no recibir mi correo electrónico?

Asiento. No fue mi mejor momento.

—Estuve un tiempo a solas aquí, y miré alrededor. —Mira la maceta colgante que hay en mi cocina—. Ese gancho está asegurado por un taco metálico de expansión. Puede soportar al menos veintidós kilos.

—Agradezco el cumplido, pero peso mucho más que eso. —Le doy lo que espero que sea una sonrisa burlona.

—Eso no importa, porque tus pies estarán en el suelo. El gancho tan solo te mantendrá las muñecas atadas por encima de la cabeza. Lo único que necesito es deslizar tu mesa hacia la derecha un poco.

La mesa todavía contiene algunos de nuestros platos de la cena, pero con una floritura la desliza sin siquiera sacudirlos.

—Tus techos también son bajos. —Se sube a una silla y agarra la planta colgante, dejándola con delicadeza sobre la mesa—. ¿Dónde está esa *crème brûlée*?

—En el frigorífico, pero tengo que hacer la cobertura.

—Esta noche no. Esta noche solo quiero la crema. —Levanta una ceja—. Aunque sé que no será tan deliciosa como la tuya.

Me retuerzo, apretando los muslos. Mis pezones están tan duros que podrían saltar.

—Extiende las muñecas.

Obedezco. Me envuelve con las ataduras siguiendo un patrón intrincado, asegurándome con fuerza pero sin que resulte incómodo. De mis muñecas cuelgan dos tiras de seda —de poco más de medio metro de largo, según yo—, en teoría para sujetarme al gancho del techo.

—¿No necesitas medir? —pregunto.

Sacude la cabeza y luego se encuentra con mi mirada.

—Yo nunca me equivoco.

Mi cuerpo palpita de anticipación cuando Braden se sube a la silla una vez más y asegura los otros extremos de las ataduras al gancho.

—¿Bien? —pregunta.

Tengo un poco de holgura y los pies están apoyados en el suelo, a unos quince centímetros de distancia, así que supongo que eso es bueno.

—Sí. Bien.

Aparta la silla del camino.

—Te vas a quedar ahí de pie, Skye. Te vas a quedar ahí de pie en silencio. Sin hablar. Y te vas a tomar lo que yo te dé.

31

Camina a mi alrededor hasta que está fuera de mi visión.

—¡Ah! —chillo cuando su palma desciende sobre mi culo.

—¡No hables! —Esta vez me abofetea todavía más fuerte.

Aprieto los labios para no volver a chillar otra vez.

—Tienes el culo más bonito del mundo, Skye. Todavía no he tenido el placer de follármelo.

Cierto. Esa noche. Se suponía que íbamos a...

—Esta noche no —dice.

La decepción fluye a través de mí.

—Pronto —continúa—, pero no esta noche.

Alcanza el plato de *crème brûlée* que había puesto antes en la mesa. Mete el dedo en la crema, rebaña y me la lleva a los labios.

—Prueba.

Le lamo el dedo, dejando que la exuberancia del postre se me asiente en la lengua antes de tragar.

Vuelve a rebañar la crema con el dedo y esta vez la prueba él. Un gruñido bajo sale de su pecho.

Estoy ardiendo. La imagen de Braden chupando *crème brûlée* de su grueso dedo me tiene a punto de estallar. Se me tensan los pezones, y tiro instintivamente de mis ataduras.

—No lo hagas —dice—. No te resistas. Eres mía y estás atada y lista para mi placer.

Asiento con la cabeza.

Vuelve a introducir su dedo en la crema, pero esta vez la extiende sobre uno de mis pezones. El calor de mi piel derrite la espesa crema, que gotea sobre mi gran pecho.

Los ojos de Braden arden.

—Te ves tan tentadora...

«Por favor, lámela. Por favor».

En su lugar, unta el otro pezón con crema también, y pronto se derrite por mi abdomen, dirigiéndose hacia mi palpitante coño.

Lo que hace a continuación me deja sin aliento. Braden, que siempre es tan meticuloso, saca toda la *crème brûlée* del plato y me cubre el cuerpo con ella. Me pinta con los dedos, la crema se desliza por sus antebrazos hasta su camisa de algodón.

—Estás deliciosa —dice—. Cubierta de este dulce resbaladizo y meloso. Y ahora voy a lamer cada pedazo de ti.

«Dios, sí. Por favor».

Baja la cabeza y me lame un pezón, sorbiendo y chupando. Me muero por enterrar los dedos en su espesa cabellera, me muero por decirle lo bien que se sienten sus labios sobre mi piel. Pero estoy atada por la seda y por sus órdenes.

Y no lo quiero de otra manera.

Chupa y se come el postre de ambos pezones, atormentándome de placer. Sus labios y su lengua viajan hacia abajo, pero el muy cabrón evita mi clítoris. Chupa la crema del interior de mis muslos, de mis pantorrillas, incluso de la parte superior de mis pies.

—Deliciosa. —Se pasa la lengua por los labios.

Y creo que me voy a desmayar de deseo.

—¿Me he olvidado de algo? —pregunta con inocencia.

Sabe que sí. Por supuesto que sabe que sí. No se lo voy a decir, aunque quiera gritárselo.

«¡Cómeme! ¡Cómeme el coño! ¡Me muero de ganas! Por favor».

Finalmente desliza la lengua entre mis piernas.

Y casi implosiono en el acto. No puedo mover los brazos. No puedo hablar. Solo puedo sentir, y me siento extasiada. Tentada.

Este hombre mío come coños como ningún otro, y aunque solo hemos follado hace un rato, estoy mojada y preparada y lista para volver a hacerlo. Me resisto a tirar de la seda. No quiero arrancar el gancho del pladur. Así que me quedo de pie, no suspendida pero casi, mientras Braden me lame, me tienta, me come como si fuera un festín.

Me deslizo hacia un clímax, con mi núcleo palpitante, y luego hacia otro. Todo mi mundo se rompe a mi alrededor e implosiona entre mis piernas. Lame y lame y lame, y cuando creo que no puedo aguantar ni un tirón más en mi clítoris, lo chupa entre sus labios y me mete dos dedos.

Y me corro una vez más, en esta ocasión no en mi clítoris, sino en mi interior. En mi punto G. El clímax me recorre todo el cuerpo, encendiendo cada célula.

—¡Braden! —grito—. ¡Braden, te quiero! ¡Te quiero tanto!

Braden y yo compartimos una ducha para que pueda lavarme la pegajosa *crème brûlée* del cuerpo. No me folló después de mi último orgasmo, así que me levanta en brazos y me folla con fuerza contra la pared de la ducha, y otro orgasmo sale disparado de mí.

Embiste con más fuerza y mi espalda golpea el azulejo húmedo de la ducha.

—Joder, Skye. Joder, qué bien te sientes.

Todavía estoy en las nubes de mi clímax cuando estalla, con sus palabras zumbando en mi cabeza.

Te amo, Skye. Joder, cómo te quiero.

Y no estoy segura de que esas palabras hayan sonado nunca tan dulces.

32

Como Braden ha venido directo de Nueva York, lleva su equipaje. Se pone unos pantalones de pijama mientras yo me cubro con una bata de satén. Me agarra de la mano mientras nos dirigimos al sofá donde hemos follado hace poco más de una hora.

No digo nada. Le prometí que no lo presionaría, y me mantendré firme aunque me muera de ganas. Tiene que ser él el que dé el primer paso.

Me toma la mano y me hace círculos en la palma con el pulgar.

—Esto no es fácil para mí.

—Lo sé. No pasa nada. Tómate tu tiempo. O no digas nada. No importa. —Y no importa. Oh, sigo teniendo curiosidad. Más curiosidad que nadie. Pero esto no se trata de mí. Se trata de Braden. Se trata de que se sienta cómodo.

—Quería a mi madre —dice—. Igual que Ben.

—Estoy segura de que ella también os quería a los dos.

—Sí. A veces éramos lo único que la mantenía en pie. No estoy seguro de que hubiera tenido fuerzas para ir al banco de alimentos si no tuviera nuestras dos bocas que alimentar.

—No debió de haber sido fácil para ella.

Hace una pausa. Inhala. Por un momento temo que se quede callado, pero luego continúa.

—Después del incendio, pasó varias semanas en el hospital. Tenía dolores constantes. A Ben y a mí no se nos permitía verla porque había que mantenerla en un entorno estéril hasta que los injertos de piel se regenerasen.

—Lo siento mucho.

—No estoy buscando compasión, Skye. Nunca lo hago.

—Lo entiendo. ¿No puedo seguir lamentando que tu pobre madre haya tenido que pasar por todo eso?

—Supongo. —Suspira—. De todos modos, antes del incendio, siempre teníamos suficiente para comer. No era comida *gourmet*, ni mucho menos, pero no íbamos a un banco de alimentos y no recibíamos ayuda del Gobierno.

—Estofado de carne —digo en voz baja.

—¿Estofado de carne?

—Aquella noche en la que te presentaste aquí sin avisar y te serví las sobras de un estofado de carne. Dijiste que tu madre solía hacerlo.

—Sí. La carne de estofado dura era un alimento básico en nuestra casa. Ella la cocinaba siempre, y estaba deliciosa. Pero eso era antes del incendio. Después del incendio, no podíamos permitirnos ni la carne más dura.

—Lo siento.

—Sigo sin buscar compasión. De todos modos, como te dije antes, el seguro no quiso pagar aunque el incendio fue un accidente. Mi madre al final volvió a casa, y creo que habría estado bien si…

—¿Si qué?

Braden entierra la cabeza entre las manos.

Espero. Y espero.

Necesita tiempo, y yo me propongo dárselo.

Al final, levanta la vista y se encuentra con mi mirada.

—Ben y yo no pudimos visitarla en el hospital. Así que cuando por fin llegó a casa…

Trago saliva. Instintivamente, ya sé lo que viene.

—Lloré cuando la vi. Incluso grité. Las cicatrices eran tan... tan... La palabra que me viene a la mente es *«feas»*. Aterradoras. La veía a través de los ojos de un niño de seis años. Esperaba ver a mi hermosa madre, pero...

—¿No te preparó tu padre?

—Lo intentó. Pero ¿has visto alguna vez a una víctima de quemaduras, Skye?

Asiento con la cabeza.

—Sí. No en persona, pero una vez fui a una exposición fotográfica en la que los sujetos del artista eran todos víctimas de quemaduras. Era un trabajo precioso. Su humanidad brillaba a través de ellas.

—Entonces ya eras adulta.

—Sí.

—Y no conocías personalmente a ninguna de las víctimas. —Se pasa los dedos por el pelo aún húmedo de la ducha—. No se puede preparar el cerebro de un niño para eso. Era mi madre.

La cara de Braden se contorsiona mientras aprieta los ojos. En cierto modo, vuelve a ser ese niño pequeño, torturado por la visión de su madre.

Le doy unos minutos. Entonces:

—¿Cómo reaccionó Ben?

Abre los ojos, al parecer más tranquilo.

—Él no gritó. Todo eso fue cosa mía.

—Pero él era más pequeño.

—Sí, era más pequeño. Pero no reaccionó como yo. No puedo explicarlo.

—¿Has hablado con él sobre esto?

—¿Estás de broma? No hablo con nadie sobre ello. Excepto con mi terapeuta de vez en cuando. Y ahora, contigo.

Me siento honrada de que comparta esta parte de sí mismo conmigo. Pongo mi mano sobre la suya.

—Braden, no eres responsable de lo que le pasó a tu madre.

—Ya lo sé. Pero nunca fue la misma persona después de eso, y si no hubiera gritado cuando la vi...

—Para —le digo—. Déjalo ya. En primer lugar, eras un niño. Y en segundo lugar, ella ya estaba traumatizada por el fuego, las quemaduras y el dolor. Su tiempo en el hospital. El pequeño papel que jugaste tuvo poca importancia.

—Lo sé. He tenido suficientes sesiones de terapia para saberlo.

—Bien.

—El problema es que nunca lo olvidaré. Nunca olvidaré cómo me hizo sentir el verla.

—¿Cómo te hizo sentir?

—Me hizo sentir... Dios, ni siquiera puedo decir esto.

—Puedes hacerlo. —Le aprieto la mano.

—Me repugnó, Skye. La visión de mi madre me repugnó.

33

Vuelve a cerrar los ojos.

No tienes ni idea de lo que he tenido que recuperar en mi vida.

Braden vuelve a ser un niño de seis años que ve a su hermosa madre con feas cicatrices de quemaduras.

Y le entiendo más de lo que se cree.

—No pasa nada —digo.

—No, sí que pasa. Siempre pasará. ¿Qué clase de niño piensa que su madre es repugnante?

—Un niño de seis años que espera ver a su hermosa madre después de estar sin ella durante semanas.

—Lo he oído todo, Skye. He oído todas las razones por las que este sentimiento era válido en ese momento.

—¿Todavía quieres a tu madre?

Sus ojos brillan con fuego azul.

—¡Claro que sí!

—¿Y te has acostumbrado a sus cicatrices?

—Sí, a los pocos días. Seguía siendo mi madre.

—¿Entonces de qué te culpas?

Se frota la barbilla.

—Nunca volvió a ser la misma.

—Ah, ¿no? Tenías seis años, Braden. ¿Estás seguro de que estás recordándolo bien?

Sacude la cabeza.

—No, no estoy seguro. Le he estado dando vueltas a esto con mi terapeuta.

—¿Has considerado que tú no eras el problema? Tal vez lo fue tu padre. El fuego fue su culpa, después de todo.

Asiente un poco con la cabeza.

Él lo sabe. Su terapeuta y él ya han pasado por esto. Lo sabe. Pero todavía lo atormenta, el hecho de sentir que rechazó a su madre cuando llegó a casa.

—Mi padre y ella tampoco volvieron a ser los mismos después de aquello —continúa—. Ella tuvo que quedarse con él. No tenía otro sitio a donde ir, además nos tenía a Ben y a mí.

—¿Amaba a tu padre?

—A su manera, sí, creo que lo hacía. Pero... las cosas nunca fueron lo mismo.

—¿Cómo es eso?

Se ríe.

—En cierto modo, las cosas fueron mejor. Mi padre dejó de beber, pero tuvo problemas para encontrar trabajo durante un tiempo. Vivíamos en una casa móvil de alquiler, y apenas podíamos pagarla. Así que pasamos a la asistencia del Gobierno, que tanto mi madre como mi padre odiaban.

Escucho con atención. No me sorprende de dónde sacó Braden su necesidad de control sobre su propia vida y la de los demás.

Lo ha pasado peor que yo. Mucho peor. Sin embargo, mira dónde ha terminado.

—¿Qué pasó al final con tu madre? —pregunto con indecisión.

—Murió.

—Eso lo sé.

—No me gusta pensar en ello —dice—. Todavía me siento algo responsable.

—No lo eres.

—Hay cosas que no sabes. Cosas que nadie sabe. Puedes decir las palabras. Incluso puedo creerlas. Pero nada de eso cambia nada.

Me acurruco contra su pecho y le doy un abrazo. «Estoy aquí. Estoy aquí para ti».

Quiero aliviarle este dolor, y la única manera de hacerlo es dejándolo libre de culpa.

—Para, Braden. No vayas más lejos. No quiero que te hagas daño.

Me besa la parte superior de la cabeza.

—Qué tierna eres. Tan dulce y sorprendente... Me estás dando una salida que yo nunca te di.

—Sí que lo hiciste. Dijiste que me darías el tiempo que necesitara. Solo que no necesitaba tanto tiempo.

—No sé qué he hecho para merecerte —dice—. Pero si lo averiguo, lo volveré a hacer un millón de veces más.

—No tienes que hacerlo. —Le beso la parte superior de la mano—. Ya me has conquistado.

—Y tú a mí —responde—, aunque a veces me pregunto por qué alguien iba a quererme.

Me alejo un poco.

—Estás bromeando, ¿verdad?

—Sabes que yo nunca bromeo, Skye.

—¡Eres el partidazo del siglo!

—Solo sobre el papel.

—El papel verde —añado.

Arruga el ceño. De nuevo, he sucumbido a algo que sonaba más divertido en mi cabeza.

—Espera —digo—. Eso no ha sonado bien.

—Claro que sí. Estoy forrado. No eres la única que se siente atraída por mi dinero.

—El dinero es un buen beneficio adicional. No te voy a mentir. Pero no me refería a eso, y lo sabes. Era una broma, Braden.

—Lo sé. Nunca pensé que estuvieras detrás de mi dinero. Fui yo el que te perseguí, ¿recuerdas?

Sonrío.

—Es verdad. Y me resistí, aunque eras el hombre más atractivo que había conocido.

—Es tu naturaleza resistirte. Es lo que me atrajo de ti.

—Era un desafío —digo.

—Todavía lo eres.

—Ah, ¿sí? ¿No vas a dejarme ahora que me has conquistado?

—¿Por qué iba a hacer eso?

Me viene a la mente la historia de Betsy. Cómo Braden supuestamente dejó a Addie porque ella no quiso volver a practicar BDSM con él.

No es verdad. No puede ser verdad.

¿O sí?

Lo sabría con seguridad si hubiera escuchado a Apple. Si Braden nunca se pone al mismo nivel conmigo sobre Addie, nunca sabré la verdad.

—¿Y si quieres algo que yo no puedo darte? —le pregunto.

—¿Me dejaste tú cuando querías algo que yo no podía darte?

—No. Me dejaste tú.

—Solo porque necesitabas resolver las cosas antes de que pudiera llevarte más allá en ese estilo de vida. No quiero que te metas en ese estilo de vida por la razón equivocada, Skye. Podrías salir herida.

Asiento.

—Lo sé. Ahora lo entiendo.

—Este estilo de vida no es para personas vulnerables. Lo sé, y tú también. Tiene que ser algo que ambos disfrutemos por las razones correctas. Al principio, vi tu naturaleza controladora, pero percibí que parte de ella era una fachada. Una parte de ti me parecía sumisa, y quería despertar esa parte dormida de ti. Pero entonces las cosas se torcieron un poco.

—¿Qué quiere decir eso?

—Que me enamoré.

Me derrito por todas partes.

—Yo también.

—Si no te amara, tal vez estaría de acuerdo con llevarte a través de todos los niveles de este estilo de vida por las razones equivocadas, pero significas más para mí que eso. No podría hacerlo. Si te sirve de consuelo, terminar contigo fue lo más difícil que he tenido que hacer jamás.

No puedo evitar una suave burla.

—Ni siquiera has hecho un buen trabajo.

—Tienes razón en eso. No podía dejarte ir, Skye. Fui corriendo a ver a tus padres, esperando encontrar alguna pista de por qué querías tanto el control de la respiración. Luego, una vez que llegaste, ya sabes los resultados. No pude mantenerme alejado.

—Yo tampoco pude, como es evidente.

—Pero me prometí que no te llevaría de vuelta a ese estilo de vida hasta que pudieras responder a la pregunta que te planteé. Verás, Skye, ese estilo de vida no consiste en castigar, aunque te voy a castigar de vez en cuando. Pero es mi decisión castigarte. No la tuya.

—Entiendo todo eso, Braden.

—Creo que estás empezando a hacerlo.

—¿Empezando?

—Eso no es un insulto. Es solo una afirmación precisa. Tú misma has dicho que esto es un viaje.

—Lo es. También creo que tu estilo de vida es un viaje.

—No estoy en desacuerdo. Pero es un viaje que debo controlar. Yo elijo lo que hacemos, y tú puedes entonces elegir si lo consientes o me dices que no.

—Lo entiendo. De verdad. Quizás antes dije esas palabras y no lo entendía en realidad, pero ahora sí.

Asiente.

—Entonces quizás estemos listos para volver al club.

34

Unos escalofríos estremecedores me recorren el cuerpo. El club. El Black Rose Underground. La idea todavía me excita.

Me hormiguea el coño, y...

Maldita sea.

Me está palpitando el culo. En serio, me está palpitando. ¿Es eso fisiológicamente posible?

Braden aún no me ha follado por ahí.

Iba a hacerlo, esa fatídica noche que llevó a nuestra ruptura.

Pero no lo hizo. Todavía soy virgen en ese sentido.

—¿Qué más hay en el club? —pregunto, con mi voz saliendo casi sin aliento.

—Oh, Skye, hay mucho más. Solo has estado en la sala de *bondage*.

Trago saliva.

—¿Qué otras salas hay?

—Algunas habitaciones son solo para juegos ligeros.

—¿Juegos ligeros?

—Sí. Nalgadas básicas, *bondage* ligero. Por ejemplo, cuando te até las muñecas con la corbata en mi despacho.

—¿Qué es el *bondage*, entonces? ¿Es un juego ligero?

—El *bondage*, aparte del *bondage* ligero, es un juego duro. Lo que viste en el club se considera juego duro.

—Sobre todo atar el cuello, ¿verdad?

—En mi opinión, cualquier cosa que implique el cuello es un juego límite.

—¿Qué es un juego límite?

—Cualquier cosa que implique un riesgo de daño físico o mental.

—¿Daño mental?

—Sí. Por lo general, me mantengo alejado del juego límite. No me interesa mucho. La mayor parte no está permitida en el Black Rose Underground.

—Pero vi lo del control de la respiración.

—No todo el mundo considera que el control de la respiración es un juego límite, así que lo permito, pero todos los practicantes tienen que firmar un formulario de consentimiento especial antes de poder hacerlo en mi club.

—Ya veo. Y yo no firmé ese formulario.

—No lo hiciste, pero no importa. No iba a hacerlo de todos modos.

—Es tu límite absoluto.

—Sí —contesta, pero, por supuesto, no ofrece más explicaciones.

—¿Qué más se considera un juego límite?

—Todo lo que implique un derramamiento de sangre.

Me quedo sin aliento.

—¿De verdad la gente hace eso?

Asiente.

—Juego con cuchillos, juego con armas, juego con fuego. No permito nada de eso.

—¿Juego con armas? ¿Juego con fuego? ¿La gente hace eso?

Asiente.

—¿Es otro límite absoluto para ti?

—Ya te he dicho que solo tengo un límite absoluto, Skye.

Asiento. No puedo negar que el juego de la respiración todavía me intriga, pero ya no lo siento como una necesidad.

Así que eso es bueno.

—¿Qué otro tipo de juego duro hay en el club?

—Hay juego de suspensión. De flagelación y azotes. Fetiches de animales.

Se me encoge el estómago.

—¿Te refieres a sexo con animales?

Entonces se ríe, y yo me siento ridícula.

—Por supuesto que no. A algunas personas les gusta que las paseen como si fueran animales. Juego de caballos. Juego de perros. Cosas así.

Agrando los ojos.

—¿La gente hace eso? Cada uno con lo suyo, supongo.

—Supongo que no quieres probarlo.

—En este caso, me temo que voy a pasar.

—Da igual. Todo depende de ti, Skye.

—¿A ti te gusta... ese tipo de juego?

—No es uno de mis favoritos, pero no le hago ascos si te interesa.

—Pues no.

—Me parece bien. Hay privación sensorial. Ya te he enseñado eso a una escala menor. También están los juegos de rol.

—¿Qué son los juegos de rol?

—Juegos de rol de acción en vivo. Hay una comunidad de jugadores enorme. El club lo lleva a un nivel sexual.

—Eso significa...

—Por ejemplo, Superman teniendo sexo con Wonder Woman. Cosas así. Hay mucha ciencia ficción. Sexo con extraterrestres. Ese tipo de cosas.

—Así que tienes una sala donde...

—¿Donde puedes ver a gente practicando sexo extraterrestre? Sí. Excepto que no son alienígenas reales, por supuesto. Aunque algunos de los disfraces son bastante elaborados.

Estoy bastante segura de que mi mandíbula está en el suelo en alguna parte.

—Madre mía.

—Ya te he dicho que la ropa es un fetiche para algunos. También lo es el disfrazarse.

—Pero no para ti.

—No. Prefiero ser yo mismo cuando juego. Soy Braden Black y nadie más.

—Bien, porque es con Braden Black con quien quiero tener sexo.

—¿Hay algo que te llame la atención?

—¿Qué tipo de cosas se ven en la sala de juegos de rol?

Sacude la cabeza.

—No estoy seguro de que me creas si te lo digo.

—¿Puedo verlo?

—Claro. La próxima vez que vayamos al club. ¿Qué más te interesa?

—Los juegos de rol, no. Tengo curiosidad por saber cómo funcionan, pero no quiero hacerlo yo. Prefiero estar contigo. Como yo misma.

—Por mí está bien. ¿Algo más?

El *bondage* es lo que de verdad me llama. La confianza requerida, y confío en Braden con todo mi corazón. Aun así, estoy dispuesta a aprender más. Estoy dispuesta a hacer lo que él quiera que haga. Así que sé mi respuesta.

—Lo que quieras —contesto—. Haré lo que quieras.

35

—No terminamos lo que empezamos la última vez —dice Braden—. Ese culo es mío.

—Es tuyo. —Sonrío.

—Bien. Voy a tomarlo mañana por la noche. En mi casa.

Siento una ligera decepción.

—No en el club.

—No, Skye. He cambiado de opinión al respecto. Voy a tomarlo aquí en Boston. Porque esta es mi casa, y esta es tu casa. Y ese culo va a ser mío aquí y donde yo quiera.

Trago.

—Está bien.

¿Cómo me tomará? ¿Me atará? ¿Me vendará los ojos? ¿Me dirá que no sienta nada?

Quiero saberlo.

Pero a la vez no quiero saberlo. Quiero saborear la anticipación. La sorpresa.

—Estoy agotado —continúa mientras escribe algo en su teléfono—, así que no voy a quedarme aquí contigo esta noche. Si lo hago, ninguno de los dos podrá dormir, y lo necesito después de la semana que he tenido.

Asiento.

—Estoy decepcionada, pero lo entiendo.

—Gracias. Christopher te recogerá aquí mañana a las cinco de la tarde. Estate preparada.

—Lo estaré. ¿Qué debo ponerme?

—Lo que quieras. Te cambiarás en mi casa.

—¿Y qué me pondré?

—Pronto lo sabrás. —Le suena el teléfono—. Christopher está abajo esperándome.

Asiento con la cabeza.

Se levanta y me arrastra a su lado. Me toca la mejilla.

—Nunca es fácil despedirse de ti.

—¿En serio?

—Seguro que ya lo sabes.

—Esa noche en Nueva York, cuando terminaste las cosas. Parecías tan... frío.

—He aprendido a ocultar mis emociones. He tenido que hacerlo, por motivos de trabajo. Pero, como sabes, no miento. Ha sido lo más difícil que he hecho nunca.

El placer me atraviesa junto con la tristeza. Es una sensación extraña. Me alegro de que haya sido tan difícil para él, pero no me gusta pensar que sufre algún tipo de dolor.

En cierto modo, antes de esta noche, casi creía que Braden era inmune al dolor.

Aprieta sus labios contra los míos sin abrirlos. Menos mal. Si los abre, acabaremos de nuevo en la cama. No es que me queje, pero si necesita dormir, quiero que lo haga.

Quiero lo mejor para Braden. Siempre.

La postura del perro boca abajo de Tessa sigue siendo impecable, y la mía sigue siendo una mierda.

—Argh —digo—. No sé para qué lo intento siquiera.

—Porque es bueno para ti. —Tessa tira de su cuerpo hacia arriba.

—Me encanta el yoga, y sí, ayuda con el estrés y todo eso, ¡pero me cago en el puto perro boca abajo!

—Es difícil para algunas personas.

—Eso es lo que siempre dices.

—Y sigo teniendo razón.

Me río. Estar con Tessa de vuelta haciendo yoga un sábado sienta bien. Muy bien. Acabamos de terminar una clase de Bikram yoga, y las dos estamos jadeando y sudando. Todo está bien.

Además, estoy de vuelta con mis publicaciones de Instagram.

Y Braden y yo volvemos a estar juntos. Todavía tenemos mucho que aprender el uno del otro, pero ambos estamos dispuestos a hacerlo. Estamos enamorados.

Le envié un correo electrónico a Eugenie esta mañana para hacerle saber que Braden y yo nos habíamos reconciliado. Aunque en un principio me había dicho que no suponía un problema, que estaba dispuesta a ver cómo me iba de todas formas, sé que estaba decepcionada. Sí, Braden es la razón por la que tengo este contrato. ¿Pero sabes qué? Es una oportunidad, y sería tonta si no aprovechara cualquier oportunidad que se me presente.

Braden me enseñó eso.

Agarro una toalla y me la pongo alrededor del cuello para atrapar el sudor.

—Necesito una ducha.

—Te veo en el baño de vapor —dice Tessa.

Asiento con la cabeza, me dirijo a los vestuarios y me doy una ducha rápida. Me envuelvo el pelo mojado en una toalla y entro en el baño de vapor de mujeres. Inhalo la menta y el eucalipto. Por eso me encanta el baño de vapor. No necesito el calor. Acabo de hacer Bikram yoga. Necesito la fragancia fresca que abre mis fosas nasales como ninguna otra cosa.

—¿Estás aquí, Tess?

—Por aquí.

Sigo su voz hasta el banco de baldosas y tomo asiento junto a ella. Tessa bebe de su botella de agua.

—No te vas a creer esto.

—¿El qué? —le pregunto.

—Acabo de encontrarme con Garrett.

—¿En el vestuario de mujeres?

Se ríe.

—No. Después de salir del estudio de yoga, él entraba.

—¿Garrett? ¿En yoga?

—Llevaba una camiseta y unos pantalones cortos de deporte. Joder, Skye, estaba buenísimo.

—Oh-oh.

—¿Verdad? De todos modos, dijo que estaba esperando a que terminara nuestra clase para poder hablar conmigo.

—Argh. ¿No se pasa de acosador?

Me arrepiento de esas palabras. Es probable que Garrett no sea un acosador. No como Addie, que acosaba a Braden. Como puede que todavía lo esté acosando.

—No, solo me dijo que siente haberme molestado, y que si le digo que no esta vez, me dejará en paz.

—¿Y qué le has dicho?

—Le he dicho... que cenaría con él esta noche.

—Tessa...

—Bueno, no es que hayamos dicho que somos exclusivos, ¿verdad?

—Sí. Tienes razón.

—Lo he echado de menos.

—¿Por qué no te buscamos otro chico?

—No me voy a meter en una página web, Skye.

—No me refiero a eso. —Se me enciende una bombilla en la cabeza—. ¿Quieres conocer al hermano de Braden?

—¿A Ben Black?

—Al mismo.

—¿Está disponible?

—Hasta donde yo sé, sí.

Ella inhala una bocanada de aire y la suelta despacio.

—No, no lo creo. Quiero decir, gracias por la oferta, pero odio los emparejamientos.

Decido no insistir.

—De acuerdo. Avísame si cambias de opinión.

—Si te soy sincera, todavía estoy colgada por Garrett.

—Lo sé. Si no, lo habrías mandado a la mierda.

—Tienes razón. Así que necesito un favor.

—Por supuesto. Lo que sea.

—Necesito que vengas a cenar con nosotros esta noche.

Joder. Cualquier cosa menos eso. Hoy ya he quedado con Braden. A las cinco. Algo muy especial va a ocurrir entre nosotros.

No puedo renunciar a eso.

No puedo.

Ni siquiera por Tessa.

—Lo siento mucho, Tess. He hecho planes con Braden.

Suspira.

—Lo siento —vuelvo a decir.

—Siempre voy a ser el segundo plato y él el primero, ¿no?

Lo que ha dicho está un poco fuera de lugar, pero quiero ir con pies de plomo. No quiero arriesgarme a perderla de nuevo.

—No, pero tampoco rompería los planes contigo si él me lo pidiera.

Da un trago a su botella de agua.

—Tienes razón. Tienes mejores cosas que hacer que ser mi niñera.

—Tal vez...

—¿Tal vez qué?

—Podría consultarlo con Braden. Tal vez podríamos unirnos a vosotros para cenar y luego...

Ella levanta la mano, agitando el vapor en mi cara.

—No. No te preocupes. Es que...

—¿Qué?

—Si no tengo una carabina voy a terminar en su cama.

—Pues sé tu propia carabina.

—Lo que acabas de decir es algo muy típico tuyo.

—Y necesitar una carabina es algo típico de Tessa. Blanco o negro. Si no tienes a alguien más allí, te acostarás con él. No hay término medio. A veces te pareces mucho a Braden.

—¿Tú crees?

—Sí. Dice que no acepta nada como absoluto, pero a su manera, sí que lo hace.

—¿Qué quieres decir?

No le he hablado a Tessa sobre su límite absoluto, y no voy a hacerlo. Nuestra vida íntima es personal.

—Simplemente tiene sus propias ideas, y nada le hará cambiar de opinión.

—Se parece más a ti que a mí —dice Tessa.

—Se parece mucho a mí en otros aspectos. Lo reconozco. Pero eso no es lo importante. Lo importante es que no necesitas una carabina. Puedes controlarte a ti misma.

—Sí. Tienes razón. Es que eso haría las cosas más fáciles.

—La vida no siempre es fácil.

—Mierda —dice ella—. Seguro que tienes razón.

«Tessa, no tienes ni idea».

36

De todos modos, estoy tentada de preguntarle a Braden sobre la cena con Tessa y Garrett. En realidad quiero estar allí para mi mejor amiga, y es solo una cena, ¿verdad? Lo que sea que Braden haya planeado tendrá lugar después de la cena, supongo. Estoy dispuesta a enviarle un mensaje de texto, pero entonces me detengo.

No.

Acabo de recuperar a Tessa, pero también a Braden. No quiero poner ninguna de esas relaciones en peligro. Tessa está bien, así que ¿por qué agitar las aguas?

Además, quiero que esta noche sea solo para Braden y para mí y el acto íntimo que vamos a compartir. Eso no es egoísta. Es solo seguir los planes que ya había hecho.

En el fondo de mi mente hay una imagen de Ben Black. La verdad es que creo que Tessa y él se llevarían bien. Por supuesto, lo he conocido durante un par de horas, así que ¿qué sé yo?

Tal vez le pregunte a Braden esta noche. Después de todo, él fue quien tuvo la idea de emparejar a Ben y Tessa en primer lugar.

Me preparo temprano, con un minivestido de color verde militar que oscila entre lo informal y lo elegante. Me peino el pelo castaño y lo llevo suelto, con sus ondas sobre los hombros. Con un poco de crema hidratante con color de Susie Girl, máscara de pestañas y un tinte labial, estoy lista para lo que me espera.

¡La guinda del pastel! La máscara de pestañas Susie Girl me da el toque que necesito. #colaboración #susietehacebrillar #chicasusie #ojossexis #simplementeskye

Estoy tentada de citarlo, de decirle a mis lectores que me estoy preparando para mi cita con @BradenBlackInc, pero no lo hago.

Esta noche es especial.

No quiero que haya nadie más que nosotros dos. Que no haya seguidores que quieran saberlo todo sobre nuestra noche.

Como si se lo fuera a contar de todos modos.

Me vibra el teléfono.

Eugenie Blake.

¿Por qué me llama Eugenie un sábado por la tarde?

Descuelgo la llamada.

—Skye al habla.

—Skye, soy Eugenie. Siento molestarte en fin de semana, pero acabo de leer tu correo electrónico y estoy encantada de que Braden y tú hayáis solucionado las cosas.

—Ah. —Por supuesto que sí—. Gracias. Yo también me alegro.

—Estoy segura de que ambos estáis encantados. Y ya que habéis vuelto a estar juntos, nos gustaría volver a hablar contigo sobre algunas incorporaciones a la campaña. Tus *hashtags* #susietehacebrillar y #simplementeskye están siendo muy populares entre nuestros clientes, así que vamos a crear otra campaña en torno a ellos.

—Eso es... muy generoso por vuestra parte, pero acabamos de hacer la campaña del rosa.

—No se trata tanto de una campaña como de un nuevo producto. Queremos aprovechar el hecho de que eres la chica de al lado. #simplementeskye es perfecto para eso. Tengo a Brian estudiando el papeleo para solicitar una marca registrada. Lo mismo para #susietehacebrillar.

—¿Quieres decir que quieres registrar las marcas #susietehacebrillar y #simplementeskye, aunque me las haya inventado?

—Bueno..., sí. Estamos dispuestos a invertir mucho dinero, así que por supuesto queremos tener las marcas registradas.

No sé qué decir. Ojalá Braden estuviera aquí.

—Necesito pensar en todo esto.

—¡Por supuesto! Solo quería que supieras lo emocionados que estamos por este nuevo paso. Y también lo contentos que estamos de que Braden y tú hayáis vuelto a estar juntos.

Sí. Por eso la llamada un sábado. Esto es algo que estaban pensando, pero no querían impulsarlo mientras yo no estuviera con Braden. Por si acaso eso afectaba a mi carrera de *influencer*.

De nuevo, Braden es la razón por la que estoy llegando a alguna parte.

Curiosamente, no me molesta tanto como antes. Como le dije a Tessa, una oportunidad es una oportunidad. Pero que Susanne registre las marcas de los *hashtags* que se me ocurren me molesta un poco.

Bueno..., mucho. Me molesta mucho.

No soy una genia creativa. Son *hashtags* de pocas palabras, después de todo. Pero aun así, son mis *hashtags* de pocas palabras. ¿No debería recibir algún tipo de crédito por eso?

Braden sabrá qué hacer. Le preguntaré a él primero.

—Gracias por llamar, Eugenie —contesto al final—. Como siempre, agradezco vuestra confianza en mí, y pensaré seriamente en todo esto.

—¡Maravilloso! ¿Cuándo estaréis Braden y tú de nuevo en Nueva York?

—No estoy... segura. —«Pero pronto, espero».

—Tenemos que volver a cenar. Vamos a recibir las muestras de los colores de uñas a finales de la semana que viene y nos encantaría que estuvieras aquí para la presentación.

—A mí también me gustaría. Hablaré con Braden sobre el viaje.

—Estaremos encantados de enviaros los billetes de avión a los dos.

—Estoy segura de que no es necesario. —Ella también lo sabe.

—Bueno, házmelo saber. Que tengas una noche maravillosa, Skye. ¡Y nos alegramos mucho de las buenas noticias!

Suena un golpe en la puerta cuando termino la llamada. Christopher es puntual, como siempre. Me meto el teléfono en el bolso.

—Ya voy, Christopher.

—¿Cómo se encuentra esta noche, señorita Manning? —me pregunta.

Le doy un golpe en el brazo.

—Es Skye. ¿Cuántas veces vamos a tener esta discusión?

Sonríe.

Nunca me había dado cuenta de lo guapo que es Christopher. Es alto, casi tanto como Braden, con el pelo rubio arena y los ojos color avellana. Unos bonitos labios carnosos y una complexión musculosa.

Otro candidato perfecto para Tessa.

Aunque estoy segura de que se decantaría por el multimillonario antes que por el chófer.

Pero tal vez no. Tessa me sorprende muy a menudo.

Sigo a Christopher hasta la calle, donde me ayuda a subir al Mercedes.

Y ese es mi último pensamiento sobre Tessa.

Solo Braden está en mi cabeza ahora.

Braden... y lo que nos espera.

37

—Estás muy guapa —dice Braden, una vez que Christopher y el resto de su personal se han esfumado.

—Gracias. Tú también.

Dios, está guapísimo. Lleva unos vaqueros desteñidos —ni siquiera sabía que Braden tuviera un par de vaqueros desteñidos— y una camisa azul claro. No lleva zapatos, tiene los pies descalzos. Así será más fácil quitarle los pantalones. Sonrío para mis adentros.

Tiene el pelo un poco húmedo, como si acabara de salir de la ducha. Vuelvo a sonreír.

—Pero con lo guapa que estás —dice mientras sus ojos arden—, vas a tener que quitarte la ropa.

Miro a mi alrededor. Estamos de pie en el centro del vestíbulo y, con el diseño abierto de Braden, prácticamente cualquiera que esté en el salón, la cocina o el comedor puede vernos.

—Solo te veré yo y nadie más —dice—. Ahora, haz lo que te digo.

Asiento con la cabeza, temblorosa, y me quito las sandalias. Deslizo los tirantes del vestido verde sobre mis hombros y me quito el vestido veraniego. Ahora solo llevo un sujetador sin tirantes y un tanga.

La mandíbula de Braden se tensa y un gruñido grave sale de su garganta.

—Todo.

Inhalo. Tomates. Albahaca. Ajo. Italiano. Tenemos comida italiana para cenar.

—¿Quieres que coma desnuda?

—Por supuesto —responde.

Separo los labios.

Él aspira una bocanada de aire.

—Esa boquita.

Siento un cosquilleo en todo el cuerpo, mis pezones se empujan contra el satén del sujetador. Alargo la mano, lo desabrocho y lo dejo caer al suelo.

Él vuelve a tomar aire.

—Joder. Tus tetas, Skye.

Deslizo el dedo bajo la diminuta cintura de mi tanga y me lo quito bajándolo por las caderas y el culo, dejándolo caer junto a mi sujetador.

No hay nadie aquí. Nadie excepto Braden y yo.

Pero cualquiera podría entrar.

La idea me excita. Me asusta. Me deslumbra.

—¿Supongo que tú sí te quedarás vestido? —le pregunto.

Sus labios tiemblan, como si quisiera sonreír, pero se contiene.

—Ya veremos. Sígueme.

Me apresuro a agarrar mi ropa, suponiendo que vamos al dormitorio, pero en lugar de eso me lleva a la cocina.

Vuelvo a inhalar. Sin duda es comida italiana.

—Apóyate en la isla —dice—. Coloca las palmas de las manos en la encimera.

Obedezco, dando una bocanada de aire ante la sensación del frío mármol sobre mi vientre. Pongo las palmas de las manos como me ha indicado.

Braden pasa sus cálidos dedos por los cachetes de mi culo.

—He esperado mucho tiempo para esto, Skye.

Oh. Dios. Mío. ¿Va a suceder ahora? ¿En la cocina? ¿Contra esta fría encimera de mármol?

Me tiemblan las piernas, a punto de ceder, pero me mantengo quieta, con las palmas de las manos apoyadas.

Mueve las manos entre el pliegue de mi culo, su calor es bienvenido, puesto que de repente me estoy congelando.

—¿Tienes tanta hambre como yo? —Su aliento se siente caliente contra mi cuello.

—Sí —contesto en voz baja.

—¿De comida? ¿O de algo más?

—¿Ambas? —Maldita sea esa inflexión—. Ambas cosas —vuelvo a decir, esta vez con firmeza.

—Entonces te voy a dar de comer —dice, su voz baja e hipnótica.

Asiento con la cabeza, mi cuerpo por fin se aclimata a la fría encimera.

—Pero primero...

—¡Ah! —Me sacudo cuando desliza su lengua entre mis nalgas.

—Tranquila. —Me agarra de las caderas—. Tengo que prepararte para lo que viene.

Sigue lamiéndome, con su lengua cálida y suave contra mi piel más íntima. La sensación es sublime y cierro los ojos, inclinándome hacia delante. Jadeo cuando mis pechos golpean el frío del mármol.

—Tranquila —dice de nuevo contra mi culo—. Qué culo más bonito, Skye. Me muero de ganas por follarte por aquí.

—¿Q-qué te detiene?

Me estremezco. ¿De verdad acabo de decir esas palabras?

Si se bajara los pantalones ahora mismo y empujara con fuerza dentro de mí, me lo tendría merecido.

—Tú —responde—. No estás preparada. Pero vas a estarlo. Ahora quédate quieta.

Pasan unos segundos y...

—¡Ah!

Me palpa con dedos resbaladizos. Lubricante. Como el que usó la última vez con el dilatador anal. Se siente agradable y suave.

—Voy a introducirte el dilatador —explica—. Lo vas a llevar durante la cena. Te ayudará para después.

Asiento con la cabeza.

El acero inoxidable está caliente esta vez. Debe de haberlo calentado con las manos. Ha sido un detalle por su parte. Me palpa la estrecha entrada.

—Relájate —dice Braden—. Inhala y luego exhala.

Lo hago, y mientras mi aliento sale por la nariz y la boca, él inserta el dilatador.

Estupendo. Esta vez apenas lo he sentido. Está claro que estoy preparada para esta noche.

Me levanta y me aleja de la encimera para acercarme a él.

—¿Sabes lo que me hará saber que llevas ese dilatador mientras cenamos?

—¿Lo mismo que te hizo durante tu reunión mientras yo estaba con Eugenie en Nueva York?

—Oh, no te haces idea. —Su voz tiene un tono áspero. Me da mucho morbo—. Ese día, todo lo que podía pensar era en ti sentada en Susanne Corporate con tu dulce culito lleno. Lleno con el dilatador que yo introduje allí. Todavía no sabías, pero yo sí, a dónde íbamos a ir esa noche. Estuve duro todo el día. Todo el puto día, Skye.

—Yo también lo estuve. —Dejo escapar una risita avergonzada—. Quiero decir, estuve excitada todo el día, durante mi reunión y todo eso.

—Lo sé. Ese era mi plan. Quiero que te excites mientras cenamos. —Me toma la mano y se la lleva a su erección, enorme y magnífica bajo sus vaqueros—. Ya estoy duro como una roca. Estoy listo para meterte la polla en ese pequeño y apretado culito tuyo.

Un suave gemido resuena en mi garganta.

—Pero primero vamos a comer. No comas demasiado. Quiero que tengas energía, pero que no te sientas llena. No quiero que te sientas incómoda de ninguna manera esta noche.

—Muy bien. Huele muy rico. ¿Qué vamos a cenar?

—Algo sencillo. Lasaña. Cada uno se comerá una pequeña cantidad, y habrá muchas sobras si tenemos hambre después. —Cierra un poco los ojos—. Tendrás hambre, Skye. Vas a gastar mucha energía esta noche.

Asiento con la cabeza, vacilante.

—Lo que quieras, Braden. Haré lo que tú digas.

—Marilyn hace una lasaña excelente.

—Estoy segura de que Marilyn hace todo excelente.

Me lleva al comedor, donde la mesa ya está puesta. Hay dos vasos de vino tinto junto a los platos, y la lasaña está cubierta. Un pan italiano con aceite de oliva para mojar y una pequeña ensalada verde.

Eso es todo.

Y es perfecto.

Braden me retira la silla y me siento, muy consciente de mi desnudez y aún más de la presión del dilatador en el culo. Tengo los pezones tiesos y turgentes, y no escapan a su mirada. «¿Vas a quitarte la ropa?».

Sin embargo, las palabras no salen de mis labios.

No se trata de lo que yo quiero.

Aunque, en cierto modo, sí.

Tanto Braden como Rosa me han enseñado eso. Yo también tengo poder en esta relación. Ahora mismo, estoy ejerciendo mi poder para no hablar. Para no preguntarle a Braden si está planeando deshacerse de su ropa. Porque al final no importa. En última instancia, vamos a terminar en el dormitorio donde él va a tomar mi virginidad anal.

El modo en el que lleguemos allí no es objeto de debate, y eso me parece bien.

Braden se sienta frente a mí y me sirve un pequeño trozo de lasaña. La ensalada ya está en el plato, y una rebanada de pan está en mi plato de pan. Luego se sirve él mismo.

Es una comida informal. Normalmente nos comemos primero la ensalada, pero esta noche nos servimos todo junto. Sonrío. Lo hace por mí. Para que me sienta cómoda. Aunque esté desnuda, hace la comida informal por mí.

—Come —dice desde el otro lado de la mesa.

Empiezo probando la ensalada. Está aliñada con una vinagreta de miel que despierta mis papilas gustativas. «Bien hecho, Marilyn». Pellizco un trozo de pan y lo mojo en el aceite de oliva. Más delicias y, de nuevo, mis papilas gustativas reaccionan al sabor. El aceite de oliva ha sido infusionado con algo picante, probablemente cayena o jalapeño con un toque de ajo.

Y después está la lasaña. La salsa es ácida con un toque picante debido de nuevo al pimiento picante. Algo que no esperaba. La comida de esta noche parece tener un tema. El picante.

Al igual que lo que va a suceder en la habitación.

Braden tenía razón en cuanto a lo de comer solo pequeñas cantidades. Demasiado picante podría causar malestar gástrico, lo que supondría un gran impedimento para la noche. Sin embargo, el sabor de la comida también mejorará lo que está por venir.

Ha pensado en todo.

Braden levanta su copa de vino.

—Por descubrir cosas.

Levanto mi copa y la choco contra la suya.

—Por descubrir cosas. —Luego bebo un sorbo. El vino complementa perfectamente la comida, como siempre. Su acidez y su picante lujurioso son perfectos.

—¿Qué vino es este? —pregunto.

—Es un Brunello di Montepulciano de Italia, elaborado con uva Sangiovese.

—Es maravilloso. Muy jugoso y picante. Perfecto para esta comida.

Asiente y toma otro sorbo.

—Come despacio. Solo nos vamos a tomar una copa de vino.

—De acuerdo.

Estoy muy preparada. Muy sumisa. Creo que podría decirme que haga cualquier cosa ahora mismo y lo haría.

La sumisión es una sensación maravillosa. Entregarme a otra persona en la que confío... Ni en un millón de años habría pensado que lo encontraría tan gratificante.

Tomo delicados bocados de mi comida. Me acabo toda la ensalada, la mayor parte del pan y la mitad de la lasaña.

Me doy toquecitos en los labios con la servilleta y la dejo a un lado del plato.

Braden me mira, con los ojos entrecerrados.

—¿Estás lista, Skye?

—Sí, Braden. Estoy lista.

38

Mis ojos se abren de par en par cuando entro en la habitación de Braden.

La luz de las velas emite un suave resplandor, y se me viene algo a la mente. Nunca antes había visto una vela en ninguna parte de la casa de Braden. Nunca. De hecho, en nuestra primera cena en Nueva York, le pidió al camarero que retirara la vela de la mesa.

Nunca lo pensé, pero ahora tiene mucho sentido para mí, sabiendo cómo el fuego devastó a su familia.

Esto es para mí. Me ha puesto la luz de las velas para que el ambiente sea romántico.

Y me enamoro aún más de él si cabe.

Me acaricia la mejilla.

—Estaba listo para tomar tu culo esa noche en el club, pero, pensándolo bien, me alegro de que no haya sucedido allí.

—Ah, ¿sí?

—Sí. —Me roza el labio inferior.

—¿Por qué?

—¿No es obvio? Aquí es donde debemos llevar a cabo ese acto íntimo por primera vez. Eso no quiere decir que no lo hagamos también en el club, pero para la primera vez, deberíamos estar aquí, en un entorno en el que te sientas más cómoda. Donde te sientas segura.

—Siempre me siento segura contigo, Braden.

—Lo sé. Creo que no estoy explicando muy bien lo que quiero decir. Permíteme que sea sincero. He cambiado de opinión. Quiero hacerlo aquí. En mi habitación. Quiero estar aquí porque esto es algo sumamente personal para mí. Personal y privado, y quiero que estemos solos.

—Pero Christopher y el resto del personal...

—No están aquí. Los he enviado a todos fuera durante el fin de semana. Volverán mañana por la tarde.

—¿Entonces quién me llevará a casa?

—Nadie. No vas a irte a casa este fin de semana, Skye. Te vas a quedar aquí. Conmigo.

Sonrío.

—Eso suena bien.

—Voy a cuidar de ti. Voy a hacer que esto sea bueno para ti de una manera que no pude en el club. Te mimaré.

Me caliento por todas partes y, a la luz de las velas, mis pechos brillan. Braden se da cuenta, baja la mirada y gime desde su pecho. El gruñido grave parece salir de él y entrar en mí, alojándose entre mis piernas. Me estremezco. Desnuda y temblorosa, con el culo listo para que me lo abra, me quite el dilatador y tomar todo lo que Braden pueda darme.

Estoy muy preparada. No quiero esperar más.

Pero este es el baile de Braden. Ambos nos movemos, pero es él el que está al mando.

Y eso me parece bien.

—He esperado mucho tiempo para esto —dice—, y vamos a hacerlo bien.

Estar aquí significa algo para él. Aquí, en su habitación de Boston, donde no hace las cosas en las que podría participar en el club.

Tan solo asiento con la cabeza.

—Lo que tú quieras es lo que yo quiero.

El gruñido bajo zumba desde su pecho hacia mí una vez más.

—Voy a atarte al cabecero como hemos hecho antes, boca arriba.

—¿Boca arriba?

—Oh, sí. Boca arriba. Quiero mirar tus cálidos ojos marrones cuando tome ese culo.

—Pero… yo he supuesto que…

—¿Que te tomaría por detrás? Ese era mi plan en el club, pero esto será mucho más íntimo. Además, tendrás que mirar. Quiero que estés totalmente absorta en la experiencia.

—¿Voy a usar todos mis sentidos esta noche?

—Sí, hasta el último. Esto es algo que no quiero que olvides nunca, Skye.

Sonrío.

—Nunca olvidaré nada de lo que hagamos juntos.

Sus labios se curvan hacia arriba.

—Definitivamente no vas a olvidar esto. Acuéstate en la cama.

Obedezco, empujando el dilatador del culo. No puedo evitar una suave risita.

Braden se dirige a su armario y saca las esposas de cuero que ya utilizó conmigo una vez. Me las pone en las muñecas y las sujeta a los peldaños del cabecero, dejándome solo una pequeña holgura. Aprieto con los puños la cuerda de cuero que sujeta las esposas al cabecero.

—¿Bien? —pregunta.

—Sí.

—Estupendo. No vas a poder tocarme, y eso es lo que quiero. Tienes que concentrar todos tus otros sentidos en lo que te estoy haciendo. ¿Puedes hacer eso por mí?

—Sí.

—Excelente. —Se desliza la lengua por el labio inferior, lo justo para ser muy sensual—. Estás deliciosa, Skye. Mejor que el más glorioso de los festines. Eres el único festín que quiero esta noche. Un festín para mis ojos, mis oídos, mi nariz, mis labios y mi lengua. —Inhala—. Estás mojada. Ya puedo oler tu almizcle. Es el perfume más dulce.

Levanto las caderas instintivamente, sus palabras me encienden. Estoy tan preparada para esto… Tan preparada para él…

—Tranquila —dice—. Estoy tan ansioso como tú, pero primero voy a disfrutar de cada bocado de mi festín. Empezando por esas deliciosas tetas tuyas.

Mis pezones se tensan hacia delante, como si escucharan sus palabras. Están tiesos y fruncidos, listos para sus labios, su lengua y sus dientes.

Braden se quita la camisa y yo aspiro, embriagada como siempre por sus hombros, su pecho y sus abdominales. A la luz de las velas es aún más llamativo.

A la luz de las velas.

Cera caliente.

La idea me intriga. ¿Lo haría si se lo pidiera? No le gusta nada que tenga que ver con el fuego, pero no es un límite absoluto.

Destierro con rapidez el pensamiento. Esta noche va de otra cosa. De algo que Braden y yo hemos estado esperando. Se ha tomado muchas molestias para que esto sea bueno para mí, y pienso disfrutar de cada segundo.

Se quita los vaqueros y los calzoncillos y su polla sobresale, iluminada por el suave resplandor de las velas. Está listo, sin duda. Tan listo como yo. Pero ya he visto esa mirada en sus ojos. No tendrá prisa.

Se une a mí en la cama y me besa con suavidad los labios, como las alas de una mariposa. Separo los labios, esperando más, pero él me recorre la mejilla y el lateral del cuello, poniéndome la piel de gallina. Sé hacia dónde se dirige, y mis pezones están más que preparados. Al fin, llega a la parte superior de mis pechos, lamiendo y besando la carne rosada. Me estremezco debajo de él, con los pezones preparados. Me acaricia los pechos con su cálida lengua y, justo cuando estoy a punto de gritarle que me chupe el pezón, por fin cierra los labios en torno a uno.

—Oh, Dios —gimo.

Es tan bueno... Tan condenadamente bueno... Estoy lista para abrir mis piernas y dejar que me saquee.

—Shh... —me dice contra el pezón—. No hables más.

Asiento, aunque él no puede verme la cabeza. No hablo más. A Braden no le gusta que hable cuando hacemos el amor. Excepto aquella vez en el hotel de Liberty, cuando suspendió sus reglas.

Me encantó esa experiencia con él y espero que volvamos a tenerla.

Pero ¿la verdad?

Me siento emocionada cuando me da órdenes. Más que emocionada. Cautivada. Algo en mí anhela su dominio, anhela obedecerle. Hacer el amor no está escrito en piedra. Es único para cada pareja, y Braden y yo tenemos nuestros propios gustos.

Todo ello me parece emocionante.

Me chupa un pezón mientras me pellizca el otro a un ritmo discordante que no puedo precisar. Justo cuando creo que voy a morir en el acto si no lo chupa más fuerte, parece leerme el pensamiento. Chupa más fuerte, pellizca más fuerte, y los dardos ardientes se disparan directamente a mi clítoris. El dilatador anal parece potenciar cada chispa que me llega, haciendo que todo sea más vibrante y más hermoso.

Todavía pellizcándome un pezón, Braden deja caer el otro de sus labios mientras besa la parte inferior de mi pecho y luego la parte superior de mi abdomen. La sensación me hace chisporrotear. Aunque mi pezón no llega a su boca, mi piel se estremece con cada una de sus caricias. Se está acercando. Se está acercando cada vez más al premio de esta noche.

Y yo no puedo esperar.

39

Los labios y la lengua de Braden tienen un objetivo, pero se está recreando. Va serpenteando, besando y chupando cada centímetro de mi piel mientras yo me retuerzo debajo de él, tratando de guiarlo a su destino.

Va despacio. Me hace desearlo aún más. Mi culo palpita junto con mi clítoris. Es una sensación extraña. Una sensación muy agradable. El sexo anal. Lo prohibido. El tabú.

Es curioso cómo todavía pienso en ello en esos términos. Casi todo lo que Braden y yo hacemos juntos es considerado tabú por la mayoría. ¿Para mí? Es tener intimidad con el hombre al que amo, y es completamente normal. Estoy justo donde debo estar.

Nuestras almas se unieron, y nuestros corazones fueron detrás.

Y ahora sus labios están siguiendo un camino que ambos queremos.

Finalmente besa la parte superior de mi pubis, un gemido emana de su garganta.

—Voy a echar de menos este dulce coñito esta noche, nena.

Suspiro ante sus palabras. Nunca había usado «coñito» antes, y lo sucio que suena me pone más cachonda.

—Me ocuparé bien de él por la mañana, pero por ahora... —Empuja mis muslos hacia delante y me saca con cuidado el dilatador anal—. Precioso. Dilatado y perfecto.

Gimo y tiro instintivamente de mis ataduras. Dios, si pudiera tocarlo. Su piel caliente, su pelo sedoso, su polla dura.

Pero no puedo. Estoy atada para su placer.

Y para el mío propio.

Me recorre el agujero con el dedo, con la respiración entrecortada. Luego se pone un poco de lubricante en la palma de la mano y lo frota sobre mí.

El lubricante está caliente. Lo ha calentado con la mano.

Para mí.

—Voy a follarte ahora, Skye. Esto es mío. Solo mío.

La cabeza de su polla se acerca a mí.

—Relájate —dice, con su voz oscura—. Puede que te duela al principio, y tienes permiso para hablar si te resulta demasiado.

Asiento con la cabeza, pero ya sé que no lo detendré, aunque el dolor sea insoportable. Quiero hacer esto por él.

Por nosotros.

Respiro. Inhalo. Exhalo. Inhalo. Exhalo. Soy muy consciente de mi respiración mientras espero que entre en mí.

Entonces, jadeo cuando penetra mi apretada entrada. Me muerdo el labio para no gritar. Me atraviesa un dolor agudo.

Puedo decirle que pare. Puedo terminar con esto ahora.

Pero no lo hago.

Suelto un suspiro, obligando a que mis músculos se relajen.

—Ya está —dice—. Voy a entrar hasta el fondo.

Asiento con la cabeza, y él embiste con rapidez. Está completamente incrustado en mí, y estoy tan llena... Tan tan llena...

Sí, el dolor sigue ahí, pero ya no me importa. De hecho, lo agradezco. Esta es la última muestra de confianza entre Braden y yo. Me encanta.

—Ahora voy a sacártela —dice.

Un gemido sale de mi garganta, pero pronto me doy cuenta de que no quiere decir que la va a sacar del todo. Solo saca hasta la punta y luego vuelve a meterla poco a poco.

Y vuelvo a estar llena. Completa de una forma nueva, una forma que nos une a Braden y a mí aún más profundamente de lo que estábamos antes.

Una capa de sudor brilla en su frente. Está haciendo un esfuerzo inhumano. Se está conteniendo. Quiere follarme. Quiere follarme con fuerza.

Deseo abrir la boca y decirle que lo haga, pero me está prohibido hablar.

—Tu coño está reluciente, Skye. —Me agarra de las caderas, pero luego desliza una mano por mi centro y mete un dedo en mi interior—. Está tan mojado... —Después desliza sus dedos sobre mi clítoris.

Jadeo, todo mi cuerpo se estremece.

—Me encanta cómo respondes a mí. Tan mojada, tan rosada y tan bonita.... u culo se siente tan bien alrededor de mi polla.... Voy a follarte ahora. Y no voy a poder ir despacio.

Asiento una vez más, y él se sumerge dentro de mí.

Es tan invasivo.... Está tocando una parte de mí que nadie había tocado antes, y aunque siento dolor, también siento placer. Un placer intenso que proviene del dolor, pero también de la cercanía. De la intimidad y de la confianza.

Braden sigue estimulándome el clítoris mientras me folla, y una nueva sensación me envuelve.

Lo prohibido. Lo tabú. Como la fruta que tentó a Eva. Es la oscuridad del acto. La oscuridad junto con la confianza y la intimidad. Le doy la bienvenida al dolor. Le doy la bienvenida al placer.

Me convierto en el dolor.

Me convierto en el placer.

La estimulación de Braden en mi clítoris me lleva a la cima. El clímax está en el horizonte. Un nuevo tipo de clímax.

Y, madre mía, no empieza en mi clítoris, sino en mi culo.

Entonces estoy corriendo, gritando, acelerando hacia el precipicio mientras él embiste, embiste, embiste...

Y me hago polvo. Me rompo. Me derrumbo, joder. Y todo el tiempo sigue embistiendo, invadiendo mi cuerpo, su polla llenándome. Cierro los ojos y solo veo destellos de luz y de color: el placer y la emoción se transforman en visiones psicodélicas tras el velo de mi mente.

Que me quede callada es un misterio. «¡Te quiero, Braden! ¡Te quiero, Braden!». ¿Son palabras o pensamientos?

No lo sé.

Y tampoco me importa.

Braden aspira una bocanada de aire.

—Joder, Skye, estás tan caliente... Qué bien se siente.

«Embiste. Embiste. Embiste».

Y luego se sumerge una vez más, muy profundamente dentro de mí, y siento cada contracción de su liberación.

Todas y cada una de ellas.

Abro los ojos cuando mis propias oleadas del clímax comienzan a disminuir. Braden tiene los ojos cerrados y me agarra con fuerza de las caderas. Tendré marcas. Unas marcas rojas preciosas.

Durante un momento eterno, permanecemos juntos entrelazados. Como un solo ser. Un corazón. Un alma.

Hasta que abre los ojos y se separa de mí.

—Quédate ahí —dice—. Ahora vuelvo.

Cierro los ojos una vez más, y un minuto después, un calor se desliza por mi culo. Abro los ojos. Braden me está limpiando con una toallita caliente.

Dios mío, cómo me encanta este hombre.

—Ya puedes hablar. —Su voz es ronca, oscura, saciada.

Abro la boca, pero lo único que sale es un suave suspiro.

—Dime lo que estás pensando —dice.

—Que ha sido... Ha sido... —Las palabras flotan en mi cabeza mientras busco la correcta—. Increíble.

—Para mí también. Quiero ser el único hombre que entre en ese culo, Skye. El único hombre.

«Por mí, estupendo». Aunque no lo digo en voz alta. ¿Me está diciendo que tenemos un futuro? ¿Un futuro de verdad, que incluya matrimonio, hijos y toda la parafernalia de la casita con jardín?

No me atrevo a tener esperanzas.

Se levanta de nuevo de la cama y me suelta las ataduras. Me froto las muñecas con distracción.

—¿Estás bien? ¿Te has hecho alguna rozadura?

—No.

—¿Y qué tal los brazos? ¿Te duelen por el estiramiento?

—No —vuelvo a decir.

—Bien. —Una pausa mientras me recorre con su mirada—. Te quiero, Skye.

—Yo también te quiero, Braden. Mucho.

—Gracias por compartir esa parte de ti conmigo.

Gracias. Ha dicho «gracias».

Me siento honrada de una manera nueva. Me está dando las gracias.

—Gracias a ti también —digo—. Gracias por todo, Braden.

40

Braden se levanta una vez más y apaga todas las velas. Ahora la única luz visible es la que brilla desde el puerto de Boston a través de sus enormes ventanales.

El aroma de la cera de las velas viene hacia mí.

—¿Braden?

—¿Sí?

—¿Por qué jugar con velas no es un límite absoluto para ti?

—Porque soy muy cuidadoso. No es un juego al que me dedique con frecuencia.

—Pero no lo permites en el club.

—No permito que se juegue con fuego en el club. Porque puede provocar daños importantes si no se hacen como es debido. Ninguna póliza de seguro lo cubriría.

—¿Es diferente el juego con fuego al juego con velas?

—En mi opinión, sí. Las velas cónicas hechas con cera de soja, que no arde tanto como la parafina o la cera de abeja, no suponen un gran riesgo si se manejan como es debido.

—¿Lo harías, entonces?

—¿Que si haría el qué?

—¿Lo harías por mí?

Arquea las cejas.

—¿Te interesa el juego con velas?

—La idea de la cera caliente sobre mis pezones me excita.

—Muy bien, Skye. Por ti. Lo haré por ti.

—Pero no aquí —le comento—. En el club.

—Estoy de acuerdo. Mi habitación no está preparada para jugar con velas.

Le sonrío.

—Nunca había visto una vela aquí antes de esta noche.

—Las he comprado especialmente para ti. Para darte el ambiente romántico que te mereces.

—Y ha sido perfecto, Braden. Todo ha sido absolutamente perfecto.

—Sí, lo ha sido. Tú también te has portado como una campeona. Sé que has experimentado algo de dolor, pero te has relajado y lo has superado.

—Un poco. Quiero decir, sí, ha sido doloroso. Bastante agudo al principio, pero... no sé. El dolor siempre ha estado ahí, pero se ha convertido en placer. Algo así como cuando me azotaste. Ha sido perfecto aún con dolor. Si es que eso tiene algún sentido.

—Te gusta el dolor —afirma.

—No. En realidad, no. No soy masoquista. Pero me gusta el dolor cuando me acerca a ti.

No hay palabras más ciertas.

—¿Cuándo volveremos a Nueva York? —le pregunto.

—No lo sé. Quiero darte algo de tiempo para que sigas trabajando en las cosas antes de que volvamos al club.

—Ah, ni siquiera estaba hablando del club. Eugenie quiere volver a reunirse conmigo para hablar de una nueva campaña en redes sociales en torno a algunos de mis *hashtags*. Necesito hablar contigo sobre... —Suelto un bostezo.

—Estás agotada y yo también, la verdad. Puedes contarme todo sobre la nueva idea de Eugenie mañana por la mañana. Después de tomar un baño en la bañera.

—¿Un baño?

Asiente con la cabeza.

—Un remojón te ayudará a aliviar el dolor.

—No me duele ahí abajo. De verdad.

—Ahora no. Todavía estás con el subidón del orgasmo. Estarás adolorida por la mañana. Confía en mí. —Roza sus labios sobre los míos—. Ahora vete a dormir.

—Mmm. Está bien. —Cierro los ojos...

Solo para abrirlos de nuevo cuando me vibra el teléfono.

—Ignóralo —dice Braden.

—¡Ja! Sabes que no puedo hacer eso más que tú.

Se ríe.

—Lo sé.

Saco el teléfono del bolso, que está en la mesita de noche. Tessa. ¿A estas horas?

—Hola, Tess —digo al teléfono, reprimiendo otro bostezo.

—¿Skye? —Su voz es inusualmente alta y chillona.

—Dime. ¿Estás bien?

—Ni siquiera un poco. —Ahoga un sollozo y luego estornuda.

Me levanto de golpe, con los ojos muy abiertos.

—¿Qué ocurre? ¿Por qué estás llorando?

—Malditas sean estas alergias —responde—. Te necesito. Por favor.

—Vale, vale. Cálmate. ¿Qué necesitas?

—Es Garrett. Yo... me he acostado con él.

—Vale.

—¿Por qué no has podido venir a cenar con nosotros? Sabías lo que iba a pasar.

—Tess, yo...

—Te necesitaba esta noche.

—Vale, vale. Cálmate. —Todo esto es muy poco típico de Tessa. Debe de haberlo pasado mal con Garrett. Y yo soy su mejor amiga. Debería saberlo.

—¿Dónde estás? Iré a verte.

—En mi casa. Se ha ido, Skye. Me ha follado y luego se ha ido.

—¿Le has pedido que se quedara?

—Sí. Ha dicho que tenía una reunión mañana por la mañana temprano. Pero mañana es domingo. Ha mentido para no pasar la noche conmigo. ¿Cómo he podido ser tan estúpida como para dejar que se meta en mi cama otra vez?

De nuevo, esto no es para nada propio de Tessa.

—¿Estás bebiendo?

Moquea.

—Un poco.

Mierda. La última vez tomó éxtasis.

—Dime que no has tomado nada más. Por favor.

—No. Todavía no. Pero estoy hecha polvo. ¿Puedes venir?

Estoy cansadísima, pero...

—Sí. Claro.

Odio la idea de dejar la cama de Braden, pero no voy a defraudar a mi mejor amiga. Ya lo he estado haciendo lo suficiente últimamente.

Pero es extraño. Tessa no se molesta tanto por los hombres. ¿Qué pasa con Garrett? Cuando le rompió el corazón la primera vez, se drogó, por el amor de Dios. Tengo que asegurarme de que no vuelva a tomar ese camino. O ella lo está pasando supermal por ese tipo o... algo más está pasando. Algo que sabría si no hubiéramos estado discutiendo.

—Estaré allí tan pronto como pueda. Espérame, ¿vale?

—Gracias, Skye.

—No hace falta que me des las gracias. Contrólate y pronto estaré allí. —Meto el teléfono en el bolso—. Braden, tengo que irme. Tessa está mal.

—Te llevo en coche.

—No tienes por qué hacerlo. Llamaré a un Uber. Además, le has dado la noche libre a Christopher.

—Sé conducir, ¿sabes?

Sonrío débilmente.

—Gracias. Esto significa mucho para mí. Lo siento mucho. Después de nuestra maravillosa noche.

Braden se viste y yo me dirijo a mi habitación y busco algo más cómodo que el vestido de tubo verde con el que vine. Una cómoda camiseta de algodón y un pantalón de chándal de lana son perfectos. Cuando bajo, Braden me está esperando en el ascensor.

Quince minutos más tarde, paramos frente al edificio de Tessa.

—Será mejor que te vayas a casa —le digo—. Debería quedarme con ella esta noche.

Asiente.

—Te acompañaré. Es tarde.

Le beso la mejilla.

—Estaré bien.

—Te voy a acompañar, Skye. No hay discusión. —Se baja del coche y me abre la puerta del copiloto.

Unos minutos después, llamo a la puerta de Tessa. La abre, con la cara llena de lágrimas y los ojos... extraños, como si uno estuviera mirando para otro lado o algo así, pero no del todo.

De nuevo, no es Tessa. Le gusta Garrett, pero no se derrumba por los hombres.

—Hola —dice con un hilo de voz—. Hola, Braden.

—Hola, Tessa. —Entra directamente en su apartamento, tomando el mando—. ¿Qué podemos hacer por ti?

Mierda. Justo lo que Tessa no necesita ahora. A Braden Black intentando arreglar las cosas. Él encuentra soluciones, pero Tessa no quiere una solución. Quiere llorar en el hombro de su mejor amiga.

—Braden... —empiezo.

—¿Has comido? —pregunta.

—He cenado con Garrett.

Agarra una botella de vodka casi vacía.

—¿Cuánto has tomado de esto?

—Braden... —Lo intento de nuevo.

—Unos cuantos chupitos —responde Tessa.

Agarro el brazo de Braden y lo dirijo hacia la puerta.

—No necesita ser interrogada —susurro—. Por favor, vete y ya está.

Me acaricia la mejilla.

—Llámame si necesitas algo.

—Vale. —Cierro la puerta y me vuelvo hacia Tessa—. Lo siento por eso.

—No pasa nada. Siento haberte arruinado la noche.

—No lo has hecho. —Me gustaría estar tumbada en la cama con Braden, pero hemos cumplido la tarea de esta noche. Dejo escapar una carcajada. La tarea de esta noche.

Y ahora estoy empezando a sentir ese dolor del que me advirtió Braden.

Pero bueno, Tessa me necesita, así que mi culo dolorido puede esperar.

Me siento en el sofá y doy una palmadita en el asiento de al lado.

—Vamos. Suéltalo.

Suspira.

—Es una estupidez. He ido y me he enamorado de un imbécil.

—Eso no es una estupidez.

—¿Por qué no he podido conocer a un hombre como Braden? Te trata con mucho respeto y amor.

—¿Te has olvidado de que me dejó hace un par de semanas?

—No. Pero las cosas ahora parecen estar bien.

—Van bien, pero nos ha costado mucho trabajo a los dos. Incluso he empezado a ir a terapia para llegar al fondo de todo.

—Lo sé. —Sacude la cabeza—. Supongo que quiero más de lo que Garrett quiere dar ahora mismo.

—Así que no estáis en el mismo punto. Eso no tiene por qué ser algo malo. Él ha vuelto a ti y está dispuesto a estar solo contigo.

—Bueno, eso es lo que me ha dicho.

—¿Crees que te está mintiendo? —le pregunto.

—No lo sé. Podría ser. Después de todo, ha mentido sobre lo de tener una reunión mañana temprano.

—¿Estás segura?

—Es domingo, Skye.

—Braden tiene reuniones de madrugada a veces. Una vez volamos a Nueva York un domingo por la mañana temprano para que pudiera gestionar algún tipo de contrato en China.

Hago una pequeña mueca. Ese viaje me costó perder a Tessa. Estaba tan absorta en Braden y en mi entrevista con Susanne Cosmetics que me olvidé de llamarla para cancelar nuestra quedada para ir de compras.

Sin embargo, no saca ese tema, gracias a Dios. En su lugar, dice:

—Garrett Ramírez no es Braden Black. Es arquitecto.

—Puede que tal vez se haya reunido para desayunar con su jefe. O que haya quedado para jugar al ráquetbol o algo así.

—Entonces eso es lo que me debería haber dicho. Pero lo que en realidad me ha dicho ha sido: «Tengo una reunión mañana temprano».

Compruebo mi reloj. Es más de medianoche.

—Es demasiado tarde para pedir *pizza.* ¿Qué tal si voy a la tienda de en frente y compro unas tarrinas de Ben & Jerry's?

Sonríe.

—¿En serio?

—Por supuesto. Siempre y cuando me prometas que no vas a beber más. El alcohol no resuelve nada.

—Lo sé. Lo sé.

—Eso no es propio de ti, Tessa.

Vuelve a suspirar.

—¿De verdad estás enamorada?

—Creo que sí. Pero me he dado cuenta de que lo conozco desde hace poco tiempo.

—Lo conoces desde que yo conozco a Braden, y nosotros estamos enamorados. A veces simplemente lo sabes. —No puedo evitar una sonrisa.

—Y a veces una persona siente algo que la otra no siente.

—Tessa, eres un buen partido. Ambas lo sabemos y Garrett también.

—No estoy segura de que lo sepa.

—Entonces no merece la pena, la verdad. —Agarro el bolso—. Vuelvo en un momento. Tira el resto de eso. —Señalo con la cabeza la botella de vodka.

—Sí, señora.

Sonrío y salgo del edificio. No me gusta salir sola por la noche, pero la tienda está justo en frente del edificio de Tessa. Vamos allí cada dos por tres. Si Braden supiera que salgo sola después de medianoche, se enfadaría muchísimo.

Entro en la tienda y me dirijo a la sección de congelados. Solo hay dos opciones. Chunky Monkey y Cherry Garcia. Hoy es más bien una noche de chocolaterapia, pero cuando la necesidad aprieta... Tomo una tarrina de cada uno y me dirijo a la caja...

Addison Ames se encuentra allí.

Casi se me caen las dos tarrinas.

¿Le digo algo? Todavía no me ha visto. Puedo volver a poner el helado en su sitio y salir a escondidas.

¡A la mierda!

Mantengo la cabeza alta y me contoneo detrás de ella.

—Buenas tardes, Addie.

Se gira y estrecha los ojos. Parece extrañamente poco sorprendida de verme.

—Querrás decir «buenas noches», ¿no?

Sí, tiene razón. Es más de medianoche.

Mira mi compra.

—¿Problemas en el paraíso?

—¿Por qué piensas eso?

—Parece que te vas a dar un atracón de helado.

—Tal vez nos lo comamos el uno del otro.

Se burla.

—¿Braden jugando con helado? Ni hablar. Además, no estamos cerca de tu casa ni de la suya. Pero buen intento.

«Para tu información, zorra, Braden ha lamido *mousse* de chocolate y *crème brûlée* de cada centímetro de mi cuerpo».

Pero las palabras no me salen. Por mucho que me guste burlarme de Addie, no me atrevo a hacerlo.

Es curioso, ella está comprando un paquete de cigarrillos.

—No sabía que te habías echado al hábito de la nicotina —comento.

—No son para mí. Son para mi hermana. Se va a quedar conmigo un tiempo.

—¿Apple?

—La única hermana que tengo.

Apple, que no bebe y que considera su cuerpo un templo. Que tampoco soporta a Addie. No me lo creo.

—¿Por qué se va a quedar contigo?

—Está redecorando su casa. Al parecer, está pagando alguna cantidad impía de dinero para que parezca un basurero de los setenta.

¿Una cantidad impía? Eso tampoco suena a Apple. Aunque, claro, solo he pasado una hora con ella.

Addie paga los cigarrillos y luego espera mientras yo pago mi helado.

—¿No tienes que ir a algún sitio? —pregunto.

—La verdad es que no. Apple puede esperar unos minutos sus cigarrillos.

—¿Sabes qué es interesante? —le digo—. Tampoco estamos cerca de tu casa. Y la última vez que vi a Apple, no fumaba.

—¿Cuándo coño has visto tú a Apple?

—Bueno, eso no es asunto tuyo —le respondo.

—¡Y una mierda que no! ¿Qué te ha contado Apple?

Arqueo una ceja.

—¿Te ocurre algo, Addie?

Baja los párpados ligeramente, casi batiéndolos por un segundo.

—Por supuesto que no.

—¿En serio? Porque creo que esos cigarrillos no son para Apple. ¿Cuándo has empezado a fumar?

Se mofa.

—Yo no fumo.

—Y además, ¿cuándo has empezado a deambular por esta parte de la ciudad? —Se me enciende una bombilla en la cabeza—. ¿A quién de nosotros estás siguiendo, Addie? ¿A Braden o a mí?

—No tengo por qué quedarme aquí y escuchar estas cosas. —Se va corriendo, dirigiéndose a Dios sabe dónde. No veo su coche por ninguna parte. Esta es una zona decente, pero ninguna mujer debería pasear sola después de medianoche.

—Pues muy bien —murmuro. Tomo mi helado y vuelvo a casa de Tessa.

Una vez allí, llamo a la puerta.

No hay respuesta.

—¿Tess? —la llamo, tratando de no gritar demasiado. Es más de medianoche.

No contesta, así que giro el pomo. Está abierta. No ha cerrado después de que me haya ido, lo que no es propio de ella.

No es propio de Tessa en absoluto. ¿Qué cojones está pasando?

Entro.

—Tess, he vuelto.

Debe de estar en el baño. Giro el pomo de la puerta y...

—¡Oh, Dios mío!

41

El cuerpo de Tessa está desplomado sobre la taza del baño, que está llena de vómito. Tal vez eso es lo que necesitaba.

—Tess, arriba. —Le muevo el hombro.

No se mueve.

—¡Tessa! ¡Arriba!

—¿Qué ocurre?

Doy un respingo al escuchar la voz.

Addison Ames está de pie en la puerta del baño de Tessa.

—¿Cómo cojones has entrado aquí?

—De la misma manera que tú. Por la puerta.

—¿Por qué coño estás...? Oh, joder. No importa. Ayúdame a sacarla de aquí.

Para mi sorpresa, Addie me ayuda a arrastrar a Tessa fuera del baño.

—Está inconsciente —dice Addie.

—Gracias por decir lo obvio. —Le doy una palmadita en la mejilla a Tessa—. Tessa, vamos. Soy Skye. Despierta.

El corazón me late desbocado mientras el miedo se instala. ¿Por qué no responde?

¿Ha tomado más drogas? ¿Había drogas en la casa? Joder.

—Llama al 911 —le digo a Addie.

—Solo está borracha.

—Por el amor de Dios. —Suelto a Tessa un momento para alcanzar mi bolso y tomar el teléfono. Me apresuro a marcar el 911 y explico la situación—. Por favor, dense prisa —ruego antes de colgar la llamada. Después llamo a Braden—. Hola —digo cuando responde—. Tessa se ha desmayado y temo que se haya drogado o algo así.

—Voy para allá.

—Puede que no esté aquí. Hemos llamado al 911.

—¿Hemos? ¿Quiénes habéis llamado?

Mierda.

—Addie. Es una larga historia. Te la contaré cuando llegues.

—¿Addie? —casi gruñe—. Tendría que haberlo sabido.

—¿Saber el qué?

—No puedo explicártelo ahora. Me dirijo a casa de Tessa. Si la ambulancia llega antes que yo, mándame un mensaje de texto con la dirección a la que vais.

Asiento al teléfono. Él no puede verme, pero no puedo pensar en eso ahora. ¿Sabía que Addie estaba aquí?

¿Pero a quién le importa? Tessa está inconsciente y no tengo ni idea de lo que se ha tomado.

Me vuelvo hacia Addie.

—¿Qué hago? ¿Y si tiene una sobredosis?

—¿Quieres decir que Braden no tenía todas las respuestas? —dice ella con sarcasmo.

—Basta. Basta ya. Esta mujer está inconsciente. ¿Qué hago?

—¿Qué te hace pensar que yo lo sé?

—Eres rica. Lo más seguro es que hayas experimentado con drogas.

—Apple lo ha hecho. No yo.

—Entonces llama a Apple. Por favor. No sé qué hacer.

Asiente y toma su teléfono. Unos segundos después:

—Apple dice que compruebes si tiene pulso.

Buen consejo. ¿Por qué no se me ocurrió a mí? Coloco mis dedos en el cuello de Tessa. Es débil, pero está ahí.

—Sí, tiene pulso.

—Está viva —dice Addie al teléfono—. ¿Y ahora qué?

Pausa.

—Dice que nos aseguremos de que esté tumbada de lado por si vomita.

—Ya ha vomitado.

—No importa. Podría volver a hacerlo.

—Entendido. —Pongo a Tessa de lado—. ¿Y ahora qué?

—Despéjale la boca.

Echo un vistazo rápido.

—Está despejada.

Addie escucha con atención con su teléfono en la oreja. Entonces:

—Eso es todo lo que sabe Apple. Tenemos que esperar a los paramédicos.

Asiento con la cabeza.

—Dale las gracias.

Me siento, con la mano de Tessa en la mía, realmente agradecida de que Addie esté aquí. Tener otra persona consciente me ayuda, aunque sea Addison Ames. Todavía no sé por qué está aquí. Braden no parecía sorprendido, pero eso no me importa ahora mismo.

Cada segundo transcurre como si fuera una hora. Solo han pasado diez minutos desde que llamé al 911, pero cada momento es un momento menos que tiene Tessa.

—Addie, mira a tu alrededor —digo, con mi otra mano alojada en el cuello de Tessa sobre su carótida—. Mira si puedes encontrar evidencia de drogas. Tenemos que ser capaces de decirle a los paramédicos lo que se ha tomado.

Addie asiente, su palidez es dos tonos más clara de lo normal.

¿Está tan asustada como yo? Ni siquiera conoce a Tessa.

—No veo nada. No hay frascos de pastillas. Ninguna jeringuilla. Solo esta botella vacía de vodka.

—Eso ya se lo había bebido antes. Algo ha pasado mientras salía a buscar helado. ¡Joder!

Entonces escucho un duro golpe en la puerta que casi me sube el corazón a la garganta.

Addie abre la puerta y deja entrar a los paramédicos. Se apresuran a acercarse a Tessa.

—¿Qué ha pasado? —nos pregunta uno de ellos.

—Estaba bebiendo y ahora no puedo despertarla. Puede que se haya drogado, pero no encontramos ninguna prueba.

—De acuerdo. Su pulso es lento, pero está ahí. ¿Hace deporte?

—¿De manera profesional? No. Pero está en buena forma. Hace yoga y corre.

—¿Qué edad tiene?

—Veinticinco años.

Los paramédicos ponen a Tessa en una camilla.

—¿A dónde la llevan? —pregunto—. ¿Puedo ir en la ambulancia?

—Al Mass General. ¿Eres de la familia?

—Una amiga.

—Supongo que sí, si no hay nadie más.

—Yo la llevaré.

Se me derrite el corazón.

La voz de Braden. Él está aquí. Todo saldrá bien ahora.

—De acuerdo. Haremos todo lo que podamos por tu amiga.

Asiento con la cabeza y trago:

—Gracias.

—¿Qué estás haciendo tú aquí? —le pregunta Braden a Addie.

Addie no responde.

—No pasa nada —le digo—. En realidad me ha ayudado.

—Ya estoy yo aquí —le dice a Addie—. No te vayas. Llamaré a un taxi desde mi coche para que te lleve a casa.

Ella asiente nerviosa. Esto parece haberle afectado. No estoy segura de por qué, pero ahora mismo estoy concentrada en Tessa.

No hablo mientras Braden me ayuda a subir al coche.

No hablo cuando llama a un taxi para Addie.

No hablo durante el resto del camino hasta el Mass General.

No hablo cuando le entrega las llaves al aparcacoches y entramos en urgencias.

Los padres de Tessa. Tengo que llamarlos. ¿Qué les digo? ¿Y si de verdad se estaba drogando?

Braden se dirige con confianza a la recepción.

—Acaban de traer a Tessa Logan. ¿Cómo está?

—¿Es usted un miembro de la familia?

—Soy Braden Black. Mi novia es la mejor amiga de Tessa. Ella es la que llamó al 911.

—Lo siento, señor Black, pero no puedo darle ninguna información de la paciente a menos que sea un miembro de la familia.

Casi espero que Braden saque un par de billetes de cien dólares, pero ese no es su estilo. Sigue las reglas, aunque sabe que daría mi brazo izquierdo por saber qué pasa con Tessa.

Vuelve junto a mí y se sienta.

—Tengo que llamar a sus padres —digo aturdida.

Asiente con la cabeza.

—¿Quieres decir que no lo has hecho ya?

—No. Yo... no podía pensar. No tengo ni idea de qué voy a decirles.

Me quita el teléfono.

—¿Cuál es el número?

—Está guardado en mis contactos con el nombre de Dan y Carlotta Logan.

Braden tiene el control, como siempre. Encuentra el contacto y pulsa llamar.

—Hola, ¿señor Logan? Me disculpo por llamar a estas horas. Me llamo Braden Black y mi novia es Skye Manning. Siento decirle que su hija Tessa ha sido ingresada en urgencias en el Mass General.

Pausa.

—Estaba bebiendo y Skye la ha encontrado desmayada y no ha podido despertarla. Eso es todo lo que sé porque no dan ninguna información a los que no son familiares.

Pausa.

—No hay problema. Siento ser el portador de malas noticias. Nos veremos pronto. —Se vuelve hacia mí—. Ya vienen de camino.

Asiento. Al menos, pronto tendremos algunas respuestas.

Solo espero que sean las correctas.

42

Dan y Carlotta llegan en veinte minutos. Van directos a recepción y no nos dicen nada. No es que los culpe. Su niña está allí y, por lo que saben, puede haber tenido una sobredosis.

¡Joder!

Garrett Ramírez no vale tanto como para esto.

¿Qué poder tiene sobre ella?

Mierda. Debería llamar a Betsy. Pero no hasta que tenga noticias de Tessa.

Una enfermera sale y habla con Dan y Carlotta. Al fin, se dirigen a Braden y a mí.

No me atrevo a hablar.

—Hola, Skye —me saluda Carlotta—. Me alegro de que la hayas encontrado.

Todavía no puedo hablar.

Braden se pone de pie.

—Soy Braden Black. ¿Cómo está Tessa?

—Se va a poner bien —contesta Carlotta—. Le están haciendo un lavado de estómago.

Entonces sí que han sido drogas. Maldita sea.

—¿Tan pronto? —pregunta Braden.

—Es una medida preventiva —responde Dan—. No tendrán el informe del laboratorio de toxicología hasta dentro de una hora más o menos.

Braden asiente.

—Ya veo.

—Vosotros podéis iros a casa —continúa Dan—. Te llamaremos cuando sepamos algo más, Skye.

—¿Skye? —me pregunta Braden.

—Quiero quedarme —replico al fin.

—Está bien. —Braden vuelve a su asiento—. ¿Hay algo que pueda hacer por alguno de ustedes?

—Un café estaría bien —responde Carlotta—. Gracias, señor Black.

Braden me agarra de la mano y me levanta de la silla. Supongo que me voy con él. No hay nada abierto en el hospital, claro, así que nos dirigimos a una tienda cercana. Braden toma dos cafés.

—¿Quieres algo? —me pregunta.

Sacudo la cabeza.

—Debería estar allí.

—Necesitaban algo de tiempo para asumir lo que acaban de descubrir.

—¿Por eso me has obligado a venir?

—Sí, y porque necesitabas alejarte.

No respondo.

—Esto no ha sido culpa tuya, Skye.

—Me pidió que cenara con Garrett y con ella esta noche. Le dije que no, porque tú y yo teníamos planes. Sabía que íbamos a... Y lo estaba deseando. Lo deseaba muchísimo.

—¿Por qué no me llamaste? Lo habría entendido.

—Lo sé. Pero no quería cancelar nuestra cita. Quería... ¡Joder! ¡Qué egoísta soy!

—No es egoísta negarse a cancelar un compromiso anterior, Skye. Tú y yo lo sabemos. Tessa es adulta. Es responsable de sus propios actos.

Tiene razón. Por supuesto que sé que tiene razón. Pero después de que Tessa y yo nos reconciliáramos, debería haber estado ahí para ella. Debería haberla priorizado.

En cambio, he priorizado a Braden. Me he priorizado a mí misma. No creo que me lo perdone nunca.

Unas horas más tarde, una joven doctora llega a la sala de espera y se acerca a los Logan.

—Soy la doctora Mary Hedstrom. Tengo buenas noticias. Tessa se va a poner bien.

El peso que tengo sobre los hombros disminuye. Mi culpabilidad no lo hace, pero al menos Tessa está bien. Eso es lo más importante.

—¿Podría hablar con ustedes en privado? —pregunta la doctora Hedstrom.

—Claro —contesta Dan—. Skye es la mejor amiga de Tessa, y el señor Black es el... caballero amigo de Skye. Ambos han sido de gran ayuda. Puede hablar con libertad.

—Muy bien. Tessa ha tenido una reacción alérgica por la interacción de dos sustancias diferentes que ha ingerido.

Drogas. Ha vuelto a drogarse. ¿En qué estaba pensando?

—¿Qué sustancias? —pregunta Dan.

—Alcohol y ketamina.

Braden levanta las cejas.

—¿Ketamina?

—¿Qué es la ketamina? —pregunta Carlotta.

Bien. Yo también lo quiero saber, pero no tengo la energía para preguntarlo.

—Técnicamente es un anestésico —explica la doctora Hedstrom—, pero también se utiliza a veces para tratar el dolor o la depresión.

Al fin encuentro mi voz.

—Tessa no tiene depresión.

—Skye tiene razón —añade Carlotta—. Tessa nunca ha sido propensa a tener ansiedad o depresión.

Aunque sí que se tomó muy mal la ruptura con Garrett, lo que no es propio de ella. Y esta noche... se ha enfadado mucho porque él no ha querido pasar la noche con ella. De nuevo, no es típico de ella.

La doctora Hedstrom se aclara la garganta.

—La ketamina en una dosis menor puede hacer que una persona sea dócil. También puede provocar mareos y disminución de los reflejos. A veces los movimientos oculares pueden parecer descoordinados.

—Tenía los ojos raros —digo—. Antes de que perdiera el conocimiento, quiero decir.

—No me sorprende. Señor y señora Logan, he comprobado el nombre de Tessa en nuestra base de datos. No aparece que se le haya recetado ketamina. Eso no significa que no se la estuviera tomando. Si su proveedor no es parte de nuestra red, no tendríamos los registros. Pero la mayoría de los proveedores de Boston forman parte de esta red.

—Si nadie se la ha recetado, ¿cómo la ha conseguido? —pregunta Carlotta.

La doctora respira hondo antes de continuar.

—Por desgracia, la ketamina es una droga que se usa en discotecas. Los hombres la utilizan a veces para drogar a las mujeres. Es conocida como una de las drogas para la violación.

Carlotta jadea y se lleva la mano a la boca.

—Por todos los... —Dan sacude la cabeza.

—No —digo—. Tessa no ha ido de discotecas esta noche. Garrett y ella fueron a cenar, y luego fueron a su casa, y...

—¿Lo sabe con seguridad? —me pregunta la doctora Hedstrom.

—Yo no estaba allí, si es lo que quiere decir. Pero eso es lo que ella me ha contado. Aunque...

—¿Qué, Skye? —me alienta a seguir Braden.

—Tessa no ha sido ella misma esta noche. Estaba muy alterada por algo que por lo general no la alteraría. Igual que la última vez.

—¿La última vez? —pregunta Carlotta.

Mierda. No quería contar eso. No puedo admitir delante de Carlotta que Tessa tomó éxtasis. Continúo:

—O está de verdad enamorada de ese tipo, o...

—O la ha drogado —termina Braden con naturalidad.

Se me hiela la sangre. ¿Garrett? No. Él no la drogaría. No lo haría. Pero si lo hubiese hecho, ¿entonces Peter, su mejor amigo, haría lo mismo?

—Señor Black, si sabe algo, tiene que contárnoslo —dice Dan.

—Llámeme Braden. Si Tessa no ha ido a una discoteca esta noche, ¿cómo iba a conseguir ketamina?

Tengo que decir algo. No quiero, pero tengo que hacerlo. Por el bien de Tessa.

—Tessa no suele drogarse —digo—, pero hace un par de semanas, cuando Garrett y ella rompieron, tomó éxtasis.

Carlotta casi pierde el equilibrio, pero Dan y Braden la sostienen.

—No es para nada típico de ella —continúo—. Me ha sorprendido como a todos vosotros. Pero creí que debía contarlo. Si tomó éxtasis, es posible que haya tomado ketamina.

La doctora habla con Dan y Carlotta, y pronto sus voces son solo un zumbido entre mis oídos.

Porque nada de esto tiene sentido.

Las imágenes aparecen en mi mente. Esa noche me fui de fiesta con Tessa, Betsy, Garrett y Peter. Tessa se sentó en el regazo de Garrett al minuto y, al final de la noche, Betsy estaba acurrucada con Peter..., a quien acababa de conocer.

Estuvieron muy cariñosos todo el tiempo, y no pensé en nada de eso.

¿Pero ahora?

Su comportamiento no era propio de ninguna de las dos.

¿Tendrá Braden razón?

¿Le habrá dado Garrett la ketamina a Tessa?

¿Y Peter se la habrá dado a Betsy?

Oh. Dios. Mío.

Peter se me insinuó primero a mí, y Braden apareció y me alejó de él.

Peter casi parecía tenerle miedo a Braden cuando lo vimos en la gala de la Opera Guild.

En ese momento, supuse que era por el contrato que la empresa de su padre quería con Black, Inc.

Y Braden parecía insistir en que me mantuviera alejada de Peter.

¿Fue por celos?

En parte, sí. Pero ¿y si también fue por algo más?

Me abro paso entre el zumbido de las voces.

—Braden.

—¿Sí?

—Hablas en serio, ¿verdad? Crees que Garrett le dio la ketamina a Tessa.

—No tengo pruebas de eso.

—¿Entonces por qué lo has sacado a colación?

—Digamos que creo que él puede tener acceso a ella.

La voz de la doctora sigue zumbando hacia los Logan.

Finalmente, me abro paso.

—¿Podemos ver a Tessa?

—Solo sus padres por ahora —contesta la doctora Hedstrom.

Asiento con la cabeza. Son muchas incógnitas. Tessa me prometió que no se drogaría. Sin embargo, de alguna manera la ketamina entró en su sistema. ¿Me habrá mentido?

No, no creo que lo haya hecho. Nunca lo ha hecho antes.

Lo que significa que Garrett se la dio o alguien más lo hizo.

Y quien lo hizo, lo hizo sin que ella lo supiera.

La han drogado... y Garrett es el principal sospechoso.

—Doctora —digo—, ¿podría la ketamina y el alcohol tener un efecto tan grave? Es obvio que ha sido una pequeña dosis de ketamina, ¿verdad?

—Es difícil de decir. Sabremos más cuando podamos hablar con Tessa. Si no tiene amnesia retrógrada, sabremos que la dosis fue pequeña.

—¿Amnesia retrógrada? —pregunta Carlotta.

—Una amnesia que te hace olvidar lo ocurrido después de tomar la droga. Por ejemplo, si Tessa se ha tomado la droga en...

Dan se aclara la garganta.

—Mi hija no se ha tomado esa droga.

¿Me ha oído decir que ha tomado éxtasis? Aunque ahora estoy de acuerdo con él. Tessa no se ha tomado la ketamina.

Sin embargo, se metió en su sistema de alguna manera.

—Necesito preguntarles a ambos —dice la doctora Hedstrom—. ¿Tessa toma algo más? Como ya les he dicho, no he podido encontrar ninguna prescripción en nuestro sistema, pero ¿toma algo más?

—¿Se refiere a cosas de venta libre? —pregunta Dan.

—Sí, medicamentos de venta libre. Suplementos a base de plantas. Todo.

—La verdad es que no lo sé —responde Carlota—. No vive con nosotros desde los dieciocho años.

—Esta noche tenía alergia —añado—. Toma una cosa. Creo que es equinácea.

La doctora Hedstrom arquea las cejas.

—¿Sabe cuánta equinácea toma?

—No, solo que la toma. Tiene una alergia al polen horrible.

—Ese puede ser el problema. La equinácea puede interactuar con la ketamina y hacer que se agraven los efectos. Y encima de todo el alcohol... —La doctora Hedstrom sacude la cabeza—. Pero la buena noticia es que Tessa está fuera de peligro. Puede que hubiese vuelto en sí por sí sola, pero me alegro de que la trajera, sobre todo porque estaba vomitando.

—Señor Black... —comienza a decir Dan.

—Braden, por favor.

Dan asiente.

—Braden, parece que conoces a ese Garrett. Necesito ponerme en contacto con él.

—No hay problema —contesta Braden—. Si Garrett Ramírez le ha dado ketamina a Tessa, lo voy a averiguar.

—Gracias —le dice Carlotta—. Pero ¿qué podemos hacer ahora? Lo hecho hecho está. Solo doy gracias de que Tessa esté bien.

—Todos estamos agradecidos por ello —concuerda Braden—, pero pienso investigar esto. He estado mirando para otro lado demasiado tiempo.

43

—¿A qué te referías antes —me animo a preguntar, cuando Braden y yo estamos de vuelta en su casa— al decir que habías estado mirando para otro lado demasiado tiempo?

Suspira.

—¿Te acuerdas cuando me presenté en la gala de MCEE y Peter Reardon se alejó de ti después de eso?

—¿Cómo podría olvidarlo?

—No quería que estuvieras con él porque yo te quería a ti, pero esa no era la única razón.

—Ah, ¿no?

—Ya había decidido que la empresa de su padre no iba a conseguir mi contrato, aunque su oferta era la más baja.

—¿No son buenos arquitectos?

—Son excelentes arquitectos, en realidad. Pero es que no me gusta su forma de hacer negocios.

—No estoy segura de lo que quieres decir.

—No son las personas más éticas, y todo empieza en la cima, con el padre de Peter, Beau Reardon.

—Braden, Betsy está saliendo con Peter ahora. Y se pusieron cariñosos muy rápido. ¿No creerás que...?

—Es posible. Oigo cosas en mis círculos que no son de dominio público. Beau Reardon a veces utiliza métodos poco convencionales para conseguir lo que quiere. —Los ojos de Braden están oscuros de ira—. Me encargaré de ello —dice de forma escueta.

—¿Cómo?

—¿Acaso importa?

—Bueno..., sí. No quiero que te metas en problemas.

—No me voy a meter en ningún problema. No te preocupes. Pero los Reardon y Garrett desearán no haberse cruzado con una amiga mía cuando acabe con ellos. Ahora, vamos a por ese baño caliente que te prometí.

Me recuesto contra el duro pecho de Braden y dejo que el agua tibia y perfumada calme cada parte de mí. Sí, mi culo adolorido lo necesita, pero el resto de mi cuerpo no es que lo necesite menos. Esta noche el estrés ha adquirido un nuevo significado. Cierro los ojos.

Al menos Tessa está bien.

Tengo más preguntas. Muchas más. Como por ejemplo, ¿cómo acabó Addison en la tienda de en frente de la casa de Tessa después de medianoche? Además, ¿cómo es que Addie siempre sabe todo sobre Braden y yo?

¿Me estará acosando? ¿Seguirá acosando a Braden? Si es así, él debe de saberlo. Tiene ojos y oídos en todas partes.

Pero no puedo preguntar. Al menos no ahora, cuando estoy respirando el relajante vapor de lavanda de este increíble baño. Braden ha puesto los chorros a baja velocidad, de modo que el agua da unos suaves giros, como si nos estuviéramos bañando en una preciosa fuente termal natural.

Me sube y baja la mano lentamente por el brazo, apenas el susurro de una caricia, y eso me tranquiliza.

Ya lo resolveré todo.

Más tarde.

Abro los ojos. El sol entra a raudales por las ventanas de la habitación de Braden. Giro la cabeza. Braden no está. Entonces me incorporo y alcanzo el teléfono de la mesita de noche.

¡No puede ser! ¿La una de la tarde?

Tiene sentido, supongo. Estuvimos casi hasta la mañana esperando noticias de Tessa. Después volvimos aquí y nos bañamos juntos, lo que fue increíblemente sensual.

Me levanto, me dirijo al armario de Braden y agarro una de sus camisas. Me la abrocho y respiro su aroma masculino y a pino, mi perfume favorito. Luego tomo el teléfono y llamo a Carlotta. Me deja hablar con Tessa.

—Hola, Skye. —La voz de Tessa es un poco ronca, pero suena... bien.

—Tess, menos mal. ¿Cómo estás?

—Cansada. Pero bien. Muy agradecida por lo que Braden y tú habéis hecho.

—Por favor. Si hubiera estado contigo en primer...

—Para —me interrumpe ella—. No vayas por ahí. No te hagas eso. Soy una adulta. Al menos ahora sé por qué actuaba de forma tan extraña.

Una nueva ira se enciende dentro de mí.

—No puedo creer lo de Garrett. Braden se va a encargar de esto.

—Bien. —Tessa deja escapar una ronca burla—. Dile que lo haga picadillo.

—No te preocupes. Lo haré. ¿Cuándo te van a soltar?

—Hoy —contesta ella—. Mi madre se va a quedar conmigo durante un tiempo. No he podido convencerla. —Tose un poco.

—No quiero entretenerte. Necesitas descansar. ¿Quieres que me pase por ahí?

—No. Creo que me tomaré un tiempo para estar con mi madre. No te importa, ¿verdad?

—Por supuesto que no. Lo que necesites. Estoy aquí si me necesitas.

—Lo sé. Gracias, Skye.

Termino la llamada y salgo de la habitación.

—¿Braden?

—En el despacho.

Sigo el sonido de su voz hasta el despacho de su casa. Está sentado detrás del escritorio, mirando la pantalla del portátil.

—Hola —le digo.

—Buenos días. O debería decir «buenas tardes». —Por fin levanta la vista y suelta un suspiro—. Estás tremendamente sexi con mi camisa.

Sonrío. No puedo evitarlo. El suave algodón contra mi cuerpo impregnado de su aroma. Me *siento* sexi con esta camisa.

—¿En qué estás trabajando?

—Nada que no pueda esperar. Ven aquí. —Mueve su mano hacia abajo.

Una vez que estoy detrás del escritorio, veo que ha liberado su polla de sus pantalones sueltos. Separo los labios.

—Joder, qué sexi eres —dice—. Súbete, Skye.

Ya estoy mojada. Lo que no me sorprende. La mera presencia de Braden me moja y me prepara, y ahora mismo, con su cabellera despeinada y sus ojos entrecerrados, estoy lista para saltar.

Me subo a su regazo y me pongo a horcajadas sobre él, bajando despacio hacia su erección.

—Dios... —gimoteo.

Su gemido se une al mío mientras nos quedamos inmóviles durante unos segundos, y disfruto de la sensación de tenerlo profundamente incrustado dentro de mí.

—Joder. —Inhala—. No puedo tener suficiente de ti. Nunca es suficiente.

Toma las riendas y me agarra de las caderas, levantándome hasta que la cabeza de su polla solo me roza los labios del coño. Me mantiene ahí durante un minuto, con mis pezones rozando el algodón de su camisa. Lucho contra su fuerza, intentando volver a hundirme para estar completa de nuevo, y justo cuando creo que voy a perder en serio la calma, por fin me empuja hacia su dureza.

Es rápido. Es lujurioso. No es nada romántico, pero no me importa.

Somos nosotros.

Simplemente nosotros.

Me agarra más y más fuerte, y me siento como un pistón en un motor. Y me encanta. Me vuelve loca. La presión aumenta dentro de mí, y antes de darme cuenta, el orgasmo es inminente.

—¡Braden! Me voy a correr. ¡Joder!

—Hazlo, nena. Hazlo. Córrete.

Con sus palabras, me hago polvo, solo para recomponerme a nivel molecular mientras miro fijamente sus hipnotizantes ojos azules.

Esos ojos me miran con fascinación.

Con asombro.

Con lujuria.

Con amor.

—Te amo —le digo entre respiraciones—. Te amo tanto...

Me empuja con fuerza sobre su polla, y mientras mi clímax continúa, siento cada uno de sus chorros.

Hasta el último.

Recuesto la cabeza sobre su duro hombro, todavía jadeando. Él ha hecho todo el trabajo, pero mi respiración sigue siendo agitada. El clímax. Braden. Todo ello. Me deja literalmente sin aliento.

Sonrío contra su hombro. Esto no es lo que solemos hacer. Cada sesión de sexo suele ser un espectáculo. O lo ha pensado de antemano, o se le ocurre en el momento. En cualquier caso, dura mucho más que los pocos minutos que ha durado esta.

No me ha atado. No me ha dicho que me concentrara en un sentido. No me ha dicho que no hablara.

Aun así, no he hablado, excepto para decirle que iba a correrme y que lo amaba. No me he movido, así que bien podía haber estado atada. Y aunque no me ha dicho que me concentrara, me he concentrado de todos modos, en cada movimiento. En su olor.

En todo lo relacionado con este precioso momento.

Hemos llegado a un nuevo nivel de entendimiento, Braden y yo.

Y yo me dejo llevar por completo.

—Skye —dice contra mi pelo.

—¿Mmm?

—¿Sabes cómo está Tessa?

—Sí. Hoy le dan el alta. Su madre se mudará con ella durante un tiempo para cuidarla.

—¿A ti te parece bien?

—Claro. Carlotta es genial.

—Quiero decir —dice mientras me aparta un mechón de pelo de los ojos—, ¿es necesario que estés aquí para ella?

—No. Solo iba a estorbar a Carlotta. Tess y yo hemos hablado. Quiere pasar un tiempo con su madre.

—Muy bien, entonces.

Cierro los ojos, sintiéndome con sueño.

—¿Muy bien por qué?

—Vamos a volver a Nueva York. Esta noche.

44

¿A quién le gusta besar? ¡El tinte labial Fab Fuchsia de Susie Girl te da unos morritos rosa que te encantarán! #colaboración #elpoderdelrosa #chicasusie #susietehacebrillar #simplementeskye #loslabiosestánhechosparabesar

El selfi soy yo poniendo boquita de pez e, increíble pero cierto, no me veo como el culo. Es una pose divertida para una publicación divertida. Ya se están disparando los me gusta.

No tengo que salir perfecta en cada foto. No soy Addison Ames. Soy Skye. Una Skye imperfecta. Y estoy empezando a ver el mérito de eso, lo que Eugenie y el resto del personal de Susanne ven.

Está bien no ser perfecto porque, ¿sabes?, ninguno de nosotros lo es.

Addie puede pensar que sí lo es. Algunos de sus seguidores pueden incluso creérselo.

Pero yo sé que no lo es.

Y desearía no haber comenzado a pensar en Addie, porque ahora tengo más preguntas para Braden.

No.

No.

No.

Dejaré que me lo cuente cuando él quiera.

Nos vamos a Nueva York en unas horas. Ya me he puesto en contacto con Eugenie y hemos quedado mañana para cenar por la noche.

Y luego... ¿al Black Rose Underground?

No lo sé.

Braden parece distante. No distante conmigo. Ha sido muy cariñoso. Pero no ha mencionado el club. Hemos practicado el tabú del sexo anal y estoy deseando más. El juego con velas me intriga. Me sigue gustando la idea de que me ate el cuello, pero es un límite absoluto para Braden y lo entiendo. Al igual que sé que él entiende mis límites absolutos. Los juegos con sangre, por ejemplo, que ni siquiera sabía que existían hasta que él me habló de ellos.

No es un límite absoluto para él. Ha dejado muy claro que solo tiene uno. ¿Habrá participado en juegos con sangre? ¿Quiero siquiera saberlo?

Además, él acaba de estar en Nueva York, y este nuevo viaje ha surgido de repente. Algo se está gestando en su cabeza. Me gustaría que me lo contase, pero sé que no debo preguntar. Me lo dirá cuando esté preparado.

No puedo presionarlo. No lo haré. Estoy aprendiendo a medir su estado de ánimo y sus necesidades. Al mismo tiempo, estoy aprendiendo a controlar mis propias necesidades. Sí, quiero saber todas estas cosas. Tengo curiosidad. Pero puedo vivir sin saberlas.

Es realmente liberador dejar que otra persona se haga cargo.

Tessa siempre intentaba decírmelo. «Suéltate el pelo, Skye».

Ella tenía razón.

Aunque su forma de soltarse el pelo puede haberla metido en algún problema. Menos mal que se va a poner bien. De hecho, quiero verla. Sí, ella me ha dicho que está bien, pero no me quedo tranquila yéndome de Boston sin verlo por mí misma.

Termino de hacer mi pequeña maleta para Nueva York. Braden sigue en su despacho. Llamo con suavidad y entro.

—Hola.

—Ya casi he terminado —contesta.

—Genial. Voy a ver a Tessa. Ya debería estar en casa. Su madre se va a quedar en su casa unos días, pero quiero verla antes de irnos.

Asiente con la cabeza.

—Vuelve en dos horas. Eso nos dará tiempo suficiente para llegar al aeropuerto.

—Está bien. —Agarro el teléfono—. Voy a llamar a un Uber.

—No es necesario. Un coche te está esperando abajo.

—¿Ha vuelto Christopher?

—No. Hoy he pedido un coche por si lo necesitábamos, y resulta que sí. Iría contigo, pero tengo que terminar este documento.

—Está bien. Lo entiendo. No quiero abrumarla.

—¿Crees que yo la abrumaría?

—Braden —digo, intentando no reírme—, abrumas a todo el mundo.

El lado izquierdo de su boca se mueve ligeramente. Intenta no sonreír. No puedo evitarlo. Me río. Me río como nunca antes me había reído.

—Te esfuerzas mucho en ser estoico todo el tiempo. ¿Por qué? ¡Déjate llevar, Braden!

—Suenas como Tessa —dice.

—Sí, lo sé. Y tiene razón. ¡Déjate llevar! ¡Permítete reír! Por el amor de Dios, tengo razón y lo sabes. Tú abrumas a todo el mundo. Es como eres. Quiérete por cómo eres. ¡Déjate llevar!

Una sonrisa se forma en sus labios.

—Oh, Skye —contesta—, no quieres que me deje llevar.

—Por supuesto que sí. ¡Sé feliz!

—Soy feliz. Ya lo sabes. Estando contigo, soy más feliz de lo que nunca he sido.

Me derrito por sus palabras. Me hacen sentir mimosa, como un oso de peluche.

—No es eso lo que quiero decir, aunque me alegro mucho de ello. Lo que quiero decir es que la vida es una mierda a veces. Hemos tenido algunos momentos difíciles. Pero hemos vuelto a estar juntos. Tessa va a estar bien. La vida es bella, Braden. Disfrútala.

Los ojos de Braden arden.

—¿De verdad quieres que me deje llevar?

—Sí. De verdad que sí.

—¿Estás segura? Porque no creo que sepas lo que me estás pidiendo.

Me flaquean las piernas y se me estremece todo el cuerpo. Está convirtiendo esto en algo sexual, y mi cuerpo ya está listo por completo. ¿De verdad que nunca se ha dejado llevar a nivel sexual?

Y si es así, ¿qué significa eso para mí?

—Quizás no sé lo que te estoy pidiendo —le digo—. La mayor parte de lo que me has mostrado ha sido nuevo para mí. Pero te quiero, Braden, y estoy dispuesta a ir hasta donde tú quieras.

Clava su mirada en la mía.

—Lo veremos cuando lleguemos a Nueva York.

Estoy tan mojada solo por sus palabras y su mirada que estoy dispuesta a abalanzarme sobre él de nuevo.

Pero necesito ver a Tessa.

—Volveré —contesto.

—Saluda a Tessa y a sus padres de mi parte.

—Lo haré. Gracias por estar conmigo anoche.

—Skye, ¿en qué otro lugar del mundo podría estar si no es con la mujer a la que quiero?

Casi me desmayo. Casi me derrito en un charco allí mismo en el suelo. ¿Cómo es posible que tenga tanta suerte de que Braden Black se enamorara de mí?

La mitad de las veces no lo entiendo.

Sin embargo, ahora mismo necesito ver a Tessa. Le sonrío a Braden y me giro para salir de su despacho.

—Me acuerdo de todo —me cuenta Tessa, tumbada en su sofá con un pijama de franela de color rojo intenso, algo típico de ella—. Y no, no me tomé ninguna droga anoche. Y mucho menos ketamina.

—Es bueno que lo recuerdes. No tomaste lo suficiente como para que te causara amnesia.

—¿De verdad crees que Garrett me drogó?

Sacudo la cabeza.

—La verdad es que no lo sé, pero anoche, mientras pasabas por todo esto, me puse a pensar. Esa noche cuando fuimos a la discoteca y era la primera cita de Betsy con Peter, me pareció que ella se puso cariñosa con él muy rápido. Quiero decir, más rápido de lo que hubiera pensado que lo haría.

—Tú y yo la conocemos desde hace poco tiempo.

—Es cierto —contesto—, pero creía que tenía una buena idea de cómo era.

—En otras palabras, ¿yo podría acostarme con un tipo que acabo de conocer pero Betsy no lo haría?

—Bueno..., sí. Tú eres Tessa y ella es Betsy. Lo que me hizo pensar que algo podría estar pasando contigo fue que estabas tan angustiada por que Garrett se marchara anoche. Esa no eras tú, Tess. Sueles ser una chica a la que esas cosas le dan igual, ¿sabes?

Inhala.

—Yo lo he estado pensando.

—¿Y...?

—Tienes razón. No he sido yo misma estas últimas veces con Garrett. Cuando empezó a llamarme después de que le pillara con Lolita, lo mandé a la mierda. No fue hasta que apareció en yoga cuando pensé en darle otra oportunidad. Entonces anoche... Lo siento, Skye.

—¿Por qué?

—Por echarte la culpa. Por echarte la culpa por no ir a cenar con nosotros. Tomé mi propia decisión de acostarme con él.

—¿Estás segura de que fue tu decisión? Pueden haber sido las drogas.

—Sentí que fue mi decisión —responde—, pero ahora mismo la verdad es que no lo sé. Quiero decir, no voy a llorar por la violación. No me arrepiento de nada. De lo único que me arrepiento es de haber llorado por que se marchara. Debo de haber sido una pesada.

—No, en absoluto. Pero me quedé pensando que no eras tú.

—Tienes razón. No lo era. Si pienso ahora en ello, me dan ganas de vomitar.

—Ya has vomitado lo suficiente.

Sacude la cabeza.

—Ketamina. No me lo creo.

—Tess...

—¿Qué?

—¿Y el éxtasis que tomaste? ¿La última vez?

—No fue mi mejor momento.

—¿De dónde lo sacaste?

—Adivínalo.

—¿De Garrett?

—En realidad, de Peter. Lo tenía en la discoteca esa noche. Betsy no quiso tocarlo. Me lo dio, pero me lo guardé en el bolso. Entonces, después de todo el asunto de Garrett, dije: «¡A la mierda!».

No sé qué decir, así que no digo nada.

—Lo sé —comenta ella—. Estás pensando que eso no es propio de mí.

—No, pero no habías tomado ketamina esa noche.

—No, o eso creo. ¿Quién coño lo sabe ya? La ketamina no es la única droga para la violación. Estoy muy asustada por todo esto.

—Yo también.

—Pasará mucho tiempo antes de que acepte una copa de alguien que no haya analizado primero —afirma—. Estoy pensando que mis días de salir de discotecas se han terminado.

Me llevo la mano a la boca en señal de sorpresa.

—Lo sé, lo sé. Me gusta el ambiente de las discotecas. Pero en serio, Skye, esto es una mierda.

—No tienes ni que decírmelo. Siento mucho que te haya pasado esto.

—Yo también. Y aunque sea lo último que haga, voy a demostrar lo que me hizo Garrett.

—Braden lo está investigando —le cuento.

—¿En serio?

—Sí. Cree que... Bueno, en realidad no tengo ninguna información, pero si alguien puede averiguarlo, es Braden.

—Dale las gracias.

—Lo haré. ¿Estás bien aquí?

Asiente.

—Mi madre está fuera recogiendo algunas cosas en la farmacia. Sin duda hará que desee tomarme otra botella de vodka durante los próximos dos días mientras se quede aquí, pero la verdad es que... me alegro de tenerla. Es bueno tener padres a veces.

Sonrío.

—Sí, lo es. —Y se me hincha un poco el corazón.

Creo que acabo de perdonar a mi madre.

45

—Lo siento —le digo a Eugenie—. No puedo dejar que registres los *hashtags* que he creado. No estoy segura de que los *hashtags* puedan registrarse.

—Sí se puede —responde Eugenie—. Por supuesto, primero lo hemos consultado con el departamento legal. Los *hashtags* pueden ser marcas registradas si sirven como identificador de los productos o servicios de la empresa.

Mierda. Realmente debería haber hablado con Braden sobre esto primero, pero con todo lo que estaba pasando con Tessa, no he tenido tiempo.

—Eso podría permitirte registrar #susietehacebrillar, entonces, pero no #simplementeskye.

—Por supuesto que podríamos. Estás trabajando para nosotros.

Sacudo la cabeza.

—No trabajo solo para vosotros. Necesito poder usar mi propio *hashtag* para otras cosas.

—Estamos dispuestos a comprarte los derechos de los *hashtags* —dice—, por diez mil dólares cada uno.

¿Veinte mil dólares? Tal vez se me pueda comprar. Creo que ha acertado con mi precio. Pero...

—Lo siento. Podría estar dispuesta a dejar ir #susietehacebrillar, ya que no lo usaría para nada más, pero no #simplementeskye.

—#simplementeskye es una mina de oro —protesta Eugenie—. Ya hemos redactado los documentos relativos a ambos *hashtags.*

Se me revuelve el estómago y las náuseas comienzan a subírseme por la garganta. Eugenie no me intimida. No es eso lo que ocurre aquí. Pero, ahora mismo, Susanne es mi única fuente de ingresos, aparte de la panadería que hay cerca de casa y que me paga con billetes de cien dólares y *baguettes.*

«Braden, ¿qué harías tú en mi lugar?».

Quizás no sea demasiado tarde. Compruebo la hora.

—Es casi la hora de comer. ¿Te importa si reflexiono sobre esto durante una hora?

Ella asiente.

—Por supuesto. Ya he pedido la comida, pero si necesitas tiempo, lo entiendo. —Pone una sonrisa que parece falsa.

Está enfadada.

Realmente pensó que firmaría en la línea de puntos.

Y entonces sé qué hacer. No lo que Braden me diría que hiciera, sino lo que sé que es correcto para mí.

—He cambiado de opinión. No necesito la hora. Firmaré el de #susietehacebrillar, pero no el de #simplementeskye.

—¿Y si subimos nuestra oferta?

Sacudo la cabeza.

—Eugenie, aprecio todo lo que tú y todos los demás en Susanne habéis hecho por mi floreciente carrera. Todos significáis muchísimo para mí. Pero no puedo dejar ir #simplementeskye. Si mi carrera continúa, lo voy a necesitar.

«De hecho, voy a ver cómo registrarlo yo misma en cuanto salga de esta reunión».

—Tendremos que redactar nuevos documentos. —Eugenie frunce el ceño.

—Me doy cuenta de que eso te supondrá un trabajo extra —digo—, pero no había aceptado esto por teléfono, como ya sabes.

—Sí, lo entiendo. —Se le tensa la mandíbula—. Muy bien. Nuestro almuerzo llegará pronto. Cuando terminemos de comer, iremos al Departamento de Arte y le echaremos un vistazo a tu nuevo color de uñas.

Mi ensalada de filete y aguacate sabe a tierra. Mi apetito se ha desvanecido, pero sonrío, como y charlo con Eugenie y su equipo. Cuando terminamos, estoy un poco menos nerviosa.

Un poco.

—Muy bien —dice Eugenie—. Nos esperan en el Departamento de Arte, así que vamos a ver el nuevo color de uñas.

Sonrío.

—Tengo muchas ganas de verlo.

Su sonrisa parece más genuina esta vez. Quizás necesitaba llenarse el estómago. Es probable que también ayudara el *dirty martini* que le hizo preparar a su asistente.

El Departamento de Arte está en el otro extremo de la planta. Eugenie abre la puerta y entra. La sigo, junto con Louisa y Brian.

Una mujer se acerca a nosotros.

—Eugenie —saluda. Luego me dice—: Tú debes de ser Skye. Te reconocería en cualquier parte.

—Así es, hola.

—Soy Adrienne Ficke, la directora de Arte. Estamos encantados de trabajar contigo en el nuevo tono. Venid. Vamos a echar un vistazo. —Me agarra del brazo y me lleva a una sala de conferencias. En la mesa hay varios frascos de esmaltes de uñas. También hay un proyector y una pantalla instalados—. Tenemos tres prototipos, y a todos nos gusta más el número uno, pero necesitamos tu opinión.

Por sorprendente que parezca, se dirige más a mí que a Eugenie. Sin embargo, a Eugenie no parece importarle. Sin duda, está de mejor humor. Adrienne empieza a repasar su PowerPoint para mostrarnos cómo han llegado a los tonos.

—Hemos tomado tus muestras de color y hemos elegido tres tonos para trabajar. Nuestro principal objetivo era crear un rosa que se pudiera llevar con cualquier cosa, así que no podíamos elegir un tono demasiado neón. Pero no pasa nada porque ya tenemos el neón con el Make Things Happen que utilizaste en tu publicación sobre el poder del rosa. Necesitábamos un rosa que fuera versátil, que pudiera llevarse de día o de noche, y pensamos que hemos creado tres prototipos excelentes. Como ya te he dicho, nuestro equipo vota de manera unánime por el número uno, pero nos gustaría saber tu opinión.

Mi opinión. Puedo hacerlo. El color es algo que entiendo bien. Pero miro a Eugenie. Ella es parte de la empresa y yo soy solo una trabajadora autónoma. Ella debería hablar primero.

—¿Skye?

Me sorprende que ella se remita a mí.

—Mmm —digo—. El número dos me dice rosa *millennial*. Es un color de rubor claro con un toque de naranja. Algo así como el rosa cornejo. Es bastante bonito, pero si pienso en el poder del rosa, no me convence. Además, aunque Susie Girl se comercializa para las mujeres más jóvenes, no queremos dirigirnos solo a las *millennials*.

—Pienso exactamente lo mismo —dice Adrienne—. ¿Qué opinas del uno y del tres?

—El tres es lo que yo llamaría «fucsia» o «magenta». Se acerca bastante al neón del Make Things Happen que llevé en la publicación original. Es precioso, pero me costaría combinarlo con otros colores.

—Sí, sí —asiente de nuevo.

—¿Qué te parece a ti, Eugenie? —le pregunto.

—El color es cosa del Departamento de Arte —responde—. Y tuya, por supuesto. Tienes un excelente ojo de fotógrafa, Skye.

De acuerdo, tal vez no esté molesta conmigo después de todo. No puedo ser la primera trabajadora autónoma que se niega a firmar documentos ya preparados.

—El número uno... —Dejo que el color se adentre en mi mente—. Es... Es precioso, como nada que haya visto antes. Es un poco sandía, con...

—Rosa palo. Y un toquecito de marrón.

—Es perfecto. Es definitivamente rosa, pero esa adición de marrón le da la neutralidad que buscas. Este color desprende felicidad y, sin embargo, combina con cualquier color del armario. ¿Cómo lo has hecho?

—Es mi trabajo. —Adrienne sonríe.

—Echo de menos esa parte de ser artista —digo—. Como fotógrafa, tengo que trabajar con los colores de mi tema. Sí, puedo editar, y puedo manipular la iluminación, pero para crear un nuevo color…

—Nada te impide dedicarte al arte —comenta ella.

—Bueno…, estoy en ello. La fotografía es mi primer amor, pero la mezcla de colores siempre me ha fascinado. Muchas gracias por dejarme participar en este proceso.

—El eslogan se te ocurrió a ti.

—Simplemente tenía un mal día y me puse un poco de esmalte de uñas.

—¿Y te hizo sentir mejor? —pregunta Adrienne.

¿Lo hizo? Supongo que sí. Todo llevó a este momento, de todos modos. Las rupturas con Braden y Tessa parecen ya muy lejanas en el tiempo.

—Sí —respondo—. Me hizo sentir mejor. Mucho mejor.

—Y ese es el poder del rosa —comenta Eugenie—. Creo que todos estamos de acuerdo en que el número uno es el camino a seguir. ¿Cuándo estará en las estanterías?

—Eso depende de la fabricación, de las compras y de la distribución, por supuesto —explica Adrienne—, pero esperamos que en un mes, ahora que se ha elegido el color. Skye y tú deberíais empezar a idear la campaña en redes sociales.

Eugenie cierra la carpeta que tiene delante.

—Estamos en ello. Gracias, Adrienne. Es un color precioso. Estoy de acuerdo con Skye. No estoy segura de haber visto algo así antes.

—Estamos muy orgullosos de ello. Gracias a las dos por vuestra opinión.

Salgo del Departamento de Arte a solas con Eugenie. Esto ha sido divertido.

Por supuesto, ahora tenemos que volver a la marca del *hashtag* #susietehacebrillar.

—¿Sabes una cosa? —dice Eugenie—. Es probable que pueda tener el nuevo papeleo del *hashtag* redactado para esta noche. Lo llevaré a nuestra cita para cenar. Estoy segura de que te gustaría que Braden lo revisara.

Me quedo con la boca abierta. Ni siquiera le he contado a Braden nada de esto.

—No es necesario. Puedo pasarme y firmarlo mañana por la mañana.

—Si no te importa, me gustaría que esto se pusiera en marcha en algún momento del día de hoy. Así que lo llevaré a la cena.

—Por supuesto, lo que sea más fácil para ti.

Qué raro. En todo caso, Braden será más estricto que yo. Pero da igual. Me encanta el rosa que Adrienne y su equipo han creado, y estoy entusiasmada con la campaña «El poder del rosa».

Las cosas van bien.

De vuelta al ático de Braden en Manhattan, espero con paciencia. Es probable que esté en su oficina de Nueva York, y no le espero antes de las seis como mínimo. Las reservas para la cena son a las ocho. No hay personal, así que me sirvo una botella de agua con gas de su frigorífico y pienso en qué ponerme para cenar.

Me sobresalto cuando se abren las puertas del ascensor.

Son solo las tres de la tarde, pero Braden está entrando.

Y no parece contento.

—Skye —se limita a decir.

—Dime, Braden.

—Me temo que no podré acompañaros a ti y a Eugenie a cenar esta noche.

—Ah, ¿no? ¿Por qué no?

Inhala.

—Ha surgido algo.

—¿El qué?

—Nada que deba preocuparte.

—Braden, todo lo que te concierne a ti me concierne a mí. —Tomo aire—. ¿Addison sigue acosándote?

Casi se le salen volando las cejas de la frente, pero no responde.

—Vamos. Tiene que ser así. O eso o me está acosando a mí. O a los dos. ¿Cómo si no iba a saber todo lo que sabe? ¿Cómo si no habría terminado en la tienda en frente de la casa de Tessa la otra noche?

—Lo tengo controlado —responde.

—Así que sí. —Sacudo la cabeza—. ¿Por qué no me lo has dicho?

—Esto no es tan sencillo como crees.

—Pues claro que es tan sencillo como creo. Haz que pare, legalmente si es necesario. No me gusta que me espíen.

—¿Crees por un minuto que no la estoy vigilando igual que ella me está vigilando a mí?

Me quedo con la boca abierta.

—Ya te he dicho antes que la tengo vigilada. ¿Por qué te sorprende esto?

—¿Qué pasa con el juego del gato y el ratón, entonces? ¿Por qué la dejas hacer esto?

Respira hondo.

—Hay cosas que no sabes.

—Solo porque tú no me las cuentas.

¿Habré ido demasiado lejos? En este momento, no me importa. Acabo de superar una reunión estresante con la visión de negocios de Braden Black. Lo quiero, pero no lo necesito.

Y me merezco una respuesta, maldita sea.

—¿Has considerado que tal vez no pueda decírtelo?

Abro más los ojos.

—¿Cómo?

Se aleja de mí un momento y se queda mirando por la ventana del salón. Manhattan es gris, como siempre. ¿Por qué la gente vivirá aquí? Boston es mucho más bonito.

¿Cómo que no puede decírmelo?

¿Cómo es eso remotamente posible?

A menos que...

—Braden, ¿tiene algo contra ti?

Se vuelve hacia mí, pero rehúye mi mirada. Esto no es típico de Braden.

Joder. No quiero tener razón. De verdad que no quiero tener razón.

Si tengo razón, eso significa...

Madre mía. ¿Por qué no escuché a Apple? Si lo hubiera hecho, lo sabría ahora mismo. Sabría este gran secreto que Braden está guardando.

—¿Por qué la estás protegiendo? —le pregunto—. ¿Qué se supone que debo pensar? No me lo vas a decir. Así que solo puedo deducir que ella tiene algo contra ti.

—No lo tiene. Al menos no de la manera en la que estás pensando.

—¿Cómo puedes saber en lo que estoy pensando?

—Porque te conozco, Skye. Crees que lo que Betsy te dijo es cierto. Crees que le hice algo a Addison que no debería haber hecho. Y te equivocas.

—Demuéstramelo. Demuéstrame que me equivoco, entonces.

—No debería tener que demostrarte nada. Si nunca vas a confiar en mí, ¿cómo puedes seguir en esta relación?

Abro la boca, pero descubro que no tengo palabras.

Porque tiene razón.

Si no confío en él, no tiene sentido que tengamos una relación.

Me hice una promesa a mí misma. Y a él. Que le daría tiempo para contármelo. ¿Y ahora me estoy quejando?

—Lo siento —digo por fin—. Prometí que no te presionaría. Confío en ti, Braden. Sé que eres un buen hombre. No podría estar contigo si no lo creyera.

Da una zancada hacia mí y me atrae hacia su pecho.

—Sé que confías en mí, Skye. Lo has demostrado muchas veces. Tienes que confiar en mí con esto también.

—Lo hago. —Asiento con la cabeza en su hombro.

Me aparta un poco y se encuentra con mi mirada.

—Te contaré lo que quieras saber, pero necesito tu promesa de que no saldrá de aquí.

—Se lo cuento todo a Tessa.

—Esto no. Puedo hacerte firmar un acuerdo de confidencialidad como hiciste con el club.

—Eso no es necesario. No le voy a contar a Tessa lo del club, y no le voy a contar nada que no quieras que cuente.

—Bien. Y no solo a Tessa. No puedes contarle a nadie lo que te voy a decir. Especialmente a Addie o a esa amiga suya.

—¿Quién?

—La que es dueña de la tienda de artículos para perros.

—¿Betsy? Addie y ella en realidad no son amigas.

—Tal vez no, pero ella sabe algo de esto. No puedes decirle nada más. ¿Entendido?

Miro esos hermosos ojos azules. Hay un poco de tristeza en ellos. Solo un poco, pero puedo verlo. Lamenta tener que hacer esto, pero está dispuesto a hacerlo. Por mí.

—Por supuesto, Braden. Puedes confiar en mí. Con cualquier cosa.

46

Lo escucho.

Tan solo lo escucho, dejando que las palabras de Braden se transformen en imágenes en mi mente.

Era preciosa, si te gustan las rubias. Braden siempre había preferido el pelo más oscuro.

—Ambas están al acecho —le dijo Ben—. Y nos tienen el ojo echado. Podría ser una noche de suerte para los hermanos Black. Podemos conseguir algunos coñitos de clase alta.

—Cierra la puta boca —le espetó Braden.

—¿Qué tienes metido por el culo?

—Nada. Es que no estoy de humor.

—¿No estás de humor para follar? —Ben se rio—. Bien. Tómate una copa. Tómate cinco copas. Yo voy a tirarme a alguna de ellas. —Se dirige hacia las hermanas Ames.

Gemelas idénticas, ambas rubias y hermosas. Ben empezó a hacer su magia con la que tenía el pelo más largo. Pronto desaparecieron.

Pero la otra...

Era... Braden no podía intuirlo. Ella lo miraba fijamente, tratando de llamar su atención toda la noche, pero había algo malo en ella.

Aun así… llevaba mucho sin tener sexo. Cuando trabajas en la construcción seis días a la semana bajo un sol abrasador, estás sucio como un cerdo y totalmente agotado el resto del tiempo. El poco tiempo libre que tenía lo dedicaba a investigar. Tenía una idea, una idea que podía ser algo grande. Solo tenía que averiguar cómo ponerla en marcha. Con tan poco tiempo y aún menos dinero, no parecía probable. Sin embargo, era su sueño y pasaba sus horas libres trabajando en él. Estaba demasiado ocupado para arreglarse y buscar chicas. ¿Cómo iba a encontrar mujeres a las que les gustara lo que a él le gustaba? No todas las chicas dejaban que un tipo las atara. A los veinticuatro años, se estaba haciendo demasiado viejo para el sexo esporádico. Ben apenas tenía veintiún años y todavía le gustaba enseñar su carné de identidad en los bares.

Este era su terreno, no el de Braden.

Ben había oído hablar de la fiesta en la mansión de los Ames a través de un amigo de un amigo. Cuando le sugirió que fueran a echar un vistazo, Braden finalmente aceptó. Habían tenido el día libre en el trabajo, así que no estaba muerto de cansancio como solía estar. Aunque podría haber aprovechado mejor el tiempo para trabajar en su idea de la planta baja, Ben al final lo había convencido. La otra gemela Ames se acercó a él.

Braden miró a su alrededor. Mierda. No había escapatoria. La casa se estaba llenando de gente.

Ella le sonrió.

—Hola. Bienvenido. Soy Addison Ames.

—Braden Black.

—¿Quién es tu amigo? ¿El que se ha ido con mi hermana?

—No es mi amigo. Es mi hermano Ben.

—Ah. ¿Y a qué te dedicas, Braden Black?

—A la construcción.

Los ojos casi se le salen de la cara.

—¿A la construcción? ¿Vives por aquí?

Sacudió la cabeza.

—En South Boston.

Sonrió. South Boston parecía gustarle. ¿Por qué? No lo sabía.

—¿Puedo ofrecerte una bebida? —preguntó.

—Un Wild Turkey.

—¿Qué es eso?

—Bourbon.

—Ah. Bueno, tenemos varios bourbons. *Sígueme.*

Lo guio hasta la barra.

—Mmm. Buffalo Trace. Eagle Rare. Kentucky Gold. No hay Wild Turkey. Lo siento.

—Cualquiera de ellos está bien.

—Vale. —Le sirvió dos dedos en un vaso y se lo entregó.

Él tomó un trago. Estaba bueno. Suave.

Podría acostumbrarse a eso.

—¿Quieres ir a mi habitación? —le preguntó.

Casi escupió su trago de alcohol.

—¿Perdona?

—Ya me has oído. Estás muy bueno. Vamos a acostarnos.

—¿Cuántos años tienes exactamente? —le preguntó.

—Ah, soy mayor de edad. Tengo dieciocho años. Incluso te puedo mostrar mi carné de identidad si quieres.

—Pero no eres mayor de edad para beber lo que yo estoy bebiendo, entonces.

—No, no lo soy. Pero sí lo soy para follar. Eso es lo que busco esta noche.

Tomó otro trago. Sí, era preciosa. Y estaba lista y dispuesta. Un polvo rápido podría estar bien.

Pero un polvo rápido nunca había sido lo que Braden buscaba. Tenía gustos más… exclusivos.

Terminó la bebida y dejó el vaso vacío sobre la barra de madera.

—Es una buena oferta, pero tengo que pasar.

La ira brilló en sus ojos.

Él lo entendió. Estaba rechazando a una heredera del hotel Ames, y estaba enfadada.

Bueno, lo superaría.

—Gracias por la bebida —le agradeció—. Si ves a mi hermano, dile que me he ido a casa.

Braden tenía un pequeño apartamento cerca de donde vivía de alquiler su padre. Ben seguía viviendo con su padre, pero pasaba mucho tiempo quedándose en casa de Braden.

—Es hora de que empieces a colaborar con el alquiler —le dijo Braden.

—¿No vas a preguntarme sobre mi noche de ayer?

—Ya sé cómo ha ido tu noche. Te has tirado a una de las gemelas Ames. Te acostaste con ella. Por eso tienes esa sonrisa de idiota en la cara.

Ben siempre tenía esa sonrisa de idiota en la cara, pero esa mañana era más idiota que de costumbre.

Hombre, llegó temprano, a las seis de la mañana.

Sin embargo, Ben parecía tener mucha energía. Le gustaba el placer. Por supuesto, eso se puede decir de cualquier hombre.

Braden se sirvió una taza de café y bebió un sorbo.

—¡Mierda!

—Siempre te quemas la boca —le dijo Ben—. Creía que ya habías aprendido.

—Es lo que me hace espabilarme. Venga. Vamos a llegar tarde.

Ben asintió.

Una cosa que los chicos Black tenían en abundancia era la ética del trabajo. Ambos tenían problemas con su padre, pero él les había enseñado eso. Él aprendió por las malas, quemando su casa hasta los cimientos cuando los niños eran pequeños. Su madre nunca se recuperó del todo, pero les había salvado la vida a ambos.

—¿Ella os salvó? —le pregunto.

Braden asiente.

—Hay muchas cosas que no me has contado sobre tu madre.

—Todo está relacionado con la historia que te estoy contando —contesta—. Ten paciencia.

La paciencia no es mi fuerte, pero estoy mejorando. Asiento con la cabeza.

Ese día no hubo ninguna nube. Ninguna. El sol era abrasador, y al final de la jornada de casi diez horas, Braden estaba deshidratado, fatigado y quemado por el sol. Ben había salido a tomarse una cerveza con algunos de los chicos, pero Braden solo quería llegar a casa y darse una ducha fresca.

Así que se sorprendió más de la cuenta cuando alguien le estaba esperando en su camioneta.

Addison Ames. La heredera de la fiesta de anoche. Llevaba unos pantalones vaqueros cortos y un crop top *rosa intenso. Tenía el vientre plano y en el ombligo lucía un* piercing *con un brillito rosa.*

—Hola, señor Black —lo saludó.

—Me llamo Braden. ¿Qué puedo hacer por ti?

—Me vendría bien que me llevaran.

—Ah, ¿sí? ¿Cómo has llegado hasta aquí?

—Solo pasaba por aquí.

De acuerdo. Eso podría ser cierto. Estaban trabajando en un centro comercial cerca de la casa de los Ames. Pero estaba mintiendo. Braden podía intuirlo.

—Lo siento, tengo que ir a un sitio. Pero estaré encantado de pedirte un taxi.

—No seas así. —Ella batió sus largas pestañas marrones. Luego se dirigió al lado del copiloto y se metió dentro de la camioneta.

Mierda. ¿Y ahora qué? Estaba cansado y sucio y la verdad es que no necesitaba esa distracción.

Se subió.

—Bien. Te llevaré a casa.

Lo hizo, solo para encontrarla esperándolo de nuevo a la salida del trabajo al día siguiente.

Eso duró cuatro días seguidos, hasta que al final le dijo:

—Hoy no vas a tener suerte, señorita Ames.

—Llámame Addie.

—Ni hablar, Addie. Búscate la vida para volver a casa. —Braden subió a su camioneta y la dejó allí, con las manos en las caderas.

Sabía que no iba a ser la última vez que supiera de ella. Lo sabía. Pero estaba cansado de sus juegos.

No le había dado ninguna razón para pensar que tenía una oportunidad, aunque estaba a punto de perder el control con ella. Era preciosa y se le estaba ofreciendo.

Su edad, que había utilizado la primera noche para controlarse, ya no le funcionaba. Seguía siendo muy joven y tenía una libido muy fuerte.

Así que eso tenía que acabar ya.

A menos que...

¿Podría ella darle lo que quería?

No buscaba el amor, pero no le importaría un revolcón. Incluso varios revolcones, siempre que fueran bajo sus condiciones.

Al día siguiente, ella no lo estaba esperando después del trabajo.

Estaba bien. Nada de revolcarse en el heno, y eso también estaba bien. Por fin había captado el mensaje.

Condujo a casa, y...

—Joder —dijo en voz baja.

Addison Ames, esta vez vestida con una gabardina —sí, una gabardina con ese calor— lo esperaba delante de la puerta de su apartamento.

Los vaqueros de Braden estaban cubiertos de serrín, y lo que parecían cinco capas de mugre le cubrían el cuerpo y se le alojaban bajo de las uñas.

—¿Qué haces aquí? —le preguntó.

—¿A ti qué te parece?

—Estoy agotado. —Abrió la puerta con la llave—. No tengo tiempo para estos jueguecitos. Vete a buscarlos a cualquier otro sitio.

Ella sacó el labio de abajo haciéndole un puchero, y él no pudo evitarlo. Pensó en morderlo.

Qué duro se lo estaba poniendo.

—¿Seguro que eso es lo que quieres? —lo provocó.

No, no estaba seguro en absoluto. De hecho, a pesar de su cansancio, se le estaba poniendo dura.

Joder. Justo lo que no necesitaba.

—Sí, eso es lo que quiero —contestó con voz grave.

Se abrió la gabardina.

—¿Todavía estás tan seguro?

47

—¿En serio? ¿Se te exhibió en el aparcamiento?

—Así es —asiente Braden.

—Y como tú eres un tío...

—Entonces era más joven —responde, como si eso fuera una buena excusa—. Oye, tú querías saber todo esto.

Suspiro.

—Tienes razón. Continúa.

La hostia.

Llevaba un sujetador de cuero con agujeros para los pezones. Y esos pezones estaban pinzados. Ya estaban sujetos. Hostia puta.

Había sustituido el brillito rosa de su ombligo por un piercing *estilo haltera de ónix, y lo único que cubría el resto de su cuerpo era un tanga de cuero negro.*

Se sacó del bolsillo una fusta negra.

—Nunca usarás eso conmigo —dijo Braden.

—Lo sé. —Ella se acercó más a él—. Pero tú sí la vas a usar conmigo.

Estaba cansado. Muy cansado. Y excitado.

No conocía a esa mujer. Joder, apenas era una mujer. Pero era mayor de edad, y eso era todo lo que importaba.

—Necesito una ducha —dijo, más para sí mismo que para ella.

—Bien. Tómate una. —Ella acortó la distancia entre ellos, con sus pezones pinzados casi tocando su pecho—. Y no tiene que estar fría.

Él había dejado de luchar contra ella. ¿Addie quería esto? Bien. Pues se lo daría. Pero bajo sus condiciones.

—Dejemos una cosa clara —soltó, encontrando su mirada ardiente—. Si te dejo entrar, si hacemos esto, lo haremos a mi manera, ¿entendido?

—Por supuesto. Sé lo que te gusta.

—¿Cómo coño lo sabes?

—He investigado, señor Black. He investigado mucho.

—¿Qué tipo de investigación te diría lo que me gusta?

—Eso es información clasificada. —Sonrió con timidez—. Pero te gusta lo que llevo puesto, ¿no?

No podía negarlo. Ella era el sueño húmedo de un dominante. Pero él no era un dominante. No en realidad. Le gustaba especialmente el bondage*, y no era reacio a los azotes y a los látigos, pero ¿tener una dominación total sobre alguien? Eso no era para él. No podía imaginárselo.*

—¿No podías? —pregunto.

—Ya te lo he dicho antes —contesta Braden—. Los dos éramos jóvenes e inexpertos. Ninguno de los dos sabía lo que estaba haciendo.

—Pero...

Coloca sus dedos sobre mis labios.

—Shh... Ya llegaremos ahí.

No tenía idea de cómo Addie conocía sus gustos, pero de alguna manera lo sabía.

—Necesito tu consentimiento —dijo.

—Lo tienes.

—Y voy a darte una palabra de seguridad.

—Lo que quieras.

Abrió la puerta y le permitió entrar en su apartamento.

—Tu palabra de seguridad es «Black».

—¿Tu apellido?

—Mi apellido, sí.

—¿Y si grito tu nombre con pasión?

—Entonces gritarás mi nombre de pila, no mi apellido.

—No. Quiero gritar «señor Black».

Eso se estaba volviendo un poco espeluznante.

—¿Tienes algún tipo de fetiche con tu padre o algo así?

—No seas tonto. Eres demasiado joven para ser mi padre.

—Lo soy, pero no me gusta esto. No me vas a llamar «señor Black». ¿Entendido?

Ella volvió a sonreír.

—Por supuesto. Lo que usted quiera, señor.

«Señor». Mmm. Eso podría estar bien.

—Bien. Llámame «Señor». Y tu palabra de seguridad es «Black».

—Nunca me has pedido que te llamara *«Señor»*. —digo—. Y nunca me has dado una palabra de seguridad.

—Por el amor de Dios, Skye, ¿podrías dejarme terminar? Llevas semanas dándome la lata para que te cuente todo esto. No soy el mismo hombre que era entonces. ¿Eres la misma que hace once años?

—Bueno, hace once años tenía trece, así que voy a decir que no.

Sus labios se mueven.

—Debería ponerte sobre mis rodillas y darle a ese bonito culo tuyo unos buenos azotes.

Me palpita el corazón.

—Vale —digo con timidez.

—Lo siento, nena. Esta es tu única oportunidad de escuchar esta historia. Así que elige. Los azotes o esto.

Podría decirle que elijo la historia, que sé que me azotará después. Pero Braden no es así. Si elijo la historia, intencionadamente no me azotará después, por mucho que lo desee.

Estoy entre la espada y la pared, mi lugar habitual con Braden.

—Continúa —respondo—. Necesito saberlo, y creo que tal vez tú necesitas contármelo.

48

Ella asintió.

—No, dímelo con palabras.

—Sí, estoy de acuerdo con todo eso.

—¿Todo qué?

—Te llamaré «señor» y mi palabra de seguridad es «Black».

—Y harás lo que yo quiera.

—Sí, joder —dijo sin aliento—. Haré todo lo que quiera. Señor.

La polla de Braden estaba dura dentro de sus vaqueros.

—Voy a darme una ducha. Estoy hecho un asco.

—Yo creo que se ve muy bien —contestó—. Todo sucio después de un día de trabajo duro. Trabajo que le da esos músculos increíbles.

—¿Estás diciendo que no quieres que me duche?

—No —respondió—. Le deseo tal y como es. Es tan sexi...

Braden se acercó a ella, sin tocarla a conciencia.

—Cariño, no se trata de lo que tú deseas. —Se dirigió al cuarto de baño, se quitó la ropa y se metió debajo de la corriente de agua.

Se frotó el cuerpo con agua tibia, preguntándose qué se encontraría una vez que terminara. Lo más probable es que se hubiese dado cuenta de en qué se había metido y hubiese dado media vuelta y hubiese salido corriendo. Eso estaría bien. Se masturbaría y acabaría así. No es que no hubiera hecho eso antes. Era casi el único tipo de sexo que tenía esos días.

Salió de la ducha, se secó el pelo y el cuerpo, y después se rodeó la cintura con una toalla.

«Allá vamos». *Abrió la puerta y salió al salón.*

Había pensado en lo que se podría encontrar. Lo más probable es que se hubiera ido. Si no, podría haber ido a la pequeña zona de la cocina y haber sacado un par de cervezas del frigorífico. Tal vez un poco de bourbon. *Tal vez un poco de agua fría. Eso sonaba muy bien ahora mismo.*

O tal vez se habría deshecho de su gabardina y estaría tumbada en su cama.

Esas eran las cosas que él esperaba.

Pero no es lo que sucedió.

Addison estaba de rodillas junto a su cama.

De rodillas.

Esa mujer sabía algo sobre la sumisión. Más de lo que Braden sabía en ese momento.

Y estaba más que excitado.

Se acercó a ella.

—¿Qué está pasando aquí?

—¿Puedo mirarle a los ojos, señor?

¿Le había pedido permiso para mirarle a los ojos? ¿Eso era lo que ella quería? ¿Lo que ella creía que él quería?

Bien. Lo intentaría. Era algo poco común. ¿Qué coño?

—Puedes hacerlo.

Ella levantó la cabeza, encontrando su mirada con el cuello doblado hacia atrás.

—¿Qué puedo hacer para complacerle?

—Tráeme tu látigo de tiras y después súbete a la cama.

Fue andando hasta su gabardina, sacó el látigo de tiras del bolsillo y se sentó en la cama. Le tendió el objeto como si fuera una ofrenda.

De acuerdo, eso podría estar bien.

—Esto es una calle de doble sentido —le explicó Braden—. Voy a contarte lo que quiero hacer y tú tienes la opción de decir que no.

—Ya he dado mi consentimiento. No quiero esa opción.

—Creo que te lo he dicho antes. Esto no se trata de lo que tú quieres.

—Sí, señor —contestó ella—. Pero quiero lo que usted quiere.

—Ahora piensas eso, pero te estoy dando la opción de elegir. ¿Entiendes?

—Sí, señor.

—Bien. Nos entendemos. Te voy a preguntar cada vez que hagamos algo nuevo si tengo tu consentimiento, y lo quiero verbalmente. Nada de movimientos de cabeza o asentimientos, ¿entendido? Necesito un sí o un no verbal.

—Lo entiendo, señor. Pero siempre será que sí.

La verdad era que era de ideas fijas. Genial. Daba igual. Pronto vería hasta dónde estaba dispuesta a llegar. Braden había querido experimentar con algo de BDSM desde hacía tiempo, pero encontrar una pareja dispuesta a ello había sido un problema.

Ahora, había entrado una en su vida. Una puñetera heredera de un hotel, por el amor de Dios. Pero ella era mayor de edad, así que ¿qué coño?

En el fondo de su mente, algo lo echaba para atrás. Pensaba que lo que estaba a punto de hacer podría ser un gran error.

Pero estaba empalmado y una mujer estaba de rodillas delante de él.

Ignoró la voz de su conciencia.

Esa sería la última vez que lo haría.

—¿De verdad? —pregunto—. ¿Sabías que no debías hacerlo?

Asiente con la cabeza.

—No es que pensara que íbamos a hacer algo malo. Conoces mis gustos. Los compartes. Pero no tenía experiencia y estaba a punto de embarcarme en algo oscuro con alguien a quien no conocía. Ella parecía saber mucho más de mí que yo de ella.

—No parece propio de ti.

—No lo es ahora. ¿En ese momento? La verdad es que no puedo decírtelo. Era joven y estaba cachondo, y ella se me estaba ofreciendo.

Me burlo.

—Los hombres sois unos cerdos.

Se ríe.

—Supongo que debería sentirme ofendido por eso.

—¿No lo haces?

Sacude la cabeza.

—No es así. Los hombres, sobre todo los jóvenes, tienen la costumbre de pensar con la cabeza equivocada.

—Tú no haces eso.

—No, no lo hago. Ya no.

«No desde esa época de mi vida».

No dice esas palabras, pero son claras como el agua, están zumbando en mi cabeza como si realmente las hubiera pronunciado.

—Continúa —le pido.

49

Esa primera vez no la ató. Simplemente la hizo permanecer de manos y rodillas mientras le azotaba el culo hasta dejárselo de color rosa. Luego se la folló por detrás.

—¿Skye?

Exhalo.

—Dime.

—¿Estás bien?

Espero unos segundos, poniendo en orden mis pensamientos.

—Sí. Solo que es más duro de lo que pensaba oírte decir que te la has follado.

—Sí, me la he follado. Eso ya lo sabes.

Vuelvo a inhalar. Exhalo.

—Lo sé. Pero escucharte decirlo...

—¿Preferirías que te diera menos detalles?

—Tal vez. Limitémonos exclusivamente a lo que necesito saber, ¿de acuerdo? Explica lo que pasó y cuál fue el resultado final.

—¿Sin explicar cómo llegamos allí?

—Joder. —Me muerdo el labio inferior—. No lo sé.

—No pensaba pintar un cuadro en tu mente, Skye. Lo único que te he dicho ha sido que la azoté con un látigo y luego me la follé. Para mí, eso no es mucho detalle. Apenas estoy esbozando el cuadro.

—Pero sí que lo estás pintando. Soy artista. Veo cuadros en todo. ¿Cómo crees que se me ocurre qué fotografiar?

—Entonces eres tú misma la que está pintando el cuadro.

No se equivoca.

—Lo sé.

—¿Quieres que avance rápido?

—Tal vez un poquito.

—Vale.

La aventura duró varias semanas. Se reunían en los días libres de Braden y experimentaban con el BDSM. Le ató las muñecas, los tobillos, a veces las cuatro extremidades. Y la azotó con manos y látigos. Braden se contentaba con dejarlo ahí.

Pero Addison quería más.

Cuando él se negó a ir más allá, ella comenzó el acoso de nuevo. Se presentó en su lugar de trabajo y en su apartamento.

Braden investigó un poco, y al final consintió en ir más lejos.

Empezaron con un bondage *más elaborado. Con el tiempo, añadió algo de privación sensorial y experimentó con frío y calor.*

Fue Addison quien mencionó la asfixia erótica.

—Así que por eso es tu límite absoluto —digo.

—¿Porque ella lo mencionó? No.

—¿Entonces por qué?

—Por el amor de Dios, Skye. Ten paciencia.

Suspiro y asiento con la cabeza. La paciencia me va a matar.

—Investigué un poco. Pensé que podría manejarlo.

—¿Y no pudiste?

—Ya te lo he dicho antes. Ambos éramos inexpertos. Totalmente inexpertos.

Después de un montón de investigación, Braden estaba listo para atarle el cuello a Addie y probar un poco de asfixia mínima. La escena comenzó con una serie de azotes y juegos con los pechos para luego pasar al oral. Cuando Addie estaba lista y excitada, Braden le ató un lazo alrededor del cuello, algo así como un collar de asfixia para perros.

Le dio un tirón justo cuando el orgasmo era inminente, y Addie se corrió.

—¡Ha sido alucinante! —exclamó cuando terminó.

Braden admitió que era increíble de ver. Increíble ejercer esa cantidad de control sobre el placer de otra persona.

Pensó que había encontrado su vocación. Se le daba bien. Se le daba muy bien tomar el control. Dominar. Tal vez era un dominante después de todo, aunque no le gustaban las etiquetas.

Siguió atándole el cuello y practicando el control de la respiración varias veces más, y cada vez Braden tomaba más y más aire para inducir la asfixia erótica.

Hasta que la última vez...

Braden deja de hablar a mitad de frase.

—No puedes parar ahora. Acabo de acostumbrarme a la imagen en mi mente de ti cerniéndote sobre ella. Esto no es justo.

—No es fácil para mí hablar de esto —dice.

—Has llegado hasta aquí.

Asiente y continúa.

Braden estaba duro, muy duro, y tenía a Addie a punto. Ella tenía los ojos cerrados y él la provocaba con unos pequeños tirones.

—¿Quieres más? —le preguntó.

—Sí. Por favor, señor.

Otro suave tirón.

—¿Más?

—Sí, señor. Por favor. —La voz de ella era jadeante, sin aliento.

Él le rodeó el clítoris con los dedos mientras, con la otra mano, le tiraba de la correa que le rodeaba el cuello.

—Dime que lo quieres. Dime que quieres que te estrangule. Con fuerza.

—Sí, señor —dijo ella—. Quiero que me estrangule con fuerza. Más fuerte, por favor, señor.

Le dio un último tirón a la cuerda mientras le metía la polla. No tardó en correrse, y cuando se retiró...

Ella estaba lacia. Addie se había quedado sin fuerzas.

—¿Addie?

No hubo respuesta.

La puso de espaldas. Sus ojos estaban cerrados, su cuello todavía atado. Se apresuró a quitarle la cuerda.

—¡Addie! ¡Despierta!

Le puso los dedos en el cuello. Gracias a Dios. Su pulso era ligero, pero estaba ahí.

¿Qué cojones había hecho?

911. Llama al 911. ¿Y decirles qué? ¿Que había asfixiado a una mujer en su cama? No era la mejor idea.

Le dio palmaditas en la mejilla. Suave al principio, y luego más fuerte.

—¡Vamos! ¡Despierta, Addie! ¡Vamos!

El tiempo pasó en un trance. Los minutos pasaban como si fueran horas. Cuando transcurrieron cinco minutos, agarró su teléfono. Sí, lo más probable es que fuera a la cárcel, pero no podía dejarla morir.

Estaba listo para pulsar los números, cuando...

—¿Señor?

La voz de Addie. Suave y áspera, pero todavía su voz. Lanzó un suspiro de alivio.

—¡Menos mal! —Le tocó la mejilla—. ¿Estás bien? ¿Puedes respirar?

—Sí. —Ella aspiró una bocanada de aire y luego la dejó salir en un silbido chirriante—. ¿Qué ha pasado?

—Has perdido el conocimiento durante unos minutos. Joder. ¿Estás bien?

—Estoy bien. —Su voz seguía estando tocada—. Ha sido increíble, señor. Increíble.

—¿Increíble? ¿Te desmayas y te parece increíble?

—¿No es ese el punto?

—¡Por el amor de Dios, Addie, podrías haber muerto!

—No, ese es el punto. Perder la conciencia y el orgasmo. Dios, señor, el orgasmo...

—Me importa una mierda si ha sido el orgasmo más increíble del mundo y has volado hasta el puto Júpiter. No vamos a volver a hacer eso.

—Pero, señor, yo quiero...

El alivio de Braden se transformó en ira.

—Te estás olvidando de algo. Esto nunca se ha tratado de lo que tú quieres. Se trata de lo que yo quiero. Y yo digo que hemos terminado con esto.

—Señor, si supiera lo que se siente...

—Creo que acabo de decir que no me importa. Te voy a llevar a urgencias para que te revisen.

—Estoy bien.

—Tu voz no suena muy bien que digamos.

—Bueno, estoy un poquito ronca. Ya se me pasará.

—Vamos a ir a urgencias.

Braden la acompañó mientras se vestía y después se dirigieron al servicio de urgencias más cercano. Braden fue sincero con el médico y le contó exactamente lo que había pasado.

—Eres una mujer con suerte —le dijo el médico a Addie—. Te recomiendo que no vuelvas a tener este comportamiento de nuevo.

Más tarde, Braden llevó a Addie a casa en su camioneta.

—Creo que necesitamos separarnos un tiempo —le dijo.

—¿Separarnos un tiempo? ¿Por qué, señor?

—Porque no estoy cómodo con lo que ha pasado. Necesito pensar en lo que hemos estado haciendo. Pensar en si quiero seguir formando parte de ello.

—Pero, señor...

—¿Necesito recordártelo otra vez? Esto nunca se ha tratado de lo que tú quieres.

—¿Me llamará? —preguntó ella.

—No —contestó él con rotundidad—. No voy a hacerlo.

Pasó una semana, y luego otra.

Braden se sintió aliviado de que ella estuviera fuera de su vida. Había descubierto muchas cosas que le gustaban en el dormitorio, y una cosa que odiaba. Algo que no volvería a hacer, pasara lo que pasara. No importaba lo cuidadoso que fuera con el control de la respiración, siempre había un riesgo.

Él era una persona que corría riesgos. Siempre lo había sido.

Pero no estaba dispuesto a arriesgar la vida de una persona.

Se sintió aliviado de que la relación, si se puede llamar así, hubiera terminado.

Pero resultó que no fue así.

El acoso comenzó de nuevo.

Addie lo esperaba junto a su camioneta después del trabajo, esta vez con un mono negro y una gargantilla de terciopelo negro trenzado.

—Por favor, señor —suplicó—. Lo necesito. Le necesito a usted.

—Te he dicho que se acabó —dijo él—. No se trata de lo que tú quieres.

—Me echa de menos. Debe hacerlo. Estábamos hechos el uno para el otro.

—Las cosas se salieron de control.

—Pero hemos aprendido. Podemos hacerlo mejor.

—No —dijo rotundamente—. Se acabó.

Cuando el acoso no se detuvo, al final no tuvo otra opción. Llamó a la policía.

—Así que no la dejaste porque no quiso ir más allá contigo.

—Por supuesto que no lo hice por eso. Estaba asustado, Skye. ¿No lo estarías tú?

—Sí. Sí, lo estaría. No puedo creer que quisiera volver a intentarlo.

—Parece que el clímax fue la hostia —dice él.

—Lo más probable es que no quisiera dejarte ir. ¿Consideraste volver con ella y solo hacer lo demás?

—Sí, lo consideré. Pero después de que siguiera acosándome, me di cuenta de que no estaba tratando con una persona racional. Estaba tan acostumbrada a conseguir lo que quería que no podía soportar no tenerme. No era una persona con la que quisiera tener cualquier tipo de relación a largo plazo.

—¿Entonces nunca estuviste enamorado de ella?

—¿Cómo puedes preguntarme eso?

—Es una pregunta válida.

—Válida, sí, pero innecesaria. Ya sabes la respuesta. Te he dicho que nunca he amado a una mujer hasta que llegaste tú, Skye.

50

Se me calienta el cuerpo por completo y casi se me derrite el corazón por la calidez de sus palabras.

Braden es un hombre que dice mucho sin decir nada. Es fácil olvidarse de eso, pero me prometo que a partir de ahora lo recordaré.

Nunca ha querido a Addie.

—¿Y ella estaba enamorada de ti?

—Pensó que lo estaba.

—¿Eso te dijo?

—Un par de veces, mientras me acosaba después del incidente. Al contrario de la creencia popular, tengo sentimientos. Solo que no los manifiesto mucho. Me sentía mal por ella, pero no estaba enamorado. Además, lo que ella quería hacer era peligroso. Era más fácil para mí cortarlo de raíz.

—Algunos hombres de clase baja podrían haberse quedado con ella por el dinero.

—Algunos hombres de clase baja podrían haberlo hecho. No diré que no se me pasó por la cabeza, pero si alguna vez iba a ser rico, quería que fuera bajo mis propios términos.

—Y así es.

—Sí —repite, aunque no parece del todo convencido.

—¿Braden?

Suspira.

—La historia no ha terminado, Skye.

Trago saliva.

—Muy bien. Continúa.

El día después de que Braden llamara a la policía, recibió la visita del padre de Addison, Brock Ames. En lugar de que Addie lo esperara junto a su camioneta después del trabajo, Brock estaba allí, vestido de punta en blanco con un traje gris a rayas y fumando en pipa. Braden inhaló la fragancia de corteza de cerezo. Era agradable, pero fumar no era algo que él hiciera nunca.

—Señor Black. —Brock vació la ceniza de su pipa en el suelo y le tendió la mano—. Soy Brock Ames.

—Sé quién es —dijo Braden.

—Entonces supongo que sabe por qué estoy aquí.

—Pues la verdad es que no.

—Me gustaría que retirara los cargos contra mi hija.

—Señor Ames, su hija me ha estado acosando. Aparece aquí junto a mi camioneta después del trabajo, como usted lo ha hecho hoy. Se presenta en mi casa. Me llama a todas horas de día y de noche. Tiene que parar.

—No creo que los cargos formales sean la respuesta.

—¿De verdad? ¿Cuál es la respuesta, entonces?

—Retire los cargos y haré que valga la pena.

—¿Qué va a hacer? ¿Enviarla a Europa o algo así? Tiene dieciocho años. Es adulta.

—A los ojos de la ley, sí, pero todavía es una chica muy joven.

Braden se encontró con la mirada de Brock. ¿Cómo decirle a un padre de lo que era capaz su hija?

—No intente decirme que no sabe lo que está haciendo. Sabe perfectamente lo que hace.

—¿Y si le dijera —dijo Brock aclarándose la garganta— que podrían hacer que le arrestasen por agresión sexual?

—Le mandaría a la mierda. —Braden no había agredido a Addie. Todo fue consentido. Sin embargo, a pesar de sus palabras, se puso nervioso. Brock Ames era un hombre poderoso.

—Addie testificará que la agrediste y que perdió el conocimiento —continuó Brock.

Los dedos de Braden se cerraron en puños.

—Eso nunca ocurrió.

—¿Crees que eso importa?

Un escalofrío recorrió la nuca de Braden.

—Pedazo de cabrón...

—Tranquilícese, señor Black. Veo que es usted un hombre inteligente.

—Fuimos a urgencias. Ella corroboró lo que le conté al médico.

—Y ella puede decir fácilmente que la coaccionaste para que lo corroborara.

—¿Así que está diciendo que me chantajeará si no retiro los cargos de acoso? ¿De eso se trata todo esto?

—«Chantaje» es un término muy negativo —contestó, aplastando las cenizas de su pipa en el asfalto con el pie revestido de cuero italiano—. Prefiero pensar en esto como dos personas que hacen un trato.

—Un trato en el que usted tiene toda la ventaja —respondió Braden con los dientes apretados.

—Le puede interesar saber que Addie cree que está enamorada de usted. Ella no quiere hacer ninguna denuncia por acoso.

—¿Entonces por qué estamos teniendo esta conversación?

—Porque hará la denuncia... si la amenazo con cortarle el grifo.

El dinero. La rabia se apoderó de Braden. Todo se reducía al dinero. Si alguna vez tuviera dinero en su vida, nunca lo utilizaría para controlar a los demás.

Nunca, joder.

—Entonces volvemos al chantaje —dijo Braden.

—No necesariamente. Volvemos al punto de partida y haremos nuestro trato.

—¿Cómo es que no le diste un puñetazo? —le pregunto.

—Créeme. Fue difícil —contesta—, pero eso solo habría empeorado las cosas.

—Nunca encontré ningún registro de cargos contra ti o contra Addie.

—Cuando estabas husmeando —dice.

—Bueno..., sí. Sabes que tenía curiosidad. Pero no lo he mirado hace poco, Braden. Créeme. Tomé la decisión de respetar tu derecho a decírmelo cuando tú quisieras.

—Lo sé. —Sonríe.

Dios, cómo me gusta esa sonrisa. Últimamente parece sonreír más, ahora que el entendimiento entre nosotros ha aumentado.

—Entonces, ¿qué pasó al final?

—Hicimos un trato —dice—. Un trato que me cambió la vida.

51

—¿Ha visto alguna vez El Padrino*? —preguntó Brock.*

Braden negó con la cabeza. Nunca tuvieron televisión por cable mientras crecía, y ahora no tenía tiempo para ver la televisión o ver películas. O trabajaba o dormía.

—Qué pena —dijo Brock.

—¿Por qué?

—Porque estoy a punto de hacerle una oferta que no podrá rechazar.

Braden no respondió. Simplemente levantó las cejas, esperando.

—Esto es lo que va a pasar —dijo Brock—. Va a retirar los cargos contra mi hija y se comprometerá a no volver a hablar de lo que ocurrió entre los dos.

—¿Y ella dejará de acosarme?

—Intentará dejar de hacerlo.

Braden negó con la cabeza.

—No hay trato.

—Conozco a mi hija. Solo está teniendo un berrinche. No está consiguiendo lo que quiere. Es su forma de ser.

—¿Su forma de ser? ¿Se supone que tengo que aguantar sus pequeñas pataletas?

Brock se aclaró la garganta.

—A cambio, financiaré su mudanza a otro lugar. No podrá encontrarle.

—¿Tengo que irme de Boston?

—Sí. Pero puede encontrar trabajo en la construcción en cualquier lugar.

—Tal vez no quiera dejar Boston. Mi padre y mi hermano viven aquí.

—¿Y? Le he investigado un poco, señor Black. Parece que no le tiene mucho aprecio a su padre. Y su madre... Bueno, ella ya no es un problema, ¿verdad?

Furia, de nuevo. Una furia desmedida. ¿Cómo se atrevía ese hijo de puta a hablar de su familia? ¿De su madre?

Sin embargo, Braden mantuvo la boca cerrada, por difícil que fuera. De ninguna manera iba a dejar que su temperamento dictara lo que sucedería a continuación. Ni de coña.

—No me voy a ir —dijo al final Braden.

—Está en su derecho. Pero Addie sabe dónde encontrarle. El acoso, como le gusta llamarlo, puede continuar.

—¿Como me gusta llamarlo? ¿Cómo cojones lo llama usted?

—Lo llamo simplemente un intento de mantener el contacto.

Braden apretó las manos en puños una vez más.

—No me lo puedo creer. No quiero irme. No me voy a ir. —Era inflexible. Boston era su hogar. No quería vivir en otro lugar.

—¿Así que está rechazando mi oferta?

—Estoy rechazando su primera oferta. Me gustaría hacer una contraoferta.

—No voy a considerar ninguna contraoferta, señor Black. Esta es mi única oferta.

—¿Y si me niego?

—Addie irá a la policía y alegará agresión.

La piel de Braden se tensó a su alrededor, su corazón tronó.

—No se saldrá con la suya. La verdad está de mi lado.

—Puede ser, pero ¿está dispuesto a correr ese riesgo? Tendré a los mejores abogados asesorando a la acusación, y usted caerá por un crimen que no ha cometido.

Mierda. Brock sabía que Braden no había agredido a Addie. Lo sabía, joder. Si tan solo tuviera una grabadora con él. Un micrófono. Entonces podría probar que Brock acababa de admitir que Braden no había cometido ningún crimen. Abrió la boca para increpar a Brock por su mentira...

Entonces algo lo golpeó como un rayo.

El dinero.

Todo se reducía al dinero. Brock lo tenía. Braden no.

—¿Cuánto le costará? —preguntó Braden.

—¿Cómo?

—Esos codiciosos abogados que asesorarán a la acusación. No se olvide del juez. Puede que tenga que comprarlo. ¿Cuánto le costará finalmente hundirme?

—El dinero no importa.

—No para usted. Así que ¿cuánto?

Brock entrecerró los ojos.

—Seis cifras. Posiblemente siete.

—Aquí tiene la contraoferta —dijo Braden—, y haría bien en aceptarla. Mantenga a su querida hija fuera de los focos y su dinero fuera de las manos de los abogados. Démelo a mí en su lugar. Retiraré los cargos y me garantizará que esto se va a acabar. Se va a acabar para siempre.

—¿Qué quiere decir?

—Quiero decir que su hija nunca hará acusaciones falsas contra mí. Lo quiero por escrito, firmado por usted y por ella. También firmaré que nunca hablaré del incidente que la llevó al servicio de urgencias. No volveré a hablar con ella, si es necesario.

—Addie no va a aceptar eso.

—Pues haga que lo acepte.

—Como dijo antes, señor Black, ella es adulta. Cree que está enamorada de usted.

—Un millón. Eso es lo que le costaría arruinarme la vida. Démelo a mí en su lugar, y firmaré lo que quiera.

Brock entrecerró los ojos. Lo estaba considerando.

Bien.

—Un cuarto de millón —respondió por fin—. Y nunca llamará a la policía por Addie.

—No hay trato.

—Medio millón.

Braden sonrió. Eso era lo que buscaba. Medio millón. Con eso podría hacer despegar su nuevo producto.

—Medio millón —dijo—, y Addie dejará de acosarme.

—Le he dicho que deje de hacerlo, pero no puedo controlar lo que al final hace.

—Entonces no puedo garantizar que no llame nunca a la policía por ella.

Brock se encontró con la mirada de Braden, su propia determinación.

—No permitiré dudas en esta parte del trato. No puede llamar a la policía por mi hija. Jamás. Lo escribiré en el acuerdo si es necesario. Además, tendrá mi garantía de que no será perseguido por ninguna acusación falsa. Y habrá un acuerdo de confidencialidad.

Mis ojos están tan abiertos como platos.

—Aceptaste.

Braden se aclara la garganta.

—Sí, lo hice.

—Y Addie…

—Me ha estado acosando desde entonces.

Se me estremece el corazón.

—Tu negocio…

—Fue sembrado con el dinero de Brock Ames —dice, su voz monótona—. Y firmé un documento en el que decía que nunca hablaría de lo que pasó entre Addie y yo.

—Así que por eso…

—Por eso no podía decírtelo, Skye. Por eso no debería estar diciéndotelo ahora. Aunque es probable que no importe. Ahora puedo comprar y vender el negocio de Ames. Si me voy de la lengua, ¿qué pueden hacerme? Demandarme, pero entonces todo saldrá a la luz de todos modos.

—¿Por qué no me lo dijiste entonces? Al principio, quiero decir.

—Porque soy un hombre de palabra, Skye. Un hombre no es nada sin su palabra.

Y ahora ya no es un hombre de palabra. Me lo ha contado.

Pero no porque yo lo haya incitado a hacerlo.

Me lo ha contado porque me ama. Porque confía en mí. Y si vamos a tener una relación, no puede haber grandes secretos entre nosotros.

—Ese día aprendí algunas cosas valiosas de Brock Ames —continúa—. En primer lugar, nunca aceptes la primera oferta, aunque la otra parte diga que es la única.

Asiento.

—En segundo lugar, aprendí que un hombre es tan bueno como lo es su palabra. Brock cumplió su palabra conmigo. Addie nunca ha hecho ninguna acusación falsa y no ha hablado de ningún detalle del tiempo que pasamos juntos...

—¿No lo ha hecho? Entonces, ¿cómo lo sabe Apple? ¿Y Betsy?

—Lo más seguro es que se lo dijera a Betsy antes del acuerdo. En cuanto a Apple, es de la familia y estuvo allí, así que es probable que fuera testigo de muchas cosas de las que pasaron. —Braden se mete las manos en los bolsillos—. Addie sigue siendo una mocosa mimada en el fondo. El acoso nunca ha parado, Skye. De hecho, continúa hasta el día de hoy.

—Así es como... —Mi mente da vueltas.

—No hay duda de cómo supo lo de las pinzas para los pezones. El dilatador anal. Nuestra ruptura. Me ha tenido vigilado desde entonces. Lo que no sabe es que yo la he tenido vigilada desde que me lo pude permitir. Si se pasa de la raya, lo sabré y la detendré.

—¿No consideras que el hecho de que ella sepa lo del dilatador anal está fuera de lugar?

—Mi casa es lo más seguro que hay. La tuya no. Al menos no todavía. No me pareció correcto hacer instalar un sistema de seguridad en tu casa sin decírtelo antes.

—Es todo un detalle —digo.

—Addie es prácticamente inofensiva. La ignoro, la mayor parte del tiempo, pero a veces el demonio de mi hombro saca lo peor de mí. Sin embargo, no puedo estar demasiado molesto por eso. Al fin y al cabo, así es como nos conocimos tú y yo.

Sonrío.

—Tu comentario en su publicación del café. Por supuesto.

—Esa mujer odia el café. Siempre lo ha hecho. A veces es algo tan pequeño como eso lo que me saca de quicio.

—Lo entiendo. De verdad.

—Estoy seguro de que sí, después de todo trabajabas para ella.

—Ella sabe que me encanta el café, ¿y sabes que ni una sola vez se ofreció a darme la bebida? Siempre la tiraba.

—No me sorprende —responde Braden—. Todo es de usar y tirar para ella.

—Menos tú. —Frunzo el ceño.

—Eso parece. Nunca me ha superado. Pero puede ser por el dinero y el estatus que tengo ahora.

Pienso por un momento. Claro, Braden tiene dinero y estatus ahora, pero no lo tenía entonces. Aunque sí tenía una cosa.

A sí mismo.

Siempre ha sido Braden Black. Siempre ha sido un hombre magnífico y sorprendente.

—No lo creo —le digo—. Creo que ella seguiría detrás de ti sin importar qué. Pero no podemos vivir así, Braden. No puedo vivir mi vida sabiendo que ella está vigilando cada movimiento que hago.

—Puede que te esté vigilando de todos modos —replica—. Después de todo, ahora estás en su territorio.

—¿Eso significa que te tengo a ti?

Se ríe.

—No, Skye. Nunca he sido su territorio. Me refiero a lo de ser *influencer* en redes sociales.

Me burlo de mí misma. Por supuesto, tiene razón.

—Nunca llegaré adonde está ella.

—No te subestimes. Tú tienes algo que ella no tiene.

—¿A ti? —Suelto una risita.

—No tienes remedio. No. Tú te tienes a ti misma. Tienes a Skye Manning, y Skye Manning es una persona real. Una persona con la que todo el mundo se relaciona. Tu don eres tú.

«Tu don eres tú».

Con esas palabras, floto en el aire.

Me veo a mí misma bajo una nueva luz.

Sí, tengo a Braden, y si Braden me ama, eso debe de significar que soy algo especial.

Pero eso no es lo que en realidad me hace especial.

Yo soy yo. Soy #simplementeskye.

Y eso es algo que nadie más tiene, ni siquiera Addison Ames.

¿No sería el mundo maravilloso si la gente de a pie se viera a sí misma como un don?

Esto, aquí y ahora, es lo más grande que alguien ha hecho por mí.

—Te querré siempre por decir eso, Braden. —Envuelvo los brazos alrededor de su cuello.

—Y yo te querré siempre por ser tú —me responde.

52

—Por eso sé que Addie no te ha superado. Porque tú eres tú. Eres Braden. No eres un trabajador de la construcción. No eres un multimillonario. Solo eres Braden Black, y eres increíble.

Sonríe. Sonríe de verdad. Quizás ahora vea más esa sonrisa real. Pero solo dura un momento antes de que frunza el ceño.

—¿Qué pasa?

—Ahora conoces mi secreto.

—Sobre Addie y tú. Sí. Siento que resultara herida.

—Yo también, pero no me refiero a eso. Siempre quise ser rico a mi manera, pero no lo soy. Ahora sabes que he tenido ayuda para crear mi empresa.

—¿Te refieres al dinero de Brock Ames?

Asiente con la cabeza.

Me río. En serio, me río de forma casi incontrolable.

—No veo qué gracia tiene eso desde mi punto de vista.

—¿No fuiste tú quien me dijo que una oportunidad es una oportunidad? ¿Que debía utilizar todos los recursos disponibles para construir mi carrera? Dios mío, me pasé semanas pensando que no era lo bastante buena. Que solo me querían porque era la novia de Braden Black. Incluso que los contactos que tenía eran por Addie.

Sus labios se mueven ligeramente hacia arriba.

—Y, además, no era el dinero de Brock Ames. Era tu dinero. Él y tú hicisteis un trato.

—Que acabo de romper.

—Por mí. Por nosotros. Y tienes mi palabra de que la historia no saldrá de esta habitación. Lo juro por la vida de mi madre. Por la vida de mi padre. Por mi propia vida. Por mi amor por ti.

Sus labios se mueven más hacia arriba.

—Además —continúo—, tenías un caso de acoso irrefutable contra Addison. Lo dejaste ir a cambio de medio millón de dólares y la garantía de que no te procesarían por algo que no habías hecho. Seguro que para Brock Ames fue barato. Le habría costado mucho más construir un caso contra ti y pagar a todo el mundo para que viera las cosas a su manera.

—Tienes toda la razón —reconoce Braden.

—Así que no era el dinero de Brock. Era el tuyo.

Se ríe entonces, sacudiendo la cabeza.

—Justo por esto. Justo por esto es por lo que te quiero, Skye.

—¿Que por esto es por lo que me quieres? ¿Porque te he ayudado a ver algo que ya sabías?

—Bueno, por esto y por unas mil razones más.

Me fundo con él y le rodeo el cuello con los brazos.

—Mejor. —Le rozo los labios con los míos.

Todavía no me ha hablado de su madre, pero ya hemos tenido suficiente por hoy. No lo voy a presionar.

—Tengo que prepararme para mi cena con Eugenie —digo.

Asiente con la cabeza.

—Siento no poder acompañarte.

—¿Estás seguro? La verdad es que quiero que vengas.

—Ojalá pudiera, pero hay algo que requiere mi atención inmediata.

Suspiro.

—Vale, pero antes tengo que contarte algo. —Le cuento la historia de los *hashtags*.

—Bien por ti. No deberías vender #simplementeskye. Es tuyo.

—¿Y #susietehacebrillar?

—Me parece bien. De todos modos, no lo usarías para otra cosa que no fuese tu trabajo con Susanne. Las empresas pagan por las creaciones todo el tiempo.

Me libero del peso que tenía sobre los hombros. Braden está de acuerdo conmigo. Hice lo correcto. Lo sabía en ese momento, pero me siento muy bien sabiendo que está de acuerdo y que me habría aconsejado lo mismo.

Tal vez esté preparada para tomar de verdad mis propias decisiones empresariales. Me encantará que me aconseje, por supuesto, pero puedo tomar las decisiones finales yo misma.

Por un momento, estoy usando el traje ajustado de Wonder Woman. Me siento totalmente empoderada.

Y me gusta la sensación. Me gusta mucho.

Braden me da un beso abrasador.

—Tengo que irme. Lo siento. La limusina está abajo y te llevará a cenar cuando estés lista.

—Lo entiendo. Y gracias.

—¿Por qué?

—Por confiar en mí.

Asiente brevemente con la cabeza y en pocos segundos está bajando en el ascensor. Lejos de mí. ¿Para hacer qué? ¿Algo relacionado con Addie? ¿Algo relacionado con Tessa? Iba a investigar la situación de la ketamina, donde Addie se encontraba esa noche por casualidad.

No es posible que todo esté relacionado. ¿Verdad?

No tengo tiempo para pensar en eso ahora. Me visto para la cena con una camisola rosa, unos pantalones pitillo negros y una americana gris. Un atuendo elegante y sexi a la vez. Me gusta el *look*.

Me sobran unos minutos antes de tener que bajar a la limusina. Es un buen momento para ver cómo está Tessa.

—Hola —me dice al oído.

—Hola. Solo te llamo para ver cómo vas. ¿Cómo te sientes?

—Como nueva, la verdad. No tengo efectos secundarios de la droga. Te lo juro, Skye. Nunca volveré a tomar ningún tipo de droga.

—Bueno, esta vez no ha sido exactamente culpa tuya.

—Lo sé, pero ya me tomé el éxtasis antes. Ningún hombre vale esto.

—Qué gran verdad —digo.

—Garrett y yo hemos terminado, pase lo que pase. Da igual que me haya dado la ketamina o no. Y acabo de hablar con Betsy.

—¿Sobre qué?

—Sobre Peter y ella. Le conté lo que pasó, y me dio la razón de que no fue ella misma esa primera noche.

Se me cae el alma a los pies.

—¿Se acostó con Peter esa noche?

—Sí, y un par de veces después.

—Braden está investigándolo —le cuento.

—Lo sé. Dale las gracias de nuevo.

—Lo haré. Ahora mismo no está aquí. Me estoy preparando para salir a cenar con Eugenie.

—¿Sin Braden?

—Sí, le ha surgido algo.

—¿El qué?

—No me lo ha contado.

—Bueno —dice—, espero que todo esté bien.

—Sí, yo también. Tengo que irme deprisa. Volveré a llamarte para ver cómo estás mañana, ¿vale?

—Vale. Te quiero.

—Yo también te quiero. —Termino la llamada y me dirijo al ascensor.

«Eugenie, allá voy».

53

Un *bourbon* y una copa de vino. Todo lo que tuve que beber en la cena con Eugenie. Leí cada palabra de los nuevos documentos que había redactado —eran justos, concisos y no demasiado llenos de términos legales— y luego firmé en la línea de puntos.

La limusina me deja en el edificio de Braden y el conductor me acompaña hasta el ascensor. Deslizo la tarjeta por él.

—Muchas gracias por el viaje. —Sonrío.

Él se quita el sombrero.

—A su servicio, señorita Manning. Buenas noches.

Las puertas del ascensor se abren y entro. Se cierran. Compruebo la hora. Las diez y media. ¿Estará Braden en casa? No tengo ni idea. No me ha enviado ningún mensaje ni me ha llamado.

Miro algunos de los comentarios de mi última publicación, respondiendo y borrando lo necesario, cuando me doy cuenta de algo.

El ascensor no se está moviendo. Qué raro. No pulso el botón de la planta porque no hay ninguno que pulsar. Este ascensor va directamente al ático de Braden. Sin embargo, hay uno marcado para abrir la puerta. Lo pulso.

Las puertas se abren y...

Me sobresalto y casi tropiezo.

Peter Reardon está delante de mí con un hombre mayor.

—Hola, Skye —dice Peter, con un tono inquieto.

¿Está nervioso? Tal vez. No lo conozco lo suficiente como para decirlo.

—Peter, ¿qué estás haciendo aquí?

Y lo que es más importante, ¿por qué no funciona el ascensor? Me guardo esto último para mí.

—Hemos venido a ver a tu novio —responde el otro hombre.

—¿Y tú eres...?

—Mi padre —contesta Peter—. Beau Reardon.

Me aclaro la garganta.

—Todavía no está en casa.

—Oh, eso ya lo sabemos —comenta Beau.

—Entonces, ¿por qué estáis aquí? Si sabéis que no está, quiero decir.

—Solo estamos esperando. Como tú.

—Prefiero esperar arriba. —Vuelvo a entrar en el ascensor y deslizo mi tarjeta—. Si me disculpáis.

Las puertas se cierran otra vez, pero, de nuevo, el ascensor se queda quieto. ¿Qué coño?

Vuelvo a pulsar el botón de apertura.

Peter y Beau siguen de pie frente a las puertas del ascensor. ¿Tendrán algo que ver con esto?

—¿Pasa algo? —pregunta Beau.

Su tono es revelador, con un toque sardónico. Sabe exactamente lo que pasa con el ascensor.

—¿Qué creéis que estáis haciendo? —exijo saber—. ¿Qué le habéis hecho al ascensor?

—Es curioso, siendo arquitectos —dice Beau—, tenemos que entender la estructura de los edificios, cómo funcionan los ascensores. Todo ese tipo de cosas. Cosas que no preocupan a la mayoría de la gente.

—Braden tiene cámaras de seguridad por todas partes —replico—. Sea lo que sea lo que intentáis hacer, no os saldréis con la vuestra.

—Nosotros también entendemos de seguridad —añade Peter—. Una vez que sabes dónde están las cámaras, son fáciles de desactivar.

Miro hacia la puerta del edificio. ¿Seguirá la limusina ahí fuera? Puedo salir corriendo. Estos dos me dan escalofríos.

—¿Qué queréis? —pregunto.

—Solo hablar.

Siento como si unos carámbanos se me clavasen en la nuca. «Respira, Skye. Respira. No les muestres que estás cagada de miedo».

—Si eso es lo único que queréis, tenéis un teléfono. Habéis desactivado el sistema de seguridad de Braden y su ascensor. ¿Qué está pasando aquí?

Pero el conocimiento se abre paso en mi mente asustada. Sé muy bien por qué están aquí.

Braden tenía razón.

Peter y Garrett les dieron ketamina a Betsy y a Tessa.

Y la obtuvieron del padre de Peter.

—No os vais a salir con la vuestra —les digo.

—Señorita, me he salido con la mía en cosas mucho peores, como sabe tu novio.

—Por eso no os dio el contrato de construcción —digo, llevándome la mano a las caderas—. Sabe que jugáis sucio.

—¿Y él no lo hace? —Beau sacude la cabeza.

—No, no lo hace —respondo.

—Tal vez te gustaría saber quién financió su camino a la cima —suelta Peter.

Mierda. Lo saben. ¿Pero cómo? Había un acuerdo de confidencialidad. Excepto que... Addie no cumplió su parte del trato. Si continuaba acosando a Braden —de hecho, todavía lo sigue haciendo—, podría haber divulgado la información sobre el acuerdo.

—Él mismo financió su empresa.

No es una mentira. Era el dinero de Braden, como le dije antes. Fue una oportunidad que llamó a su puerta. Era el dinero por su cooperación y su silencio.

—Hay muchas cosas que no sabes —dice Beau.

Bien. Que piensen que no lo sé. Solo me pone en una posición más fuerte. No voy a desaprovecharla.

—¿En serio? —pregunto—. ¿Y supongo que me vais a iluminar al respecto?

—Estaríamos encantados —responde Beau—, pero no hay tiempo.

—¿Por qué no? Braden todavía no ha llegado. Parece que tenemos tiempo después de todo. —Entro en el vestíbulo a grandes zancadas, esperando parecer menos nerviosa de lo que estoy. Tomo asiento en uno de los sillones orejeros de cuero—. ¿Queréis acompañarme, caballeros?

El corazón me late a toda velocidad y tengo la boca seca. Aun así, me resisto a tragar y a lamerme los labios. No quiero que sepan cómo me están afectando.

No tengo ni idea de en qué me estoy metiendo. Si drogan habitualmente a las mujeres, podrían ser capaces de cualquier cosa. Podrían tener armas.

Se me hiela la piel. Me siento como un cubito de hielo gigante.

Cada uno toma asiento en el sofá que hay en frente de mí. Genial. Estoy justo en su campo de tiro.

Tengo que controlarme.

«Braden, ¿dónde estás?».

¿Por qué no le habré enviado un mensaje mientras estaba en el ascensor?

—Tu novio no está tramando nada bueno —dice Beau.

—Si te refieres a que va a impedir que vosotros sigáis drogando a las mujeres, entonces yo diría que está tramando algo muy bueno.

A Peter se le enrojecen las puntas de las orejas. Intenta parecer tranquilo y sereno como su padre, pero lo he pillado.

—Esas son acusaciones infundadas —protesta Beau.

—Interesante. Tu amigo Garrett drogó a Tessa, y estaría dispuesta a apostar que tú hiciste lo mismo con Betsy, Peter.

—Más acusaciones infundadas —dice Beau—. Tu amiga tiene un historial de consumo de drogas.

—Ella ha consumido drogas solo una vez.

Mierda. Ojalá no hubiera dicho eso. No necesito darles información.

—Las acusaciones contra Garrett y contra mi hijo son inventadas —replica Beau, con la boca en línea recta.

El hombre es frío como el hielo. ¿Habrá algo que lo haga temblar?

—¿Lo son? Porque estoy bastante segura de que a mi amiga la drogaron.

—Bueno, eso es lo que ella te ha dicho —responde Beau.

—He terminado de hablar. —Agarro mi teléfono para enviarle un mensaje de texto a Braden.

Entonces se me cae la mandíbula casi al suelo.

Braden entra por la puerta enseguida, pasando por el mostrador de recepción sin personal. Viene directamente hacia mí, me toma de la mano y me levanta de la silla y me arrastra hacia la protección de su cuerpo.

—¿Estás bien, Skye?

Asiento.

—Sí. —Hago lo posible por que no me tiemble la voz.

—¿Y supongo que hay una buena razón para que mi portero no esté en su puesto? —Braden mira a Beau y después, a Peter.

—No estaba allí cuando llegamos —contesta Beau.

—Buen intento. Recibí un mensaje suyo después de que lo amenazarais. Sabiendo que Skye llegaría pronto a casa, acorté mi reunión.

—Señor Black —dice Beau—, le aseguro que...

—Basta. Detente ahora mismo. Creíste que podías llegar a mí a través de Skye. No tienes ni idea de con quién estás tratando. Skye tiene más inteligencia que vosotros dos juntos.

Un poco de calor me sube por el cuello. Me encanta lo mucho que Braden cree en mí. Aun así, me alegro de que haya aparecido.

Me alegro mucho.

—Es formidable —asiente Beau—, pero ¿también tiene esto?

Aspiro una bocanada de aire cuando Beau saca una pistola. El cuerpo de Braden se tensa, pero solo yo lo noto, ya que lo estoy tocando.

¿Le habrán apuntado antes con una pistola?

A mí no, y por la forma en la que me late el corazón y se me eriza la piel de miedo, no es algo que quiera repetir.

Pero Braden tiene el control. Tiene todo el control.

—Guarda eso, Beau —dice—. Tú y yo sabemos que no eres lo suficientemente hombre como para utilizarla.

«Oh, Dios. Oh, Dios. Oh, Dios».

¿Y si Braden se equivoca? ¿Y si esa pistola se dispara? ¿Justo en nuestros cuerpos?

¡Dios, Braden! Todo se vuelve negro y feo a la vez. El hombre que amo podría desaparecer con solo apretar el gatillo. Debería ponerme delante de Braden. Salvarlo. Pero mis pies no se mueven. Están clavados en el suelo. Y entonces este maníaco podría volverse contra mí. No puedo perder a Braden. Y no quiero morir. Soy demasiado joven. Mi vida acaba de empezar. Tengo la carrera más maravillosa del mundo, el hombre más maravilloso del mundo, el más...

Más rápido que un relámpago, Braden ejecuta una especie de patada, haciendo que la pistola salga volando de la mano de Beau y se deslice por el suelo de mármol del vestíbulo hasta detenerse contra una pared.

—Ni se te ocurra —dice Braden, mientras Peter mira el arma—. Los dos sabemos que no tienes huevos.

La cara de Peter palidece, y sus ojos... Joder. ¿Son lágrimas lo que brotan desde el fondo de sus ojos?

¿Cómo es que alguna vez me sentí atraída por este imbécil?

—No queremos problemas —dice Beau.

—¿Que no los queréis? ¿Siempre amenazas a la gente con una pistola cuando no quieres problemas? Y, por cierto, mi sistema de seguridad ha vuelto a funcionar desde que llegué, así que te tengo bien fichado por asalto con arma mortal. Además de lo que le habéis hecho a Skye.

—No le hemos hecho daño —responde Beau.

—La habéis amenazado. Habéis inutilizado el ascensor para que no pudiera escapar de vosotros. Creedme. Haré que los cargos se sostengan.

—¡Vete a la mierda! —dice Peter.

—Cállate, Peter —ordena su padre—. Nos olvidaremos de que esto ha pasado.

—Me temo que no —dice Braden—. La policía ya está en camino. Os van a detener a los dos.

—Pero no le hemos hecho daño a nadie —protesta Peter.

—Habéis asustado a Skye. Habéis amenazado a mi portero y nos habéis retenido a Skye y a mí a punta de pistola. Además, lleváis años drogando a las mujeres.

—No puedes demostrar eso.

—Sí que puedo. La señorita Logan y la señorita Davis están dispuestas a presentar cargos contra ti —explica mirando a Peter— y el señor Ramírez. Pero el señor Ramírez saldrá libre. ¿Queréis saber por qué?

Peter parece a punto de vomitar, pero Beau mantiene la calma. Al menos por fuera.

—Probablemente porque no ha hecho nada —contesta Beau.

—Al contrario. Fui a verlo después de que la señorita Logan fuera hospitalizada. Solo hizo falta un pequeño empujón y cantó como una soprano con voz de coloratura. Cantó cómo él y tu hijo drogaron a la señorita Logan y a la señorita Davis con sustancias que tú les proporcionaste. Cantó cómo has estado drogando a clientes durante años para que firmaran contratos con tu empresa.

—No puedes demostrar nada de eso.

—Puedo —dice Braden—, y voy a hacerlo.

—¿Y a ti qué te importa? —pregunta Peter—. Lo tienes todo. ¿Por qué no te mantienes al margen de nuestras vidas?

—Lo he hecho, durante muchos años. No debería haberlo hecho, pero lo he hecho. Hasta que me ha tocado de cerca. Tessa Logan y Betsy Davis son amigas de Skye, y en consecuencia son importantes para mí. —Me mira—. Lamento haber tardado tanto en ponerle fin a esto. Si lo hubiera hecho cuando sospeché por primera vez, Tessa y Betsy no se habrían encontrado en posición de que se hubieran aprovechado de ellas.

—No es tu culpa —le digo—. Nadie te ha pedido que salves el mundo.

—Eso es lo que siempre me he dicho. Pero me equivocaba. ¿De qué sirve mi fortuna si no la uso para ayudar a los demás?

Peter se deja caer al suelo.

—Por favor. Todo es por mi padre. Nunca quise hacer nada de esto. Pero él...

—Levántate, pedazo de llorica de mierda —se burla Beau—. Me avergüenzo de tener un hijo como tú.

Por más enfadada que esté, no puedo evitar sentir pena por Peter en ese momento. Ser criado por Beau Reardon no puede haber sido ningún camino de rosas.

Las sirenas suenan a lo lejos y dos coches patrulla se acercan al edificio. Entran cinco policías, y Beau y Peter son esposados y acusados, y se les leen sus derechos.

Todo pasa como un borrón mientras los policías se llevan a Beau y a Peter.

Al final, cuando se han ido, me suelto de los brazos de Braden, pero casi me caigo. Él me sostiene de inmediato.

—¿Estás bien?

—No —respondo—. Ni siquiera un poquito.

—Parecías muy tranquila.

—Ha sido una actuación, Braden. Me tenían acorralada. No sabía qué hacer. Me alegro de que hayas aparecido.

—Tenía el presentimiento de que Beau se lo tomaría a mal. Pero lo subestimé. Me imaginé que vendría directamente a por mí.

—¿Por qué? Es obvio que se ha estado aprovechando de las mujeres durante años.

—Y no solo de las mujeres. Usa las drogas para conseguir lo que quiere en los negocios también.

—Es un cobarde.

—Tienes toda la razón —dice Braden—. No volveré a cometer este error. Ha encontrado mi talón de Aquiles. Siento mucho haberte hecho pasar por esto, Skye.

—Estaré bien.

—Sé que lo estarás. Eres fuerte. La mujer más fuerte que he conocido. Me recuerdas a ella.

—¿Cómo? ¿Que te recuerdo a quién?

Exhala despacio.

—A mi madre, Skye. Me recuerdas a mi madre.

54

De vuelta a casa de Braden, nos sirve un *bourbon* a cada uno.

Tomo un sorbo, dejando que el licor ahumado me queme la garganta. Es una quemadura buena. Un ardor que necesito en este momento.

Todavía me late el corazón por haber tenido un arma apuntándome.

Siempre pensé que podía imaginarme cómo se sentiría. Estaba equivocada. Se siente terror. Terror puro. Tu vida no pasa por delante de tus ojos. Todo lo que ves es el miedo. El miedo con su fea cabeza negra y roja, riéndose de ti de forma satánica y burlona.

No quiero volver a experimentar eso pronto. Más bien nunca.

—Siempre te voy a proteger —me dice Braden.

—Lo sé. —Y lo creo. Sé que siempre lo intentará. Y sé con aún más seguridad que, si alguna vez fallara, nunca se lo perdonaría a sí mismo.

Y, con ese pensamiento, sé algo sobre su madre.

—Te culpas a ti mismo —murmuro—. No solo por haber sentido repulsión por sus cicatrices cuando eras pequeño. Te culpas por su muerte.

—Sí. Lo hago. Siempre lo haré.

—No fue tu culpa. —No sé lo que pasó, pero sé que no fue su culpa. Braden tenía seis años. Braden nunca podría tener la culpa. Lo sé tan bien como sé cómo me llamo, Skye Margaret Manning—. Sobrevivió al fuego —digo—. Era fuerte.

—Lo era. Se aseguró de que Ben y yo estuviéramos a salvo.

—Cualquier madre salvaría primero a su hijo.

—Lo sé. Pero nunca fue la misma. Aunque seguía siendo hermosa.

—Seguro que sí, si era tu madre.

Tan solo asiente con la cabeza.

—No tienes por qué contármelo, Braden.

—No. Quiero hacerlo. Ya es hora. —Sacude la cabeza—. Nunca le he contado esta historia a nadie.

Sonrío.

—Entonces es un honor.

—Ni siquiera se lo he contado a mi terapeuta.

—Me siento doblemente honrada.

Respira hondo.

—Mi padre y ella siguieron juntos, y él dejó la bebida. Lo intentó, pero en realidad no estaba hecho para el matrimonio. Aunque, a su manera, mi padre la quería.

Asiento con la cabeza.

—Pero nunca fue la misma después del incendio. Cayó en depresión.

Oh, Dios. Sé a dónde va a parar esto, y no quiero escuchar más.

Pero mientras continúa, abro los ojos. Este camino lleva a un lugar inesperado.

—La animamos a seguir adelante. Ben y yo.

—Ella te quería mucho.

—Sí. Y quería a mi padre con todos sus defectos.

—Tú también lo quieres, ¿verdad?

—A mi manera. Pero nunca le he perdonado lo que me hizo perder.

—¿A tu madre?

—Sí.

Permanece en silencio mientras el tiempo parece suspenderse. No lo presiono. Si ha terminado de hablar, está bien. Tengo muchísima curiosidad, pero me puedo aguantar. Braden y yo tenemos todo el tiempo del mundo.

—Cayó enferma —dice al fin—. Una de las heridas de las quemaduras nunca se curó bien y se infectó. Desarrolló una mala cepa bacteriana de estreptococo. La que llaman «la bacteria carnívora».

—Madre mía. El estreptococo A.

—Esa misma. Yo acababa de empezar bachillerato y Ben acababa de empezar la secundaria.

—Y perdisteis a vuestra madre.

Asiente, con los ojos entrecerrados. Sin embargo, no hay humedad en ellos. Braden no llora. Tengo la sensación de que no ha llorado desde aquel día.

Si es que lo hizo entonces.

—¿Por qué te resulta tan difícil hablar de esto? —pregunto—. No es tu culpa.

—Sí que lo es.

—Braden, no lo es. Échale la culpa a tu padre si quieres. Al menos eso lo entiendo. Pero no a ti mismo.

—No lo entiendes, Skye. Ese día... Ese día del incendio...

—¿Qué? ¿Qué pasó el día del incendio?

—No quería salir de mi habitación —responde—. No quería dejar que mis preciados cómics se convirtieran en cenizas. Ella me gritaba que saliese. Tenía a Ben en brazos y no podía tomarme en brazos a mí también. Así que al final se fue, puso a Ben a salvo y luego volvió a por mí. Me levantó y a mí se me cayó el puñado de cómics. Le grité, Skye. Le dije...

—No pasa nada. ¿Qué le dijiste?

—Le dije que la odiaba por hacerme dejar los cómics.

—Dios mío... —Trago saliva.

—Así es. Me puso a salvo, y luego volvió a entrar a buscar los cómics. Pero ya estaban en llamas, y eso es lo que... —Sacude la cabeza.

—Eso es lo que la quemó —digo de forma monótona—. El fuego de tus cómics.

No responde.

Y al fin:

—Puede ser. No sé si fueron los cómics o no. Pero volvió a entrar y la sacó un bombero con quemaduras de tercer grado en el lado izquierdo del cuerpo.

¿Qué puedo decirle? Es una historia horrible. Pero era un niño. Solo un niño. Y los niños tienen ideas tontas sobre lo que es importante. Seguro que eso él ya lo sabe.

¿Voy hacia él? ¿Lo rodeo con los brazos? ¿Lo beso en los labios? ¿Lo abrazo?

—Dime —le suelto finalmente—. Dime qué es lo que necesitas ahora mismo.

Toma un sorbo de su *bourbon*.

—Nadie conoce esa historia —responde—. Ni siquiera Ben o mi padre. Ella le dijo que había vuelto a buscar nuestros álbumes de cuando éramos bebés.

—¿Has considerado que tal vez sea la verdad?

—No. Estaba en mi habitación cuando el bombero la sacó.

—Así que entonces tu padre lo sabe.

—Él sabe que estaba en mi dormitorio. Asumió que ahí estaba mi álbum de cuando era bebé. No era así. Los álbumes de cuando éramos bebés estaban en un cofre de cedro en la sala de estar debajo de unos edredones.

—¿Y Ben no lo sabe?

—Solo tenía tres años. No tenía ni idea de dónde estaban los álbumes de cuando éramos bebés.

—Pero tú sí.

—Sí. A veces mi madre y yo los mirábamos juntos. Me gustaba mirar mi primer mechón de pelo. —Sacude la cabeza—. No me he permitido pensar en esto en mucho tiempo.

De nuevo, no sé qué hacer. Pero mi mano, al parecer por sí sola, se extiende y toca la mejilla de Braden.

—Está bien.

—No lo está. Nunca ha estado bien y nunca lo estará.

55

—Ahora sabes más de mí que nadie —me dice Braden—. Que nadie.

Me pesan los hombros —en el buen sentido— con el conocimiento de su afirmación.

—Puedes confiar en mí, Braden. Todos tus secretos están a salvo conmigo.

Se pasa los dedos por el pelo.

—Confío en ti. Más de lo que te crees.

—¿Más de lo que me creo? —Levanto las cejas—. ¿Cómo puedes...?

Se toma el *bourbon* de un trago y gime. Luego me mira. Con severidad.

—Esto no puede seguir así.

Se me desploma el corazón. Sea lo que sea lo que quiere decir, no puede ser bueno.

—¿El qué? —pregunto en voz baja, con la voz quebrada.

—Reardon encontró mi debilidad. Fui a por él, lo amenacé, y en lugar de ir a por mí, fue a por ti, Skye. Mi talón de Aquiles.

Me levanto para ir hacia él, pero me detiene con un gesto.

Vuelvo a dejar caer el culo en la silla.

—Todo el mundo tiene un talón de Aquiles, Braden.

—Yo no. —Se sirve otro dedo de *bourbon*—. No puedo.

No. Esto no está sucediendo. No después de todo lo que hemos pasado para estar juntos. No después de haberme confiado sus secretos más ocultos.

No, ¡joder! ¡No!

—¿No lo ves? —Golpea su vaso contra la mesa—. No puedo mantenerte a salvo.

—Pero sí que me has mantenido a salvo.

—Por las circunstancias. ¿Y si el portero no me hubiera mandado un mensaje?

—Pero lo hizo.

—¡Joder, Skye! —Se levanta y lanza el vaso contra la pared.

Me acobardo ante el choque, ante los pequeños fragmentos transparentes que llueven sobre la alfombra. Mi corazón está quieto y a la vez late de manera estruendosa. Siento… Siento…

Hago acopio de todas mis fuerzas para decir lo que hay que decir.

—Me dijiste en el maizal que solo había un maestro del control entre nosotros —digo, con los labios temblorosos—. Tú. Tú, Braden. Tú tienes el control y tú me has protegido.

—¿Y si no puedo la próxima vez?

—¿Quién dice que habrá una próxima vez?

—Estaba equivocado —dice—. No creí que nada pudiera alcanzarte. Alcanzarnos. No me di cuenta…

—¿No te diste cuenta de qué? —le insisto.

—Incluso ahora, me sorprende lo mucho que te quiero. Lo mucho que te necesito en mi vida. Estar sin ti será una tortura.

Me pongo de pie de nuevo, queriendo —no, necesitando— estar cerca de él. Me acerco con timidez.

—No tienes que estar sin mí.

—¿No lo entiendes? —Se frota con furia la sien, como si se quisiera aliviar un dolor palpitante—. Tengo que dejarte ir. No puedo correr el riesgo…

Acorto la distancia entre nosotros y me dejo caer sobre él, decidida a no derramar las lágrimas que amenazan con salirme. Cree que soy la mujer más fuerte que conoce. Ahora es el momento de demostrarle que tiene razón.

—No te dejaré ir —digo contra su pecho—. No lo haré. Me niego.

—Oh, Skye... —Me besa la parte superior de la cabeza.

Me relajo y me encuentro con su mirada.

—No hemos trabajado tan duro para estar juntos solo para que nos lo arrebaten. ¿Por Beau Reardon? ¿Por Peter y Garrett? De ninguna manera, Braden. No acepto esto. Ni por un puñetero minuto.

—No tienes elección. —Sacude la cabeza—. Ninguno de nosotros la tiene.

—Mentira. —Le golpeo el pecho con mi puño—. Si de verdad sería una tortura vivir sin mí, ¿por qué te sometes a eso?

—Por tu seguridad.

—Puedo cuidar de mí misma.

—¿Y si no hubiera venido esta noche?

—Pero lo has hecho.

—¡Joder! No estás jugando limpio, Skye.

—¿Por qué debería hacerlo? Tú no lo haces.

Dirige su mirada hacia mí.

—Yo siempre juego limpio.

—Conmigo no. Es hacerlo a tu manera o puerta, siempre. Pues esta noche no, Braden. No estamos en el dormitorio en este momento, y esta vez me voy a salir con la mía.

Me late el corazón como si fuera el de un colibrí. Rápido y gorjeante. Estoy dispuesta a ir a la batalla por el hombre al que amo, aunque sea él la persona con la que esté luchando.

—No puedo perderte —dice, con voz resignada—. No como la perdí a ella.

Sus ojos están hundidos, como si estuviera aceptando su destino.

Cierro las manos en puños, dispuesta a ganar esta guerra.

—Yo no soy tu madre, Braden.

Suspira.

—Lo sé.

—Ella hizo una elección. Te eligió a ti. Yo estoy haciendo esa misma elección. ¿Quieres condenarnos a ambos a la tortura sin el otro? No te lo voy a permitir.

—No la mantuve a salvo —dice contra mi cabello—. La perdí.

Me retiro y me agarro a sus fuertes hombros.

—¡Tenías seis años, por el amor de Dios! ¿Vas a exigirle a un niño un estándar insuperable?

—¿Y tú no?

Una pregunta justa, y que no me esperaba.

—No —respondo—. Por supuesto que no. La separación de mis padres no fue culpa mía.

Por primera vez, creo en esas palabras con todo mi corazón. Mi viaje está lejos de estar completo, pero estoy avanzando. Y con cada paso, me entiendo un poco mejor.

—Y la muerte de tu madre no fue tu culpa, Braden. No lo es. Nunca lo fue.

Entonces me acaricia la mejilla, pasando su pulgar por mi labio superior.

—No te voy a abandonar —digo—. Tú me vas a proteger. Y yo te voy a proteger a ti. Eso es lo que se hace cuando amas a alguien. Ambos tenemos la misma obligación con el otro. —Le cubro la mano con la mía.

Lo que parece una eternidad pasa entre nosotros, con nuestras miradas fijas. Braden no llora, pero sus ojos están vidriosos con lo que sospecho que son lágrimas no derramadas.

Yo retengo mis propias lágrimas, por él y también por mí.

Al final, sonríe. Es débil, pero es una sonrisa.

—Nunca te controlaré de verdad, ¿a que no?

Me adelanto y rozo con mis labios su mejilla con barba de varios días.

—Braden, ¿alguna vez creíste de verdad que lo harías?

56

El Black Rose Underground.

La *suite* privada de Braden.

Solo llevo tacones de aguja de plataforma y bragas de encaje negras y rojas.

—Túmbate en la mesa —me dice Braden con un tono oscuro.

Una sábana negra se encuentra encima de la mesa de cuero. Braden ha preparado algo. Tengo los pezones duros y necesitados.

Sé lo que va a pasar, y sé lo mucho que me está dando.

Vuelvo a recordar la última vez que estuvimos en esta habitación, aquella horrible noche en la que casi terminamos para siempre por algo que yo quería. Algo que él no podía darme.

Este estilo de vida significa para mí tanto —quizás más— de lo que lo ha hecho siempre. Pero ahora veo el juego como lo que es: un juego. No es un castigo por algo que cualquiera de nosotros hizo en el pasado. Es tan solo parte de nuestra vida sexual, una parte que ambos disfru tamos con intensidad.

Y ambos tenemos que estar cómodos con lo que suceda.

Me tumbo como me han ordenado, con la gargantilla de diamantes de Braden pesándome alrededor del cuello, un símbolo de a quién pertenezco cuando estoy aquí.

—Sujeta esto. —Braden me coloca un látigo de tiras de cuero negro junto a la cadera.

Lo agarro con la mano, mi cuerpo se estremece. ¿Qué me va a hacer con el látigo? ¿Cómo se sentirá contra mis pezones duros, mi abdomen, mi clítoris?

Tengo muchas ganas de descubrirlo.

Pero Braden no se precipita. Siempre va a su propio ritmo.

—No voy a atarte esta noche —dice—. Solo tienes que obedecerme en esta habitación y mantenerte quieta mientras haga lo que haga. ¿Entendido?

—Sí —respondo.

—Nunca te he dado una palabra de seguridad. Ahora te voy a dar una.

—Está bien, pero no creo que la necesite.

—Por si acaso —contesta—. Tu palabra de seguridad es «siempre». Porque eres mía. Siempre.

—Siempre —repito con suavidad—. Y tú eres mío. Siempre.

—Lo soy. Nunca pensé que querría pertenecer a otra persona, pero soy tuyo. Siempre.

No puedo evitar una sonrisa, y extiendo la mano hacia delante.

Braden me arrebata el látigo y me aparta la mano.

La vuelvo a dejar caer a mi lado, el escozor es una llama encantadora que siento directamente en el clítoris.

—Quédate quieta —me ordena—. Y quédate callada también. Lo único que puedes decir es tu palabra de seguridad, si la necesitas.

Asiento con la cabeza.

Lo entiendo.

Entiendo a Braden mucho mejor que la última vez que estuvimos aquí juntos.

Y también me entiendo mucho mejor a mí misma.

Y estoy lista.

Estoy lista para lo que él decida darme esta noche. Lo que ocurra en esta habitación es su elección, no la mía. Mi elección es consentir o no.

Se aleja de la mesa y sale de mi campo de visión. Cuando vuelve, agarra el látigo una vez más y me azota los pechos.

Jadeo por el escozor.

Él también jadea.

—He hecho que tus tetas se enrojezcan. Qué bonitas.

Los pezones se me han puesto tiesos, ya que se han endurecido aún más con los azotes.

Lo lleva por mis pechos de nuevo, y luego una vez más. A continuación, me azota el abdomen con suavidad. Después más fuerte. Más fuerte aún.

Hasta que llega a mi clítoris.

Está duro y tenso, y lo que más deseo es levantar las caderas, ofrecerme a Braden en bandeja de plata.

Pero estoy atada.

Atada solo por su orden, pero su voluntad es más fuerte que la cuerda más dura.

Me provoca con el látigo de tiras, pasándomelo con suavidad por el clítoris.

Estoy lista para explotar. En serio, estallar como esos fragmentos de cristal de su vaso en la alfombra de anoche.

Me hormiguea la piel, y estoy lista, muy lista...

Entonces me azota el clítoris y me sacudo, las chispas vuelan a través de mí hacia mis extremidades y luego vuelven a mi coño.

«Por favor», ruego en mi interior. «Por favor, Braden. ¡Te necesito!».

Se aparta de mí un momento, juguetea con algo de un cajón. Luego se vuelve hacia mí, con una vela roja en la mano.

—Cera de soja —dice—. Se quema a una temperatura más fría que la parafina. No puedo arriesgarme a quemar tu hermosa piel.

Entonces me entrega la vela. La agarro con fuerza.

Saca una cerilla.

—Podría utilizar un encendedor, pero prefiero las cerillas. —La prende y, a continuación, enciende la vela—. Observa la llama. Deja que te hipnotice mientras la sostienes.

Me pongo la vela delante de mí, respirando el aroma de la cerilla encendida, la dulzura de la cera ardiendo. La pequeña llama crece, parpadeando a un ritmo discordante. Miro fijamente su calor anaranjado, la cera roja que empieza a fundirse. La relajación se apodera de mí, aunque mi cuerpo aún vibra por los azotes.

Después de un tiempo —no sabría decir cuánto—, Braden me quita la vela y la inclina, de modo que una gota de cera cae en el interior de su antebrazo.

Abro la boca para preguntarle qué está haciendo, pero me mira con severidad.

Sí. Tengo que quedarme callada.

—Estoy probando la cera, Skye. Nunca pondré algo en tu cuerpo que no pondría en el mío. Es mi deber protegerte. Siempre.

Siempre.

Mi palabra de seguridad.

Excepto que es mucho más que una palabra de seguridad.

No solo para mí, sino también para él. Braden estaba tan angustiado cuando pensó que no me había protegido de los Reardon, tan alterado, que estaba dispuesto a dejarme antes que ponerme en peligro otra vez.

Ahora, más que nunca, entiendo su necesidad de protegerme. Nunca me fallará y yo nunca le fallaré a él.

La cera se endurece en su antebrazo y asiente.

—Está lista.

Siento un cosquilleo en todo el cuerpo. ¿Dónde me goteará la cera primero? ¿En los muslos? ¿En el pecho? ¿En los pezones? El hecho de no saber lo que me espera me excita muchísimo.

Braden sostiene la vela sobre mí, y la anticipación me vuelve loca. No me atrevo a cerrar los ojos, aunque estoy tentada para no saber por dónde viene la cera caliente...

Hasta que llega. Un goteo en la parte superior de un pecho. Jadeo. Arde, sí, pero solo durante una fracción de segundo. Luego está caliente mientras serpentea durante unos segundos antes de empezar a endurecerse.

Braden inclina la vela una vez más, y otra gota cae sobre mi aureola.

Se me endurece el pezón mientras la aureola se encoge a su alrededor. El tono rojo de la cera hace que mi pezón parezca pintado.

Pintado de rojo.

Y me parece muy caliente, en más de un sentido.

Mis caderas se levantan, al parecer por sí solas. Sí, Braden me ha dicho que me quede quieta, pero no me reprende.

Se limita a gemir.

—Eres tan hermosa... —dice, mientras gotea más cera sobre mis pechos y mis pezones—. Joder, no sabía lo mucho que me pondría esto.

Suspiro, de nuevo tentada a cerrar los ojos y entregarme al momento.

Más goteos, la ardiente calidez derritiéndose contra mí, envolviéndome en el deseo, y luego enfriándose rápidamente en formas, ninguna de ella igual a otra.

Baja la vela y yo contengo un grito. ¿Goteará cera sobre mi clítoris? ¿Sobre mi coño? ¿Quiero que lo haga?

Tengo mi palabra de seguridad.

Pero no voy a hacer uso de ella. Ya lo sé de antemano. Braden nunca me pondría en peligro.

Confío en él.

Le confío mi cuerpo, mi corazón y mi alma.

Y le confío esta vela.

Vuelve a gemir.

—Pensé en atarte, pero decidí no hacerlo, y me alegro. No podrías estar más hermosa que ahora, atada solo por mi orden. —Me echa cera en el abdomen, cerca del pubis, y me estremece el ardor y luego el calor y el cosquilleo cuando la cera se enfría y se endurece.

Braden baja hasta mis muslos, dejando caer la cera en largos ríos sobre mi piel. Con cada nueva quemadura, mi excitación aumenta. Me late el corazón más rápido y me palpita el coño aún más.

Me abre las piernas.

—Estás brillando, Skye. Estás muy mojada. Joder. —Apaga la vela.

Respiro, en parte por la decepción, pero sobre todo por expectación. Ahora me va a follar. Lo sé en el fondo de mi alma. Estoy en sintonía con las pasiones y los deseos de Braden.

Se desviste con rapidez y en cuestión de segundos se cierne sobre mí, listo para sumergirse en mi interior.

—Te quiero, Skye. Te quiero mucho, joder.

Embiste dentro de mí.

Las formas de cera se curvan un poco con cada uno de sus embistes, y mis pezones reaccionan a la fricción. Me encuentro con la mirada azul y ardiente de Braden. No me ha dicho que hable, pero no puedo evitarlo.

—Yo también te quiero, Braden. Mucho.

Arquea un poco las cejas ante mi desobediencia, pero luego cierra los ojos, apretándolos mientras sigue follándome con fuerza y con rapidez.

Y con cada embiste, levanto las caderas, deseando agarrarle el culo y forzarlo a entrar más y más dentro de mí, pero me contengo. Ya lo he desobedecido una vez. No lo volveré a hacer.

En cambio, me precipito. Dentro de mi cuerpo me precipito hacia la cima que solo he escalado con Braden. Con este increíble hombre al que quiero tanto.

Y cuando me corro, me retuerzo dentro de él, aprieto su cuerpo contra el mío con más pasión que nunca.

Gimo y grito, me estremezco debajo de él mientras mi coño estalla alrededor de su polla.

—Joder —gime.

Cuando se corre, siento cada chorro, cada contracción, cada ápice de amor que vierte en mí.

Y lo sé.

Sé que este es el hombre con el que voy a pasar el resto de mi vida.

Siempre.

EPÍLOGO

Dos días después, estamos de vuelta en Boston. Penny corre hacia mí y yo me como su pequeña carita a besos. Ya casi ha doblado su tamaño. Le presto la misma atención a Sasha, mientras Braden cuelga su chaqueta del traje en el perchero cerca de la puerta del ascensor.

Le echo un vistazo rápido al teléfono. Betsy no me ha devuelto la llamada, así que la llamaré yo. También le debo a Kathy Harmon una llamada y una quedada para cenar. Tengo una terapeuta que me está ayudando. Tessa y yo estamos muy bien. Braden y yo estamos muy bien. He perdonado a mis padres y a mí misma, y me he embarcado en un viaje hacia el amor propio y la aceptación. Me llevará algún tiempo superar el trauma de los Reardon, pero lo haré. Tengo que hacerlo.

Addison ya no es una amenaza para ninguno de nosotros. Braden se ha reunido con Brock Ames y un montón de abogados esta mañana, ha devuelto el medio millón de dólares que Brock le dio hace tantos años y han redactado un nuevo acuerdo, anulando el anterior. La prescripción para cualquier alegación que Addie pudiera hacer contra Braden ha expirado hace tiempo. Ahora, si vuelve a acercarse a cualquiera de nosotros, presentaremos cargos.

Sonrío para mis adentros.

Christopher y los demás parecen haber desaparecido, y me dirijo a la cocina para beber agua.

—¿Quieres algo? —le pregunto a Braden.

—No, estoy bien. Gracias.

Tomo un vaso, lo lleno de hielo y agua, y le doy un largo trago. Volar me deja seca, incluso un vuelo corto como el de Nueva York a Boston. Dejo el vaso en la encimera y...

Jadeo.

Braden está en la cocina, me toma de la cara y me besa largo y tendido. Me fundo con él y le devuelvo el beso, ya palpitando de deseo. Nunca tendré suficiente de Braden Black.

Así que me decepciona cuando rompe el beso.

—Te quiero, Skye —dice, con voz ronca.

—Yo también te quiero.

Entonces hace algo que no me espero, sobre todo de Braden Black.

Hinca la rodilla.

Jadeo.

Se saca del bolsillo una caja de terciopelo de color rojo rubí, la abre y me la entrega.

Casi se me para el corazón. Es un anillo. Un anillo de diamantes, y es grande pero no ostentoso. Braden me conoce. Sabe que no quiero nada exagerado.

—No quería hacerlo en Nueva York —me explica—. Quería hacerlo aquí. En nuestra casa.

—¿En nuestra casa?

—Sí. Quiero que te vengas a vivir conmigo, Skye.

Me llevo la mano a la boca.

—La gargantilla de diamantes que llevas en el club es tuya ahora —dice—. Le grita al mundo que eres mía en la oscuridad. Pero, Skye, quiero que el mundo sepa que eres mía todo el tiempo. A dondequiera que vayamos.

—Madre mía, Braden.

—¿Aceptarás este anillo? ¿Te casarás conmigo? ¿Serás mía? ¿Para siempre?

Me pongo de rodillas delante de él, le acaricio las dos mejillas y, mientras me brotan las lágrimas de los ojos, le respondo:

—Siempre, Braden. Te seguiré siempre.

AGRADECIMIENTOS

¡Esto ha sido la bomba! Espero que hayáis disfrutado del viaje de Braden y Skye tanto como yo.

Muchas gracias al increíble equipo de Entangled Amara por su confianza y dedicación a este proyecto. Liz, Jessica, Stacy, Heather, Bree, Riki, Lydia, Curtis, Toni, Meredith... ¡todos habéis contribuido muchísimo a que la saga *Sígueme* brille! ¡Estas nuevas cubiertas son preciosas!

Gracias a las mujeres y a los hombres de mi grupo de lectores, Hardt and Soul. Vuestro apoyo infinito e inquebrantable me hace seguir adelante. A mi familia y a mis amigos, gracias por vuestros ánimos.

Y gracias sobre todo a mis lectores. Sin vosotros, nada de esto sería posible. Si echas de menos a Braden y Skye, no temas. ¡Puede que veamos más de ellos en el futuro!

SOBRE LA AUTORA

La pasión de la autora número uno en el *New York Times,* en el *USA Today* y en el *Wall Street Journal,* Helen Hardt, por la palabra escrita comenzó con los libros que su madre le leía a la hora de dormir. Escribió su primera historia a los seis años y no ha parado desde entonces. Además de ser una galardonada autora de ficción romántica, es madre, abogada, cinturón negro en taekwondo, fanática de la gramática, apreciadora del buen vino tinto y amante del helado de Ben & Jerry's. Escribe desde su casa en Colorado, donde vive con su familia.

helenhardt.com